LOS CLAMORES DEL SILENCIO

LOS CLAMORES DEL SILENCIO

MERCEDES SALISACHS

Jorge Pinto Books Inc.
New York

Los Clamores del Silencio

© Mercedes Salisachs

Derechos de la edición © Jorge Pinto Books Inc. 2008.

Primera edición Editorial Plaza & Janés, 2000.

Edición: Andrea Montejo.
Diseño de la portada: Susan Hildebrand
Fotografía: © JPM

Composición tipográfica: Cox-King Multimedia, www.ckmm.com.

ISBN:
978-0-9795576-8-2
0-9795576-8-2

A la memoria de mi hijo Miguel
con la esperanza de que pronto,
muy pronto, volvamos a encontrarnos

M. S.

Todos somos lo que nadie sabe qué somos.

M. S.

SOLILOQUIO PARA JAIME

Sé que me escuchas, Jaime y, aunque tu voz no pueda traspasar la barrera de esa dimensión desconocida en la que te encuentras, captas perfectamente lo que intento decirte y lo que nunca te dije cuando vivías.

También sé que me contestas, que lo mío no es sólo un monólogo, y que aunque no oigo tus palabras me explicas ya sin tapujos lo que jamás me explicaste cuando podías hablar.

Son conceptos que de haberse emitido en voz alta probablemente hubieran cambiado el rumbo de nuestras existencias. Sin embargo ni tú ni yo fuimos lo bastante valientes para expresarnos con sinceridad.

No es que nuestras vidas estuvieran impregnadas de falsedad. Al contrario. Todo cuanto expresábamos era cierto. No obstante mentíamos, Jaime. Mentíamos callando. Callar puede ser también el mayor de los embustes. De ahí que yo jamás te hablara de la atracción que Juan Luis ejercía sobre mí, ni tú me hablaras de tu tejemaneje con Teresa Artisol o con Rosa San Martín o con tu madre. Fingíamos. Fingíamos placidez a pesar de que todo en nosotros era inquietud. Y fingíamos indiferencias, serenidades y calmas, cuando por dentro nos rasgaban los estallidos de la rebeldía.

No hubo violencia entre nosotros. No quisimos que la hubiera. Simulábamos ser tolerantes. Pero hablábamos lenguajes distintos.

Por eso ahora (este ahora sin tiempo ni límites) quiero sincerarme como jamás lo hice: fuera máscaras, Jaime. Fuera silencios; fuera todo aquello que nos mantuvo tensos y distantes durante tantos años, aun cuando los disfraces convencionales cubrieran nuestras verdades.

Quiero ser sincera contigo y hablarte como jamás lo hice cuando vivías, no sólo para que tú (en fin de cuentas desde tu dimensión todo se capta sin necesidad de emitir palabras), sino para comprenderme a mí misma y conseguir recrear de algún modo las razones de aquellos fragmentos de vida (ya tan lejanos) que nos parecieron importantes, inamovibles y difícilmente enajenables.

También necesito asimilar qué clase de fuerza mayor me obligó a traicionar a mi hermana Marina y cuál fue la causa de aquella obsesión por Juan Luis que tanto llenó mi vida más allá de mis creencias, y de mis convencionalismos.

Sé que había una tapia por la que no podía trepar. Sé que todo era acumular reproches y sé que mis fracasos eran precisamente lo que yo consideraba triunfos. (La juventud vive tan desorientada respecto de sus propios esquemas.) Entonces era muy joven, Jaime. Demasiado joven para adivinar que vivía en la superficie de los hechos y que, lejos de buscar metas, lo que conseguía era huir de ellas.

Desconocía muchas cosas, Jaime. Me consideraba única en casi todo. No me daba cuenta de que mis problemas podían ser también los problemas de los demás.

Entonces era incapaz de discernir, cuando deambulaba por las calles de la ciudad o cuando me metía en algún lugar lleno de gente, que también los otros podían ser constructores de montañas de naipes como lo era yo y que cada vez que se derrumbaban sufrían como yo sufría.

En realidad, cuando transitamos por cualquier lugar, todo cuanto nos rodea puede tener una historia profunda que nosotros no captamos: esa ventana a medio cerrar, ese excremento de perro rozando un árbol, esas hojas caídas pisadas por infinidad de suelas de zapatos o maltratadas por el viento o por la lluvia o por los picoteos de las palomas. Tantas cosas pequeñas que ni siquiera vemos pueden esconder historias difíciles, vidas sofocadas por la angustia, esperanzas incumplidas, desengaños mortales. Y sin embargo sólo pensamos en nosotros. En lo que perdimos o ganamos para volverlo a perder.

Dicen que en la ancianidad se extravía la memoria. Pero no es cierto, Jaime. Únicamente se olvida la inquietud de lo que memorizamos. Por eso ahora que la vejez me permite saborear el sosiego, voy recobrando con brío aquello que nunca se pudre: ese arsenal de cosas vividas tan llenas de relieves que abarcaron mi infancia, mi juventud y mi madurez. Infinidad de cosas que tanto contribuyeron a que nuestra senectud acabara siendo un remanso de sensaciones domesticadas, de comprensiones llenas de paz y especialmente de intercambios y razonamientos que al empezar a vivir no supimos encauzar.

De repente un día te fuiste. Fue un irte definitivo. No se parecía a aquel «irse» incompleto que nos mantuvo tantos años separados, pero que a los ojos de los demás jamás fue separación, sino una unión convencional llena de lugares comunes e inofensivos.

Te fuiste mientras yo te tenía en los brazos y rezaba por ti. Fue un rezar extraño. Un rezar que al mismo tiempo conmemoraba infinidad de invocaciones que había ido dejando en la cuneta hacía ya muchos años, y que de pronto cobraban una fuerza indomable.

2

Resulta curioso comprender hasta qué punto los seres humanos pueden convertirse en marionetas de las costumbres y de las influencias, cuando en la vejez realizamos el balance de nuestros desafueros pasados.

Cuántas actuaciones que desearía olvidar reviven ahora en mi mente como si el tiempo no se hubiera encargado de fulminarlas. Son efectos contradictorios, Jaime, pero no por ello menos reales.

Lo peor es percatarse del infantilismo que envuelve ciertas decisiones que nos parecen adultas. Por ejemplo, mencionar la frase «para siempre». ¿Cómo hablar de un «siempre» donde el «hasta nunca» puede surgir de un momento a otro? Cada voz, cada ademán, cada gesto, cada alegría o cada tristeza va configurando cambios, percepciones, ilusiones nuevas o costumbres nuevas.

Sí, Jaime: no podemos remediarlo. Cambiamos. Somos mutables. Incluso el hecho de vivir es ya en sí una mutación de la propia muerte. Nacemos para morir. Vivimos muriendo, y en el desgaste de cada uno de nosotros vamos elaborando los expurgos y las causas que atolondradamente consideramos imprescindibles para alcanzar la felicidad.

No queremos admitir que la felicidad en este mundo es imposible, que sólo más allá de la vida, la felicidad puede ser inamovible, y que lo que aquí llamamos amor no es más que una pequeña sombra del verdadero amor que nos espera.

Sin embargo es precisamente nuestro afán de felicidad terrena (qué utopía tan grande) lo que va devorando poco a poco nuestra sensatez hasta el punto de obligarnos a creer que lo que nos conmueve y nos atrae es infalible y estable. No nos damos cuenta de que lo único que hacemos es formar parte de una representación teatral con un final casi siempre desastroso. Y que amar lo desconocido es lo mismo que montar un castillo de arena expuesto a ser derrumbado al primer tropiezo o al sesgo de una ola imprevisible enviada por un mar implacable.

No obstante nada nos atrae tanto como lo desconocido. ¿Será porque lo que conocemos de verdad mata el atractivo de aquello que imaginamos conocer cuando el conocimiento es ajeno a lo esperado?

No hay que engañarse, Jaime, los humanos somos imperfectos, pero no sabemos prepararnos para asumir nuestra imperfección. Es decir: vivimos sobre una cuerda floja y nos empeñamos en creer que pisamos un pavimento firme.

¿Recuerdas el accidente que malogró la vida de mis padres? Marina estaba ya casada con Juan Luis y residía en París.

Quería a toda costa que me fuera a vivir con ella, sin embargo entonces para mí Juan Luis no era más que una entelequia sin demasiado relieve y yo preferí quedarme en España.

Había encontrado un trabajo que me gustaba y no me resignaba a perderlo.

Así empezó todo. Con el accidente de mis padres. ¿Recuerdas? Fue aquel accidente el principal motivo de lo que vino después.

* * *

El dolor de aquella muerte recuerdo que cayó en verano. Fue un día de cansancio infinito; un día de fuego veraniego, de holocausto privado.

Todo era cansancio. Un desconcierto total que tú (todavía lejano en mis sentimientos) intentabas en vano apaciguar.

Fuiste a mi casa porque eras mi jefe y no te quedaba más remedio que afrontar el mal trago de tu subordinada con un pésame oficial.

Te acompañaba tu madre, la señora viuda de Salavedra, mujer refinada, de aspecto elegante y modales adquiridos a lo largo de vuestra dinastía y de vuestro convencimiento de que en los eslabones de la vida se debían guardar distancias.

Pero aquella tarde no pareció dispuesta a que las distancias se plasmaran como se plasmaron más tarde.

Tú estrechaste mi mano y tu madre me dio un beso, un beso que olía a Chanel n.°5, y que más que un beso fue una claudicación bien aprendida: «Lo siento mucho, señorita Sagra.» Para entonces yo todavía no era Sagra a secas y mi apellido Martínez no constituía una dificultad de envergadura para ingresar en las naves fatuas de los apellidos ilustres.

Evoco ahora tu forma de estrechar mi mano: lo hiciste con cierta timidez mientras balbuceabas no sé qué palabras de pésame con ribetes cariñosos de un hombre con sentimientos. Te lo agradecí. Te presenté a mis amigas. «El señor Salavedra, mi jefe.» Todas ellas te saludaron emocionadas. Todavía no asimilaban lo ocurrido aquella mañana en la carretera. Entonces aquellas amigas eran mis sudarios, mi amparo y todo lo que la tristeza que me embargaba estaba necesitando.

Fue un día de ceniza, de magia siniestra, de horror imprevisible. Nada era lógico, nada se sostenía en pie. ¿Por qué mis padres? ¿Por qué aquel choque estúpido contra aquel camión gigante?

4

Venían a la ciudad convencidos de que salían de un veraneo feliz para instalarse normalmente en su casa. Ni de lejos podían adivinar que su condición de jubilados gozosos, tras un mes de sosiego, iba a finalizarse en una carretera donde les esperaba la muerte. No era justo. No era lógico. ¿Por qué? ¿Por qué cuando más felices eran se les cayó la felicidad hecha trizas a lo largo de un asfalto que parecía inofensivo?

Yo, tras pasar con ellos todo el mes de agosto, me había adelantado para entrar en la oficina sin correr el riesgo de retrasarme; por eso no perdí la vida como ellos.

Era una tarde cualquiera, nada era previsible ni funesto.

Sin embargo hubo un «de repente». Uno de esos «de repentes» que jamás se presienten. Vino de golpe: la noticia. La noche anticipada, la esclavitud del dolor inesperado. Y el desconcierto.

Llamé a mi hermana Marina por teléfono para que viniera cuanto antes, para que no me dejara sola en la encrucijada de aquel desastre.

Tú te portaste muy bien. Manejaste los trámites (esos horribles trámites que acaban por ahincar más el dolor a los que deben realizarlos). Por eso te agradecí tanto que te ocuparas de todo. En cuanto a tu madre, se despidió de mí con otro beso de Chanel.

Aquel día no fue exactamente tu madre. Fue también un ser amable que no vacilaba en mostrarse sencilla y escapada de sus manías de grandeza.

Yo no sabía cómo reaccionar. Me sentía envuelta en un sueño triste y totalmente incapacitada para soportarlo.

Recuerdo que fue entonces cuando por primera vez me fijé en tu mirada llena de congoja; igual que si compartieras conmigo aquel mal trago. Y de pronto me noté impulsada a confiar en aquella mirada tuya que nada tenía que ver con la que me dirigías cuando en la oficina me dabas órdenes con voz neutral, tratándome de usted para dejar bien claro la distancia que mediaba entre tú y yo.

✳   ✳   ✳

Ahora estoy viendo a Juan Luis: un Juan Luis extraviado en vacilaciones, hablando un español correcto porque, aunque francés, era hijo de padres españoles exiliados en París al término de la guerra civil.

Entonces Juan Luis era sólo mi cuñado. Alguien prácticamente desconocido que poseía una galería de arte de cierta importancia en París y que también se volcó a tramitar contigo las gestiones desagradables que lleva consigo la muerte. Alguien que ni por asomo podía imaginar que andando el tiempo acabaría por trastocar mi existencia.

Luego estaban mis amigas: las de la infancia; las que como yo habían estudiado carreras para salir adelante y evitar convertirse en parásitos incapaces de afrontar la vida sin rémoras ni vergüenza. ¿Dónde andarán todas ellas? A lo mejor también están ya muertas, o acaso inválidas o quizá con la mente extraviada. Pero entonces eran muchachas lúcidas a las que tú, más adelante, me prohibiste que tratara: «No son como tú, Sagra. Debes atenerte a las reglas.»

Asimismo sobresale en los recuerdos de aquella tarde el sol agosteño clavado en el asfalto, en las vidrieras y en el alma. Un calor angustioso que no se acoplaba al frío glacial de la muerte de aquellos dos cuerpos tan queridos.

También os estoy viendo a ti y a Juan Luis desvelándoos para ayudarnos a mi hermana y a mí en los siniestros quehaceres que provocan siempre las muertes supitañas: partidas de nacimientos, documentos matrimoniales, elección de cajas mortuorias, estampas; qué sé yo. Quehaceres hechos de horizontes perdidos, de sueños truncados o de realidades que eran ya cenizas.

Resulta curioso constatar que en aquellos momentos éramos todos cuerpos distantes, ajenos por completo a convertirnos en laberintos o desiertos los unos para los otros, como si lo que siempre fuera a prevalecer fuera aquella solidaridad entre los cuatro y nada pudiera cambiar.

A veces pienso que la facultad de recordar es uno de los castigos más grandes que puede experimentar el ser humano. Especialmente cuando el recuerdo se empeña en apuñalar nuestra mente. Sí, Jaime, con frecuencia el recuerdo duele porque nos obliga a analizar. No obstante, ¿sin recuerdos podríamos afrontar el futuro? No, Jaime, hay que aceptarlos y apechugar con ellos aunque nos llenen de vergüenza.

Me pregunto qué serán para ti los recuerdos. De hecho ya lo sabes todo. No solamente lo que ocurrió sino las razones exactas que lo provocaron. Por eso entre tú y yo ya no caben fronteras, ni desprecios, ni reproches, ni rencores, ni mentiras. Tampoco caben ya los vacíos. Al contrario, todos los huecos se han llenado para ti. Más aún, incluso aquello que nos desunió cabe que nos esté uniendo otra vez como nunca lo estuvimos. Nada: ni las sonrisas o los ceños, ni las ráfagas de odio y de amor, ni las esperanzas y desilusiones pueden ya separarnos. Al contrario: todo lo ocurrido, bueno o malo, nos fusiona y nos reconcilia.

Y es que ahora que te has ido de verdad, lejos de marcharte lo que has hecho es llegar: conseguiste la meta. Por eso sabes mejor que yo misma los desvíos y los errores que cometimos, las torpezas que nos distanciaron y más tarde las cadenas que nos ataron al dolor.

Insisto: lo malo era vivir como si todo lo que nos rodeaba fuera a ser eterno. No nos dábamos cuenta de que el hecho de tener un cuerpo que respiraba, que latía, se movía, pensaba y decidía, era sólo la parodia de un futuro que se medía con la palabra «tiempo», pero que nada tiene que ver con el presente eterno que tú ya has alcanzado.

Sin duda me reprocharás ahora que sea tan insistente, pero ¿por qué cuando vivimos nos empeñamos en conceder tanta importancia a las cosas que sólo duran un instante? ¿Por qué nos cuesta tanto aceptar que la vida es sólo un minúsculo fragmento plagado de esquemas convencionales que nos engañan y que nos obligan a creer que sólo lo que el ser humano es capaz de alcanzar se debe al tiempo, siendo así que únicamente sirve para dar una dimensión cósmica más o menos válida a nuestros pequeños triunfos, a nuestros fracasos y sobre todo a nuestras decadencias?

Hablamos de amor como si fuera a durar eternamente y nos extrañamos cuando comprendemos que nada inmerso en el tiempo puede ser eterno.

Lo cierto es que entonces ni tú ni yo sabíamos que lo que llamamos amor puede ser simple atracción y que cualquier detalle puede disolverlo o convertirlo en odio.

Por eso, cuando me aseguraban que el amor (tal como lo sentíamos nosotros) acabaría por ser engullido por el tiempo y que lo único que restaría de aquella emoción a dos experimentada por nosotros iba a ser un gran cariño, me rebelaba. Sí, Jaime, me negaba a aceptar que mi amor por ti no pudiera ser eterno. Era tan incauta que confundía la eternidad con los fragmentos de los segundos cósmicos que constituyeron nuestro paso por la tierra. «¿Cómo es posible sentir solamente cariño por alguien que lo es todo para mí?», pensaba.

Por eso caí en la trampa. Por eso confundí el cristal por el agua de la piscina donde me eché de cabeza.

❋ ❋ ❋

Muchas veces me he preguntado por qué me enamoré de ti. Soy consciente de que la mayor parte de la gente que nos trataba creía que lejos de enamorarme de ti lo que yo hice fue cazarte.

Yo era tu secretaria: la muchachita joven que por sus encantos había conseguido deslumbrar al jefe. Especialmente tras el fallecimiento de mis padres.

Pero no era cierto. Es posible que tú lo creyeras también porque en cierta ocasión me lo diste a entender: «Todos aseguran que tu te envaneces de haberme conquistado por interés.» Aquella frase me hirió, Jaime. Jamás me hubiera casado contigo por tu fortuna. Creo haberte dado pruebas suficientes de esa realidad. Además en aquella época nunca pensé que algún día podría convertirme en tu mujer. Te veía tan lejos de mí. Tan aupado por la gente que tratabas, que ni por un instante pensé que tú te dignarías casarte conmigo. Éramos dos mundos ajenos. Dos montañas alejadas, sólo unidas por un puente demasiado quebradizo para que no se rompiera al intentar pisarlo.

Recuerdo ahora el día que volví al trabajo vestida de negro como se estilaba en aquella época: apocada, triste, la sonrisa forzada para agradecer las condolencias de mis compañeros y procurando apagar el dolor que arrastraba para esmerarme en mi tarea y multiplicar mis esfuerzos para serte útil. Entonces (no voy a negarlo) yo te admiraba, Jaime. En ti veía al jefe inteligente que nunca se equivocaba, que siempre encontraba recursos para salir airoso de atascos imprevistos. La gente que te rodeaba alababa tu talento (decían todos que tus estudios iban arropados por las mejores calificaciones, que la empresa que habías heredado de tu padre se había reforzado gracias a tus acertadas intervenciones y que la fábrica de papel que tú regentabas iba adquiriendo un auge como jamás lo había alcanzado en vida de tu padre).

No niego que tus cualidades (aquellas que todos ponderaban) influyeron en mis sentimientos. (A veces la admiración por una persona puede provocar incendios que el dinero es incapaz de conseguir.) Y yo, desde siempre, me vi impelida a admirar la inteligencia. Pero había algo más: tus modales, tu manera de tratar a tus subordinados, tu seriedad siempre amable, aquella seriedad que parecía esconderse tras la aureola de aciertos que nunca defraudaban. También estaba tu empeño en no perder la compostura cuando surgía la urgencia. Había datos que debían salir a flote junto con las rutas comerciales, las posibles alternativas y mil cosas más. Pero tú siempre mantenías tu ecuanimidad sin dejarte dominar por los nervios.

Algunas veces me preguntaba si era solamente yo la que veía en ti tantas cualidades. Pero el entorno siempre me demostraba que no estaba equivocada, que tú eras perfecto y que la distancia que mediaba entre tú y yo era tan inmensa que por mucho que mi aspecto pudiera resultarte atractivo, jamás podrías fijarte en mí como alguien que no fuera sólo una secretaria.

Luego estaban las mujeres que te perseguían. Aquellas que de vez en cuando se dejaban caer en tu despacho con pretextos absurdos sólo para tener la ocasión de verte a solas, de hablarte, de conseguir de ti lo que ninguna mujer había logrado todavía: enamorarte de verdad.

Y las cartas que te enviaban. Y las respuestas que yo pasaba a máquina tras una orden tuya entre fastidiosa y desvaída: «Por favor, Sagra; tome nota.» Dictabas. Bostezabas. Encendías un cigarrillo y procurabas sacarte de encima (con elegancia) la pesadez de una correspondencia que te salía por una friolera y que, según decías, te obligaba a perder el tiempo: «Si repito alguna palabra, por favor, Sagra, corríjalo usted misma.» Y yo las corregía. Era un corregir bullicioso, alegre, porque sabía que cada corrección era demostrarme que ninguna de aquellas mujeres te importaba un comino.

También había otros datos muy significativos: casi siempre me ordenabas que me encargase de mandar un ramo de flores a Fulanita o a Menganita. Y tus frecuentes «Recuérdame que felicite a la señora Tal en el día de su santo. Se llama Concha. Es una fecha demasiado destacada para olvidarla.» Había también Josefinas y Marías y Cármenes y un largo camino de criaturas anónimas cuya alegría al recibir un ramo de rosas o de claveles o de cualquier flor más o menos significativa se debía única y exclusivamente a mí y no a ti. Incluso llegaste a suplicarme (cuando no tenías tiempo de aguardar a que llegase un papel que debías firmar) que «por favor, Sagra, imite lo mejor posible mi firma. Tengo mucha prisa y no dispongo de tiempo para andar firmando bobadas.»

Fue una época gloriosa, Jaime. Una época en que tu presencia lograba convencerme de que yo te resultaba imprescindible; que mi trabajo como secretaria te compensaba de tanta frivolidad y de tanta mujer de manos inútiles y uñas largas. Pero jamás imaginaba que yo podría llegar a ser una de ellas. Ni siquiera cuando mis compañeras de trabajo se empeñaban en darme a entender que yo para ti era algo más que una secretaria, podía caberme en la cabeza que estuvieran en su sano juicio y yo para ti significara algo más. «Por favor no le volváis el guante al revés», le respondía yo casi furiosa.

Sin embargo yo ya estaba enamorada. Todo en ti me atraía, Jaime: tu intelecto, tu forma de andar, tu mirada gris, tus opiniones, tus silencios. Hasta tu manera de sacarte de encima las moscas femeninas que te atosigaban.

Naturalmente era un enamoramiento hecho de silencios (quizá por eso fuera tan fuerte), un enamoramiento sin fantasías ni esperanzas. Ni siquiera me importaba que algún día me dijeras «¿Sabes una cosa, Sagra? Voy a casarme.» Te veía tan lejano, tan ausente de mi propia intimidad, de mis costumbres, de la gente que trataba, de mis niveles sociales, que me bastaba trabajar contigo para no separarme de ti.

En realidad me resistía a agarrarme a ficciones que no condujeran a nada seguro y llegaran a desengañarme. Prefería lo real. Lo lógico. Lo que de ningún modo podía (a mi entender) cambiar. Las ficciones no me iban y lo real era que entre tu escala social y la mía había un vertiginoso precipicio imposible de rellenar.

Además existía un sinfín de modos, maneras y protocolos que yo desconocía pero que tú ibas desvelándome a medida que pasaba el tiempo, acaso para darme a entender que yo jamás podría alcanzarlos. Eran cosas tan complejas y tan complicadas.

Sabía que tu gente tenía prioridades sociales, prohibiciones para no caer en el mal gusto y una interminable cadena de comportamientos que yo desconocía. Por ejemplo, cómo utilizar los cubiertos o cómo conseguir que el personal doméstico se ajustara a esas mil reglas establecidas que yo ignoraba. En suma, que nada en vuestro mundo, se parecía al mío: el modo de hablar, la forma de caminar, de sentarse, de levantarse; naderías que se miraban con lupa y que convertían a las personas en bien educadas o en criaturas sin pulir.

Todo nos estaba separando, Jaime. Ningún vínculo entre tú y yo podía establecerse más allá de la empleada y el jefe: nada podía ser compartido fuera de la oficina.

Por otro lado, tú vivías atosigado por infinidad de compromisos que yo no compartía contigo. Incluso las cartas que me dictabas venían a destacar el gran alejamiento que existía entre la forma de expresarte y mi modo de concebir los tratos entre las gentes comunes. Así que todo para nosotros era pura desigualdad, discrepancias y lejanía.

Sólo en algo coincidíamos. En nuestras creencias. Más de una vez me habías ordenado que «Por favor, Sagra, vaya a la iglesia más cercana y encargue una misa por ese señor que ha muerto.» O: «Por favor, Sagra, ,mande esa cantidad al obispado.» También te gustaba leer los libros de Cabodevilla y hasta estabas abonado a ciertas revistas religiosas. No es que fueras muy fervoroso, pero indudablemente eras creyente. Tenías la creencia de la razón, no de la mística, y pese a las. desviaciones a las que solías ser proclive, nunca renegaste de tu fe.

Estabas muy aferrado a una ética concreta, tenías amigos en todas las esferas: curas, artistas, periodistas, políticos y, naturalmente, toda clase de empresarios. A veces algún sacerdote entraba en tu despacho. Entonces yo salía de allí para no estorbar. Es posible que sólo charlarais, pero acaso lo que hacías era confesarte.

Cuando en alguna ocasión actuabas sin demasiado rigor solías mostrarte incómodo: «¿Cree usted, Sagra, que he cometido una injusticia?» El hecho era que te sentías mal, pero no evadías el problema: lo afrontabas y no parabas hasta reparar el error.

Tal vez todo lo que te estoy contando, Jaime, tú lo aprecias mejor ahora que cuando lo vivías, pero la realidad era que la admiración que yo sentía por ti se basaba en esas pequeñas cosas a las que entonces tú seguramente no les dabas importancia.

¿Recuerdas la primera vez que me pediste que te acompañara a una cena de negocios? Me dijiste que necesitabas mi ayuda porque en las cenas de negocios la mayoría de los invitados iban acompañados por sus secretarias. Y me recomendaste un buen modista para que me confeccionara un traje de noche a cargo de la empresa. En aquella época no existían las boutiques ni había tiendas de ropa de calidad como las que proliferan ahora. Yo no podía dar crédito a lo que me propusiste y por primera vez tuve miedo de no estar a la altura de las circunstancias. Nunca había pisado casas importantes ni había formado parte de una cena elegante como la de aquella noche. Pero mi pasmo fue aún mayor cuando descubrí que la única secretaria en aquella reunión era yo. La mayoría de aquellos personajes iban acompañados por sus mujeres y alguno de ellos por sus novias. Tampoco fue preciso memorizar proyectos ni apuntar datos. Fue una cena normal que, según me confesaste más tarde, sirvió para que yo me familiarizara con tu mundo: «Quería presenciar por mí mismo cómo te desenvolvías, Sagra, y la verdad es que estuviste perfecta. No me llevé ningún desengaño.» Fue entonces cuando me advertiste que debíamos tutearnos. «Es lo que se estila,» dijiste. «Y sobre todo no se te ocurra mostrarte apocada. Ninguna mujer puede superar tu belleza, Sagra.» Al parecer los apocamientos no estaban bien vistos en según qué clase de ambientes. Había que ser natural, desenfadado y, sobre todo, no mostrarse en ningún momento incómodo.

Pero lo que me llamó mucho la atención cuando entramos en aquella casa, fue tu modo de presentarme: «Es una buena amiga que me ayuda en el trabajo. Se llama Sagra Martínez», dijiste. No te importó que la vulgaridad de mi apellido pudiera desafinar en aquel ambiente.

Por supuesto la palabra «secretaria» no fue mentada por nadie aquella noche. Yo simplemente era tu acompañante: una acompañante joven, bien vestida, que procuraba estar atenta a todo lo que hacían los demás para «no meter la pata» y comportarme como una verdadera señora.

Fue aquella noche cuando conocí a Teresa Artisol. Su marido todavía vivía y ella se mostró conmigo como si yo fuera la mujer más elegante y bonita de España: «¿Cómo es posible que no nos hubiéramos visto antes?» Daba por hecho que yo pertenecía a una de esas familias importantes de otra ciudad: «Tu acento te delata, Sagra. Probablemente eres madrileña.» No le llevé la contraria pero tampoco lo desmentí. En realidad, mis padres eran castellanos, así que me limité a sonreír y a cambiar de conversación. No quería que tú quedaras en mal lugar. Comprendí enseguida que la gente de la alta sociedad se conocían entre ellos desde antes de nacer y que sólo los de mi clase iban formando grupos con gentes desconocidas.

Inútil recordarte que Teresa se mostró aquella noche muy dispuesta conmigo: «Me gustan las mujeres que trabajan aunque no lo necesiten, Sagra. Si yo no estuviera casada tampoco me quedaría en casa con los brazos cruzados.» Me preguntó por mi familia. Le contesté que sólo tenía una hermana que vivía en París y que mis padres habían muerto hacía pocos meses. Aquella circunstancia pareció afectarla mucho:«Dios Santo, vives sola. Pero tendrás amigas, ¿verdad?»

Naturalmente tenía amigas. Cuando se es joven se tiene siempre amigas y amigos. Seres queridos que nos parecen eternos pero que según pasa la vida se van quedando rezagados en la cuneta sin que podamos hacer algo para recuperarlos. Y es que por mucho que nos propongamos mantener el cariño que sentimos por ellos, aquello que justifica la amistad se va desvirtuando, zigzagueando e incluso cayendo en pozos hondos incapacitados ya para recuperarlos.

Lo que no podía imaginar aún era que durante muchos años mi mejor amiga iba a ser precisamente Teresa, y que dentro de nuestra sinceridad mutua su amistad iba a convertirse, andando el tiempo, en la más bella y gloriosa de las traiciones.

Aquella noche no fue la única que nos declaramos abiertamente amigables. Hubo muchas más. Pero al parecer tú querías que fuera ella la que me iniciase en vuestro mundo, que me familiarizase con él, para que la gente que me presentaras se inclinase favorablemente hacia mí.

Muchas fueron las llamadas telefónicas que sonaron en mi casa desde aquella noche: la gente quería conocerme mejor, tratarme a fondo, saber cómo pensaba, cómo reaccionaba. Pero yo seguía creyendo que la distancia que mediaba entre tú y yo era demasiado grande para que aquellas demostraciones de afecto y aquellos contactos que, según tú, me iban «puliendo» pudieran tener relación con algo más que una sencilla amistad entre el jefe y la subordinada.

Pronto comenzaron las cenas a solas. Primero surgía la excusa del trabajo inacabado: «Podremos discutirlo durante la cena.» Luego fue el pretexto de tu madre: había salido de viaje y tú no querías cenar solo.

Me llevabas a tascas desconocidas donde la gente que tú frecuentabas nunca se dignaba ir, lugares medio escondidos en callejuelas de la ciudad antigua, donde lejos de hablar de temas relacionados con el trabajo, hablábamos de la felicidad de los sueños cumplidos, de las ilusiones conseguidas. Decíamos cosas que rechazaban el infortunio y que nos parecían fundamentales. En realidad eran tópicos que se habían lanzado al aire infinidad de veces; frases estereotipadas acompañadas siempre por miradas profundas, como si pretendiéramos hurgar el alma a través del cristalino.

También hablábamos de los baches de la vida: «La violencia se convierte en hábito, y el hábito consiste en odiar», me decías. Y yo te preguntaba por qué existía tanto odio. Me refería a los asesinatos en masa, a las guerras, al rencor, a las penas de muerte y a la estúpida pero todavía vigente lucha de clases. Tú me dabas la razón. Hablabas del amor. De ese amor que todo ser humano llevaba dentro pero que nadie sabía concretar por qué motivo se agarraba a los humanos de un modo tan desesperado y dominante. «Cuando es verdadero, dura siempre», me dijiste en cierta ocasión. Y yo te creía. Necesitaba creerte. No obstante, no sabía aún si te referías a mí o a lo que acaso podía inspirarte otra persona.

Así transcurrían las veladas: filosofando sobre el amor. Todo se nos iba en darle mil vueltas a lo que los humanos podíamos sentir. Pero de ahí no pasabas: tenías aún ciertos reparos que te impedían sincerarte.

Luego, cuando al día siguiente nos encontrábamos en la oficina, nada se parecía a lo que habíamos vivido la noche anterior. De nuevo nos metíamos en el trabajo: el dictado de las cartas, el darle vueltas a los ficheros, el buscar documentos, el contestar las continuas llamadas telefónicas: «Sagra, toma nota», «Sagra, acuérdate que...», «Sagra, diles a esos pesados que estoy reunido». Casi todos los empresarios, cuando no quieren ser molestados, se escudan en «que están reunidos».

A veces, si te quedabas en la oficina a la hora del almuerzo me pedías que yo te hiciera compañía. Y yo aceptaba sin dudar, porque cada instante que pasaba contigo era como sentirse cenicienta rehabilitada, transformada en princesa, aunque de antemano supiera que llegada la media noche del trabajo tendría que soportar la desilusión de ver la carroza convertida en calabaza, los alazanes en ratones y los zapatos de cristal en vulgares zapatillas.

Pero una noche fue todo distinto. Me rogaste que me vistiera con el traje largo que me habías comprado para asistir a la famosa cena de las «secretarias» y me llevaste al mejor restaurante de la ciudad.

Aquella noche me pediste que me casara contigo.

SOLILOQUIO PARA JUAN LUIS

Cuando era joven solía preguntarme a mí misma cuál de vosotros dos iba a morir antes. De hecho Jaime era mayor que tú, sin embargo tú fuiste el primero en marcharte. Para entonces Jaime estaba ya muy enfermo y yo no me apartaba de su lado.

Un día me dieron la noticia: «Juan Luis Bontal ha muerto.» Fue lo mismo que si me desnudaran de vida, de todo lo que tenía sentido: el mundo dejó de ser mundo y yo me quedé envarada y como cautiva de cosas que no existían; de «nadas» eternas.

Te incineraron. Es decir: te dejaron como si jamás hubieras existido. Como si tu ausencia nunca hubiera sido presencia. Lo único que se conservaba de ti era un lejano eco de tu voz. Lo demás no existía; se había apagado como se apagan los sueños cuando despertamos.

Mil veces he intentado recordar cuándo te vi por primera vez, pero no he podido conseguirlo. Sé que no fue en París (aquel París de nieblas soleadas, de fachadas uniformes, de peatones apresurados, donde la mediocridad se esfumaba al roce continuo de lo artístico, del buen gusto y sobre todo de un sinfín de sueños que siempre se cumplían) y también sé que no fue el día de tu boda con Marina. Yo entonces era una adolescente que ni por asomo imaginaba lo que podía ocurrir entre nosotros.

Seguramente nuestro primer encuentro se produjo en una de tus visitas a España cuando mis padres vivían y Marina sólo era tu novia.

Yo debía de ser insignificante: en cambio mi hermana era una belleza completa y tenía un talento grande para asimilar cualquier ambiente y cualquier circunstancia.

A veces os observaba sin que os dierais cuenta: vuestro romance me fascinaba. Los dos erais el reflejo más clarividente de la felicidad. Hablabais mucho. Opinabais. Y cuando creíais que nadie os veía os abrazabais como si vuestra atracción fuera más fuerte que vuestro propio amor.

El recuerdo que no se ha borrado es el que plasma mi entrada en la iglesia cogida de tu brazo para casarme con Jaime.

Entonces tú eras sólo mi cuñado: el hombre casi perfecto que se había enamorado de Marina y que, pese a vivir en Francia desde su nacimiento, hablaba correctamente el español. En aquella época

Jaime barría a todos los hombres del mundo, y en ti sólo veía al padre de mis sobrinos y al marido de mi hermana.

También recuerdo tu serenidad, tu placidez y aquella sonrisa en forma de uve que siempre caracterizó la expresión de tu rostro. Era una sonrisa especial, más que sonrisa era una invitación al diálogo, a las buenas maneras, a todo lo que producía sosiego.

Yo no sé lo que mi marido veía en tu sonrisa, pero cuando hablaba de ti siempre sonaba una nota discordante que te dejaba en mal lugar. «Aunque Juan Luis es simpático, no deja de ser pedante. Se cree dueño absoluto del arte.» En realidad Jaime no estaba a tu altura en cuestiones artísticas y le molestaba reconocerlo. A decir verdad tú y mi marido erais los polos opuestos. Tampoco a ti te parecía que Jaime fuera una persona excesivamente grata: «Buen tipo, pero le falta experiencia literaria. No sería tan drástico al enjuiciar ciertas facetas de la vida si leyera más.» No obstante, no recuerdo que entre vosotros hubiera el menor roce desagradable, ni que llegarais a perder la calma mientras exponíais vuestros puntos de vista. Lo cierto es que, aunque mantuvierais las formas, ninguno de los dos os soportabais. Aunque eso sí, sin perder la calma. Incluso a veces parecía que estabais a gusto hablando y que las ideas de uno no herían las del otro.

Entonces tus hijos eran todavía pequeños y seguían llamándome tía Candy. Marina creía que yo era una mujer feliz, y Jaime, aunque ya había entrado en la fase de ignorarme, solía aceptar con cierta buena voluntad vuestra presencia en nuestra casa.

También Teresa mostraba su satisfacción cuando yo le anunciaba que ibais a venir a España. Incluso llegué a pensar que se sentía atraída por ti y hasta me pareció que en más de una ocasión trató de coquetear contigo. No era que se mostrase excesivamente amable, pero conociéndola como yo la conocía, no se me escapaba aquella forma de tratarte propia de una persona que se siente inquieta por la presencia de otra. Eran ráfagas breves que se traducían en miradas tensas, o en ademanes seductores y que venían a confirmar la admiración que sentía por ti.

Todos sabían que Teresa era coqueta. Tenía la prestancia desenfadada de las personas demasiado jóvenes para soportar la soledad. Incluso en vida de su marido no tenía reparos en despegarse de cualquier pudor y no ocultar su afán de conquista. Era algo más fuerte que ella. Le gustaba gustar: ser el centro de todas las atenciones aunque de antemano comprendiera que su modo de actuar no encajaba en la mentalidad rigurosa y rígida de aquellos tiempos.

Más de una vez me confesó: «Necesito que me quieran, Sagra. Me encuentro muy sola.» Pero tú, aunque siempre te mostraste atento con ella, dosificabas tu benevolencia con cierta lejanía que solía dolerle: «Ese cuñado tuyo es demasiado soberbio», se quejaba. Yo solía tomar a broma aquellas salidas de tono y le decía que tu fidelidad hacia mi hermana era más importante que cualquier atracción.

En cierta ocasión, en uno de vuestros viajes a Barcelona, recuerdo que me hablaste de Teresa: tu expresión cambió repentinamente: «Por si acaso, no te fíes de ella Sagra. Teresa no es sincera. Entre tú y ella media un abismo.» Yo intentaba explicarte que Teresa, pese a su juventud, no encontraba al hombre adecuado: «Su marido murió hace poco.» Pero tú no quisiste aceptar aquella excusa: «Razón de más para que se desmadre.»

Es muy probable que entonces tú ya supieras lo que estaba ocurriendo. Pero no hiciste nada para que yo pudiera sospecharlo. Al contrario, cambiaste de conversación y procuraste distraer mi atención señalándome los abetos del jardín de mi casa: «Mira cómo se balancean.»

Recuerdo que Marina había salido con los niños y tú y yo nos habíamos quedado solos como había ocurrido infinidad de veces desde que me había casado.

Cuando ahora recapacito en lo que ocurrió, me doy cuenta de que empezó con el vaivén de la hamaca y el balanceo de los abetos. Pero no consigo captar por qué se produjo, ni cuál fue la causa que lo provocó. Lo único que sé con certeza es que mi dio un cambio brusco y que algo, que ignoro lo que fue, cayó sobre mí para fulminarme.

Con frecuencia la lógica de lo que nos ocurre se escapa. Y nada de lo que hemos venido guardando dentro de nuestros escondrijos internos tiene ya razón de ser. Por eso me pregunto dónde está la lógica. ¿Para qué sirve si cuando más la necesitamos se escabulle y se aleja?

Probablemente ahora, desde tu dimensión, debes de saber cuál fue la causa que lo produjo y desde cuándo (aquello que ni siquiera tenía nombre) venía atosigándonos a ti y a mí.

Fue al arrimo de aquella lluvia cuando supe que todo mi pasado quedaba engullido por el presente. Sin embargo, ¿cómo adivinar lo que podía pasar si lo que estaba pasando era tan sutil y tan a ras de piel?

De cualquier forma aquel día transcurrió sin que nada cambiara. Tú y Marina os ibais a París el día siguiente y la velada nocturna se deslizó como si nada hubiera ocurrido. Pero ¿había ocurrido algo verdaderamente?

De hecho todo seguía pareciendo lo mismo: la cena, los comentarios, la altivez de Jaime cuando se trataba de temas que desconocía; tu modo de comportarte, sereno, tranquilo, procurando que tus cambios de humor fueran normales y que Marina se sintiera unida a ti como siempre.

Por eso llegué a pensar que aquella extraña chispa que sólo había durado unos segundos, hubiera sido únicamente una falsa impresión mía provocada por aquel túnel sin salida que empezaba a ser mi vida.

* * *

Al día siguiente, tal como estaba previsto, os fuisteis a París. Más de una vez os habíais marchado sin que mi vida se modificara. Sin embargo aquella vez, cuando la casa se quedó sin vosotros, todo dio un cambio brusco. Nada era ya lo mismo. Las habitaciones sufrían vacíos extraños. Faltaba todo: las voces de los niños, las charlas con Marina, las pisadas del jardín. Pero sobre todo faltabas tú. Aquel «tu» nuevo que había descubierto en la hamaca poco antes de la lluvia, mirando el cabeceo de los abetos y escuchando tu forma de hablar: pausada, amable y tu mirada, y tu sonrisa. Todo en la casa reclamaba vuestra presencia.

Aquella noche la pasé en blanco. No entendía lo que me estaba ocurriendo: era una especie de felicidad inmensa y triste: un sentirme plena y al mismo tiempo vacía. No sé explicarme, Juan Luis. No encuentro palabras para describir lo que sentía.

De repente tú estabas en todos mis recuerdos, en todas mis alegrías y en todas mis tristezas.

Quería olvidarme de ti, pero no podía. Era imposible olvidar aquellos instantes en la hamaca y tus frases y sobre todo aquella forma de arrastrarme hasta la casa porque estaba lloviendo.

Tras aquella tarde hubo una semana de silencio completo. Ni siquiera me llamasteis por teléfono y yo no me atrevía a comunicarme con vosotros.

* * *

Un día Marina se puso en contacto conmigo. Me dijo que su asma (llevaba toda la vida con aquella lacra) se había incrementado y que los médicos le habían dicho que guardara cama para no cansar el corazón. «Sería posible que pudieras venir a París para que los niños no se sientan tan solos? Ya sabes cuánto te quieren.»

Naturalmente, acepté enseguida.

Te estoy viendo ahora en el aeropuerto de Orly aguardando mi llegada como habías hecho infinidad de veces. Sin embargo, aquel día, nuestro encuentro fue distinto.

Recuerdo que me tendiste la mano fríamente y mientras aguardábamos la llegada del equipaje me hablaste de Marina en un tono seco, como si algo imprevisto te preocupara. Me dijiste que su ataque de asma había sido muy fuerte y que su corazón estaba dañado: «Todavía falsta hacertle algunas pruebas, pero el médico teme que sus pulmones estén al borde de un enfisema.» Tu voz, al hablarme, parecía sofocada, como si el hecho de mencionar a mi hermana te abrumase: «Está pasando momentos difíciles. Ella procura disimularlos, pero yo sé que está sufriendo.»

No sé lo que te contesté. Sólo recuerdo el horror que recorrió mi cuerpo mientras me hablabas. Yo no esperaba que Marina estuviera tan grave. Conocía su tendencia a la dichosa asma, pero hasta entonces solía curarse fácilmente con pastillas de cortisona. «Esta vez es distinto», dijiste. «El maldito frío la ha desnivelado.»

En efecto, una nevada brusca estaba disfrazando el otoño de invierno. El paisaje era una gran masa blanca que no podía augurar nada bueno.

De pronto me sentí culpable. Era como si la enfermedad de Marina se debiera a mis noches de insomnio provocado por el descubrimiento que tuvo lugar hacía ya varios meses en el jardín de mi casa.

El coche rodaba lentamente debido a la humedad del pavimento. La verdad es que resultaba absurdo ver un otoño parisino arrasado por la nieve.

Hasta entonces la belleza de París en otoño no podía compararse con ninguna otra estación. Impresionaba observar el Bois de Boulogne tan lleno de hojas caídas y el gris abrillantado de las fachadas de las calles por lluvias finas y persistentes. Luego estaba la limpieza de las aceras repletas de peatones equipados con paraguas y botines impermeables. Pero el París de aquel día era distinto. Tengo una idea vaga de haber comentado contigo la extrañeza que me producía ver aquella ciudad nevada.

No obstante lo que recuerdo con mayor claridad, es tu silencio, la tristeza de tu mirada y aquel aire ausente que hasta entonces nunca había descubierto en ti.

Marina nos recibió sonriendo. Estaba en la cama. Tenía fiebre. Y tus hijos se echaron sobre mí para abrazarme. «Gracias a Dios que has venido, tía Candy. Ahora mamá podrá curarse.» Me llamaban así porque desde pequeños decían que yo era dulce como un *candy*.

El médico no tardó en llegar. Venía sonriente. Decía que Marina estaba mejor de lo que en un principio se había diagnosticado: «En cuanto se le pase la fiebre, podrá hacer vida normal.» Pero cuando salió de la habitación, te aconsejó que si recaía, la trasladaras a la clínica para estudiar a fondo su enfermedad. «Puede que las cosas no sean tan alarmantes.»

Aquella vez me quedé en vuestra casa una semana. Marina mejoraba; sus ojeras habían desaparecido y su afán de vivir se traducía en aquellas constantes actividades que desde siempre la habían caracterizado. De nuevo se desvivía por vuestros hijos, por ti, por aquel empeño suyo de trabajar contigo en la galería de arte.

Con frecuencia, cuando los niños no tenían colegio, yo los llevaba a Montmartre, comíamos en tascas situadas en callejas ocultas, admirábamos a los pintores ambulantes que ofrecían su mercancía por poco precio y a veces incluso jugábamos a escondernos en sus recovecos. De la enfermedad de su madre no hablaban. No querían hablar. Se referían a mí, a lo mucho que les extrañaba que yo no tuviera hijos: «Dios no quiere mandármelos. Pero vosotros sois un poco hijos míos. No lo olvidéis.» Era mi forma de amordazar aquel tema que tanto me estaba haciendo sufrir desde hacía algunos años.

En cuanto a la enfermedad de tu mujer, soy consciente de lo mucho que te preocupaba. No querías admitir que pudieras quedarte sin ella. Por eso te obstinabas en tenerla siempre a merced del médico y empeñarte en hacerle pruebas que ella rehusaba. «Eres un exagerado, Juan Luis.»

Yo te apoyaba. También quería a Marina. Era el único ser de mi familia con el que podía contar.

De vez en cuando solía bromear: «A veces creo que mis hijos te quieren más que a mí.» Lo decía sin amargura, como si me estuviera pidiendo que me cuidara de ellos cuando ella se fuera. Yo siempre le contestaba que no tenía razón, que las apariencias eran engañosas: «Nadie como una madre puede cuidar a sus hijos.» Pero ella insistía: «Mis hijos van a necesitarte, Sagra.» Estaba convencida de que su destino era dejármelos a mi cuidado: «Por mucho que el médico quiera engañarme, yo se que estoy muy enferma, Sagra.»

Cuando regresé a España de nuevo me acompañaste al aeropuerto. También entonces hubo silencios. Teníamos la enfermedad de Marina entre tu cuerpo y el mío. Y la lejanía entre tú y yo era demasiado grande para que pudiéramos sincerarnos. Todo en nosotros era corrección, temor por la enferma, miedo a perderla. «Yo quiero a tu hermana, Sagra», me dijiste. Se notaba la necesidad de explicar aquel amor tuyo por Marina. «No podría vivir sin ella.»

A simple vista se hubiera dicho que en efecto tu amor por Marina era un amor interminable, algo tan irreversible como su enfermedad. Sin embargo era aquella insistencia tuya en repetir lo que sentías por ella lo que más ahondaba en lo que me ocultabas; aquello que por nada del mundo querías reconocer.

También a mí me ocurría algo parecido. También yo me aferraba a la posibilidad de que Marina mejorara y que su enfermedad no fuera lo grave que parecía ser. «Sobre todo cuando la ingreses en la clínica llámame por teléfono. Quiero saber el resultado.»

Recuerdo que la nieve empezaba a derretirse y que los parloteos que improvisábamos eran excusas para matar el silencio: cosas dichas sobre todo para convencernos a nosotros mismos de que nuestro trato era algo yermo, sin verdadera consistencia, ni peligrosidad.

Recuerdo también que la noche anterior a mi regreso a España, tuve unos sueños extraños que se mantuvieron en mi mente durante todo el día. Me veía a mí misma ocupando el lugar de Marina mientras los niños se empeñaban en que yo era su madre. Inútil decirles que su madre no era yo. Insistían: «Demuéstranos que no eres nuestra madre.» El despertar fue doloroso. Me dolía el cuerpo, me dolía la cabeza, me dolía el alma. Hice la maleta deprisa. Me despedí de los niños y de Marina y me metí en el coche mientras tú colocabas mi equipaje en el maletero. Me acongojaba dejar sola a mi hermana pero me afligía aún más correr el riesgo de quedarme: «Volveré pronto», le dije.

Al llegar al aeropuerto nuestra despedida todavía fue más fría que la llegada. Ni siquiera me volví hacia ti para agitar la mano antes de atravesar la aduana. Te dejé allí con tus verdades y tus mentiras, sin darte pie para que me abrazaras.

Una vez en España intenté explicarle a Jaime la posibilidad de que Marina estuviera muy enferma: «Ha superado la crisis, pero puede volver a repetirse.» Jaime, como hacía siempre con algo que le molestaba, intentó restarle importancia al asunto: «Ya conoces a los médicos. Siempre exageran.» Se negaba a aceptar que aquellos temores pudieran ser ciertos.

Tampoco Teresa pareció demasiado interesada en saber lo que estaba ocurriendo: «Vaya por Dios, eso sí que es un problema.» Y cambió de conversación.

Por fin una noche me llamaste por teléfono: tenías buenas noticias. Al parecer las pruebas que le habían hecho a Marina no eran alarmantes: «Todo ha sido una pesadilla.»

Y tu voz volvía a ser la voz cálida que tanto había echado de menos.

✳   ✳   ✳

Cuando se lo comuniqué a mi marido, se limitó a encogerse de hombros: «Ya te lo decía yo: las mujeres siempre estáis dispuestas a montar drama por cualquier bobada.» Y me comunicó que aquel fin de semana tenía que salir de viaje por cuestiones de trabajo: «Hubieras podido quedarte en París más tiempo.» Y como yo no le contestara: «Búscate una distracción. No pongas cara de víctima.»

Llamé a Teresa pero tampoco ella estaba disponible. Recuerdo que fui al cine sola. La película era aburrida y yo pasé la tarde durmiendo en la butaca. En cambio por la noche de nuevo surgió el insomnio. Era un insomnio insoportable con visos de esquizofrenia. Mil voces mandaban, me decían lo que debía hacer, se contradecían, me insultaban. Lo real se confundía con lo ficticio, los sentimientos eran violentos. Todo en aquel insomnio era inquietante. Surgía una idea concreta pero inmediatamente se volatizaba entre mil ideas difusas.

Fue un fin de semana triste, sumido en tinieblas y en dudas. Sola. Perdida en sueños irrealizables y en realizaciones enojosas.

La televisión me aburría y los libros se me caían de las manos.

En vano trataba yo de darme una explicación plausible a lo que me estaba ocurriendo. No había forma de sosegarme.

Lo peor fue el domingo. Salvo la asistencia a la iglesia, nada me estimulaba. Las tiendas cerradas negaban cualquier socorro metafísico. Las calles eran vías empobrecidas de coches y peatones. La gente en cuanto llegaba el sábado solía ausentarse de la ciudad. Inútil buscar algo que me rescatara de aquella modorra. Contra la tristeza existen pocos antídotos.

Pensaba en París. Allí todo era distinto. Allí las voces de tus hijos eran fuerzas vivas que me caldeaban el alma; las calles eran alegres incluso en los días festivos. Y la soledad encontraba infinidad de razones para ser paliada.

¿Entiendes lo que te estoy diciendo, Juan Luis?

Claro que lo entiendes. Ahora que ya lo sabes todo, ¿cómo podría ser posible que no me entendieras?

SOLILOQUIO PARA JAIME

Cuando me propusiste que me casara contigo, me consideré la mujer más feliz de este mundo. Sin embargo durante varios días tenía la impresión de que aquella proposición tuya no podía ser real: «Demasiado importante para mí.»

No obstante, a ciertas edades lo difuso se diluye pronto. Sólo cabe lo concreto. Y lo concreto era que me habías rogado que me casara contigo.

Yo entonces era muy joven: creía en la felicidad. E imaginaba que bastaba tu declaración para que ningún impedimento pudiera estropearla. Tenía la convicción de que las cosas no cambiaban, que una vez dichas iban a perdurar para siempre. Tú seguías mostrándome amor y cada instante del día era para nosotros pedazos de paraísos recuperados de los cuales jamás podríamos ser expulsados.

Hasta que me hablaste de tu madre.

Fuiste sincero: me confesaste que nuestra futura boda le parecía un error. «Ella esperaba que me casara con la hija de una amiga suya», me dijiste acaso para que no me sintiera ofendida. Pero comprendí enseguida que lo que le molestaba a tu madre era que yo no perteneciera a vuestra clase social.

Debió de ser muy duro para ti escuchar día tras día sus continuos ataques verbales contra mi escasa preparación para ser una esposa digna de tu ilustre apellido. En aquella época ese tipo de distancias contaban mucho en los compromisos matrimoniales. De hecho, casarse con alguien ajeno a su ambiente era un riesgo casi delictivo; una forma descarada de provocar a la sociedad y un modo hortera de renunciar a la ética y a la estética social.

Todo el mundo sabía que los Salavedra eran el prototipo de la quintaesencia de la elegancia en la Barcelona de entonces. Por eso nuestra unión no encajaba en la mentalidad de tu madre. Con frecuencia, cuando te referías a nuestra futura boda me hablabas con las frases entrecortadas, sin llegarlas a finalizar: «Creen que vas a casarte conmigo por el dinero. Algunos incluso…», o: «Mi madre se ha llevado una desilusión pero no te preocupes, Sagra. Ya cambiará de opinión.»

Poco a poco me fui dando cuenta de que no era sólo tu madre la que no me aceptaba: tus amigos también influían. Lo notaba cuando al acercarte a mí, tras una larga ausencia, te mostrabas reservado, cabizbajo y con cierto aire de misterio. Incluso en alguna ocasión dejabas entrever tu incomodidad mostrándote casi severo conmigo cuando cometía algún error en el trabajo. Especialmente cuando me dictabas cartas. La prisa te acuciaba: «No pierdas el tiempo, procura se más diligente.» A veces incluso te volvías agresivo: «Vamos a ver, Sagra, ¿qué clase de vino debe servirse con el pescado?» O: «No se te ocurra levantarte del asiento cuando sea un hombre el que te salude. En cambio debes levantarte cuando se trate de una señora.» Y como yo no me atreviera a contestarte, insistías: «Una cosa es lo que debe hacer una secretaria y otra lo que debe hacer una representante de la alta sociedad.»

A mí todo aquello me parecía absurdo: trivialidades sin fundamento que más tarde tuve que asumir con toda la carga de los deberes sociales. «Sobre todo cuando te presenten a una señora mayor, no se te ocurra darle dos besos como hiciste el otro día: esas cosas no se estilan entre la gente bien educada.» Aquel modo de ponerme al corriente sobre lo que debía hacer o lo que debía evitar me dolía, Jaime. Pero nunca te lo di a entender porque la mayor parte del tiempo te mostrabas amable conmigo, dócil y enamorado.

Lo reconozco, pese a esos detalles poco consistentes, los dos éramos felices. Y aunque tus solían humillarme, no me dejaba llevar por influencias adversas. Pronto las minucias desagradables se disipaban, sobre todo cuando tu madre se interponía entre nosotros. Tú siempre me defendías y ella acababa claudicando.

Lo malo era quedarme a solas con mi futura suegra. Su actitud tolerante se convertía en un constante reproche. Aunque no me atosigaba con recomendaciones, era necesario soportar sus ceños, sus ademanes bruscos y sus frases aguijoneantes. «No vayas a crees que todo en tu nueva vida va a resultarte fácil, Sagra. El matrimonio es...» No se atrevía a decirme que la felicidad que sentía iba a convertirse en un desengaño. Se quedaba cortada. Hacía como tú, dejaba las frases a medias para que yo adivinara lo que no decía.

En cierta ocasión llegó a demostrarme claramente su desprecio: «Vamos, Sagra, deja ya de jugar a la chica progre y quítate esos dichosos vaqueros.» No podía soportar que yo llevara pantalones. Decía que esa forma de vestir no era correcta para la novia de un Salavedra. «Y sobre todo no pongas esa cara de víctima. Tendrías que estar satisfecha del chollo que te ha tocado.» Tampoco le gustaba la idea de que una vez casados continuáramos trabajando juntos: «Las verdaderas señoras no trabajan», insistía.

Yo me sentía avergonzada y no sabía cómo reaccionar. A pesar de tu buena voluntad lentamente ibas dejando de tenderme una mano como hacías al principio. Probablemente creías que tu madre tenía razón: que yo nunca «daría la talla».

Pero entonces el amor que nos profesábamos podía más que las influencias externas. «A mí me gustas con vaqueros, o con tejanos y hasta con una coliflor en la cabeza», me argumentabas jocosamente.

Las nubes que surgían de vez en cuando no amenazaban tormentas devastadoras; eran sólo ligeras nieblas que no tardaban en disolverse. Por eso no podía imaginar que todo aquello fueran preludios de futuras frialdades y frustraciones. Para mí, pese a tus pequeñas cobardías, continuabas siendo el hombre ideal: un empresario de altura que sin duda te relacionabas con personas e instituciones próximas a las letras, al arte, a todo lo que desde niña mis padres me habían enseñado a admirar.

Fabricabas papel. Y para mí era lo mismo que fabricar la materia prima de todo lo que precisaba el desarrollo de lo artístico: editoriales, imprentas, periódicos, revistas y hasta ciertas pinturas como las acuarelas.

La televisión todavía no se había instalado en España y la cultura (aquella propuesta que siempre me había parecido sagrada) venía condicionada a las publicaciones.

Por eso admiraba en ti hasta tu trabajo. Me parecía que cada palabra que salía impresa en cualquier papel que tú habías fabricado era algo tuyo; una muestra de tu sabiduría y de tu talento.

Sí, Jaime, te admiraba. No hubiese concebido amarte sin admirarte.

A esa admiración también contribuía la aureola que siempre te rodeaba. Tus amigos te elogiaban: cada uno de ellos te consideraba un «acierto». Te consultaban. Te pedían consejo. En suma, te convertían en un hombre importante.

Además estaba tu facilidad de palabra, tus modales comedidos, tu indiscutible forma de ver la vida: rectamente, concienzudamente, acelerando tus éxitos y tu arte para congraciarte con todo el mundo; tu «saber estar», tu señorío y, de un modo especial, aquella seguridad en ti mismo.

Probablemente era tu madre la primera en reafirmar esa seguridad. Para ella eras perfecto. No había en ti el menor detalle proclive a ser discutido: eras su hijo y no podías fallar, porque un fallo tuyo hubiera supuesto un fracaso para ella. En suma: nada en ti era invierno; nada era frío.

Ignoro cómo fue tu padre. Nunca se hablaba de él salvo para enaltecer su ilustre apellido. Sólo recuerdo una fotografía en el salón principal de tu casa, como si con ella se pretendiera constatar que durante un lapso no muy dilatado había existido.

En realidad tu madre consideraba que tú respirabas en función de ella y sólo por ella. Su marido pertenecía al ámbito de los olvidados; aquellos que al irse no dejan imágenes sino simples retratos. Seres sin voces, sin frases lapidarias dignas de ser recordadas.

Ni siquiera tenías un hermano para hacerte sombra.

No vamos a engañarnos, Jaime: por mucho que intentaras disimular el odio que tu madre me profesaba, sus diatribas te influían. Te iban separando de mí incluso antes de casarte conmigo.

A pesar de todo no hiciste marcha atrás. Me habías dado tu palabra y no querías retirarla.

Fue una heroicidad, Jaime: lo reconozco. Por eso te lo agradecí tanto.

✳   ✳   ✳

Con frecuencia tengo la impresión de que no hay una unión más estrecha y más sincera que la que se produce entre los vivos y los muertos.

Es precisamente esa separación lo que me permite ahora sincerarme sin tapujos ni miedos.

Por fin puedo expresarte hasta qué punto tu conducta de hombre casado me dolía. También tus infidelidades. Aquellas infidelidades que comenzaron muy pronto y que sin duda contribuyeron a que también yo te fuera infiel.

A lo largo de la vida cuentan siempre más las tropelías que nos acechan o que cometemos que la parte noble de nuestros comportamientos.

Cuántas veces habré dicho que vivir es equivocarse. Todos los días caemos en alguna equivocación. Lo malo es que somos demasiado soberbios para aceptarlo. Por eso vamos acumulando torpezas y damos tanto valor a los flujos y reflujos que intercambiamos con la gente que nos rodea.

Y también cuántas veces me habré preguntado cómo es posible que yo actuara de aquel modo, sin encontrar una respuesta adecuada.

Entonces de Juan Luis no puedo recordar nada que me llamara la atención. Lo único que destaca es su voz bromeando mientras avanzábamos por el pasillo camino del altar para desvanecer la emoción que me subía a los ojos: «Prohibido llorar, Sagra. Hoy es el día más feliz de tu vida.» Después de esa frase, Juan Luis se apaga. Mi boda eras tú. Lo demás no existía. Y los vagos momentos que surgen de vez en cuando son realces pequeños, como bajorrelieves sin importancia.

Cuando llegué a tu lado me tendiste la mano para acomodarme en mi asiento. Tu madre estaba en el presbiterio: la mirada seria, el ademán provocativo. Pero no le hice caso. Lo esencial era que tú estabas a mi lado y que pronto ibas a ser mi marido. Lo demás (aquel bullir de voces, de pasos, de exageraciones provocadas por el alcohol y por esas vanidades impuestas en las reuniones que pretenden ser importantes) forman recuerdos vagos que el paso del tiempo va venciendo día a día.

Cuántas caras de entonces dejaron ya hace tiempo de ser rostros gesteros, cuántas manías se perdieron en los vientos del olvido, cuántas modas cayeron en los fosos del ridículo y cuántas exigencias perdieron ya vigencia en la oscuridad de la muerte.

Te lo insisto, Jaime: entonces Juan Luis no era nada, sólo mi cuñado. Un hombre inteligente que por su profesión se rodeaba de artistas e intelectuales, pintores o escultores que protegía gracias a su galería de arte.

Las costumbres de aquel matrimonio eran muy diferentes de las nuestras. Tampoco sus amigos se parecían a las gentes que tratábamos. Sus conversaciones no eran simples comentarios, chismes de mal gusto o análisis de cosas sin valor ninguno. Tampoco aquello que denominamos «categoría» era juzgado por reglas afines a las nuestras. Lo esencial para Juan Luis y Marina consistía en el talento, en la capacidad de crear, sin tener demasiado en cuenta las famosas reglas de urbanidad a las que tanta importancia daban las gentes de nuestro entorno.

También sus hábitos eran distintos. No se ajustaban a pareceres elegantes o fórmulas estrictas propias de lo que se denomina «buena educación». Para ellos la buena educación consistía no tanto en la forma como en el fondo. Es decir, en la calidad de las ideas, de los proyectos y de los esfuerzos. En suma, no importaba la persona por ser quien era, sino por lo que podía aportar y desarrollar.

Es posible que también ellos fueran vanidosos. La vanidad más o menos camuflada siempre acompaña a los humanos, como las rémoras a los cetáceos. Pero tampoco su vanidad era parecida a la nuestra, constantemente al quite de los que poseían fortunas o apellidos ilustres. Lo que les importaba a Marina y a Juan Luis era descubrir talentos, codearse con artistas y dialogar con gentes poco proclives a la frivolidad. Sin embargo todo eso no lo vi enseguida. Lo fui absorbiendo lentamente, cuando ya me había integrado en la revolución de los esnobismos y de las veleidades.

No obstante al darme cuenta de dónde me había metido tuve la impresión de que un mar inmenso de imposibles se extendía entre ambos mundos. Era como si infinidad de olas enormes tejieran espumas venenosas mientras amenazaban naufragios y hundimientos inevitables.

No sé cómo explicarte lo que sentía, Jaime. Lo único que veía con claridad era que aquel mundo tuyo no me gustaba.

SOLILOQUIO PARA JUAN LUIS

Por aquella época nuestra comunicación era fluida. Nada impedía que yo me comunicara con vosotros con relativa frecuencia. Los días transcurrían más o menos como siempre: entre agitaciones festivas y soledades nebulosas.

Del recuerdo de la hamaca apenas quedaban ya vagos vestigios sensitivos. Era sólo una evocación agridulce que no me afectaba demasiado.

Casi me parece imposible que la distancia que entonces me separaba de ti fuera inofensiva: ni los ecos, ni los olores, ni el mencionar tu nombre podían influirme como me influyeron antes de marcharos a París.

Marina mejoraba. Y tú rara vez hablabas conmigo por teléfono.

No voy a negarte que aquella ausencia tuya a través del hilo telefónico me dejara un cierto vacío, pero enseguida me recuperaba: no era normal que aquella chispa extraña continuara metiéndose en mis insomnios y fabulara, para mí, situaciones que por nada del mundo hubiera querido aceptar.

Lo malo era aquel empeño de Teresa en hablarme de ti cada vez que venía a verme. No recuerdo bien lo que decía, pero sé que siempre dejaba en mí una suerte de inquietud que me perturbaba. Era como si al escuchar tu nombre desde sus labios tú recuperaras inmediatamente aquella personalidad que tanto me había impresionado. Allí estaba de nuevo tu voz, tu forma de mirarme, tus ademanes, tus parpadeos, tu respiración agitada cuando te acercabas a mí.

Sí, Juan Luis, era Teresa la que impedía que tus huellas se borraran.

Pero entonces yo no podía adivinar cuál era el motivo que ella tenía para realzar tu recuerdo. Creía de verdad que su forma de hablar era debido a la admiración que por ti sentía ella.

Naturalmente, yo esquivaba como podía aquella insistencia suya en recordarme tus características. Sin embargo cada vez que te nombraba, mi vacío se iba nutriendo de una extraña inquietud que no podía evitar. Es muy posible que aquello que yo notaba se debiera precisamente a ese vacío que mi vida empezaba a experimentar. De Jaime poco podía esperar. Aunque al principio nuestro matrimonio había sido casi perfecto, no tardó mucho en desmoronarse.

De cualquier forma no fue un lapso corto. Duró bastante, Juan Luis. Lo suficiente para que mi amor por mi marido no se deteriorara. Casi nunca nos separábamos y entre nosotros no había tiranteces, salvo cuando su madre intervenía en nuestros asuntos.

Juana, mi suegra (creo habértelo dicho ya) era una mujer dominante. Tenía ese tipo de dominio propio de los que sufren fracasos o se reconocen poco preparados para fingir lo que no son. Lo que más le exasperaba era que yo siguiera trabajando con mi marido. Decía que una mujer en mis condiciones debía ser únicamente una señora de su casa. Según ella, la culpa de que yo no pudiera quedarme encinta la tenía aquella manía mía de trabajar en la oficina de Jaime.

También yo sufría por aquella falta de hijos. Los echaba de menos, Juan Luis. En el fondo era como si nuestra boda se hubiera estancado en un extraño presente que lentamente nos iba alejando de aquella felicidad que día a día iba pareciéndose más a un lamentable tedio.

No obstante, la niebla que surgió algún tiempo después todavía no empañaba nuestro horizonte. La rutina tardaba en llegar, pero ganaba terreno. Era inevitable. Yo misma me daba cuenta de que el fin se acercaba.

Lo peor era que los hijos no llegaban. Tal vez si hubieran venido, la relación entre Jaime y yo hubiera sido distinta.

Al fin todo se desmoronó cuando me confirmaron oficialmente que yo era estéril.

De cualquier modo aún cabía la duda. Surgía un médico que hacía milagros: «Debes visitarlo», insistía Juana. Y yo lo visitaba.

De nuevo las pruebas de siempre, las preguntas humillantes, las dudas: «Es usted muy joven, todavía cabe la esperanza.» Pero la esperanza no tardaba mucho en convertirse en cielos fangosos.

Fueron muchas noches de llantos escondidos, de suspiros entrecortados, de miedos fingiendo pasividades. No había forma de descargar mi tristeza. Nadie la hubiera recogido. La única persona que hubiese podido consolarme era tu mujer, pero vivía en París y por carta era muy difícil explicarle mi drama y mi frustración. Aunque más que frustración lo que yo sentía era culpabilidad. Una culpabilidad estúpida pero que arrastraba un sinfín de consecuencias que no podía evitar.

Todavía noto el escalofrío que recorrió mi cuerpo cuando Jaime se lo comentó a su madre: «No esperes ser abuela, mamá: Sagra es estéril.»

Fue entonces cuando el odio que mi suegra acumulaba se volvió repentinamente agresivo. Hasta entonces Juana aún se esforzaba por aceptarme con cierta bonanza. La posibilidad de ser abuela de un hijo de Jaime la llenaba de orgullo. Pero todo se vino abajo cuando supo que yo nunca podría ser madre. «Encima eso. Buena la hiciste casándote con mi hijo.» Y sin pensarlo dos veces me zarandeó agarrando mis hombros: «Júrame que no lo sabías. Júrame que no lo ocultaste para casarte con él.» Insistió: « Nunca te perdonaré semejante atropello.» Me lo dijo gritando, los labios encogidos, el odio que me profesaba abrillantando sus pupilas.

Desesperadamente me acerqué a mi marido para que me defendiera. Pero Jaime miraba el suelo. No quería presenciar aquella escena. Una vez más se inhibía.

A pesar de todo me eché en sus brazos llorando. Necesitaba un consuelo, una ayuda. El mundo se me venía encima y el apoyo de Jaime era lo que podía quitarme aquel dolor del alma que no sabía cómo calmar. Pero también él reaccionó como su madre. No admitía mis lágrimas: «Bah, Sagra; no exageres. Comprende la desilusión de mi madre.»

¿Y la mía? ¿Cómo podían creer que mi llanto era sólo un capricho de niña tonta?

No sé cómo pude soportarlo, Juan Luis. Ciertamente Jaime no quería apoyarme. De hecho, desde que nos habíamos casado nunca me apoyaba. Mis quejas para él eran simples caprichos. Mis llantos, histerismos. Mis soledades, puras fantasías.

Aquella vez hablé con Teresa y se lo expliqué todo: «Jaime me desprecia tanto como Juana.» Teresa reaccionó bien. Me dijo que no montara historias. Que lo de Juana podía ser verdad: «Es una fanática de su hijo», me dijo. «Pero tu marido te quiere, Sagra.»

Naturalmente visité a otros médicos. Pero todos coincidían en lo mismo: «Imposible.»

A veces las palabras suelen ser muy crueles, Juan Luis. «Imposible», es una de ellas. Imposible tener hijos. Imposible recuperar la felicidad perdida. Imposible amar y ser correspondido. Era preciso aceptarlo. Había que nutrir la vida de oscuridades, de todo aquello que no podía ser real.

En aquella época todavía no existían los remedios que rigen ahora. Y para tener hijos era sólo posible fecundarlos de un modo natural. A nadie le hubiera cabido en la cabeza que la infertilidad pudiera ser subsanada.

Fue más o menos en aquellos días cuando Teresa se quedó viuda.

Su marido era un pobre hombre sin personalidad pero cargado de apellidos ilustres y títulos sonoros. También era simpático, y aunque dotado de pocas luces, no por ello dejaba de ser una persona cultivada. Tenía lo que yo llamo la inteligencia enciclopédica. Lo sabía todo, pero ignoraba la forma de sacarle jugo a lo que sabía. Era uno de esos entes sencillos que jamás dejan rastro cuando se echan a morir. No tenía ambiciones. Tenía recuerdos. Le gustaba recordar cosas ambiguas, algo triviales y poco interesantes: cosas de su familia, anécdotas de su tiempo, esterilidades que con frecuencia atacaban los nervios de su mujer.

Era mucho mayor que ella, y a veces esa circunstancia le obligaba a cerrar los ojos y dejar a Teresa al albur de sus frivolidades.

Recuerdo que su muerte para mí fue dolorosa. Siempre se mostró conmigo atento y agradable. Pero cuando le di el pésame a Teresa, su respuesta me dejó helada: «No lo sientas tanto, Sagra. El pobre sufría mucho. Mejor que haya muerto. Al menos ahora no me sentiré culpable cuando salga de casa. La verdad es que para mí su muerte ha sido una liberación. Nunca estuve enamorada de él.» Y como viera que yo la miraba extrañada: «Si he de serte franca, más que un compromiso de amor eterno, mi boda fue una excusa para salir de mi casa. Mis padres me tenían demasiado sujeta.»

No sé por qué te explico todo eso Juan Luis. Quizá para que la huella que Teresa dejó en mí, cuando nuestras vidas se torcieron, te permita perdonarle sus arbitrariedades como yo se las perdoné.

* * *

Sin embargo cuanto más analizo aquellas circunstancias que me separaban de mi marido menos llego a comprenderlas.

Al principio nuestro matrimonio era perfecto: nos compenetrábamos, nos comprendíamos. Procurábamos no separarnos y conllevar plácidamente las pequeñas falacias que encontrábamos en nuestro camino. A veces (sobre todo cuando Juana se interponía en nuestras costumbres) surgían tiranteces que duraban poco. Pero al fin se decidió que yo no debía trabajar. Tanto Jaime como su madre convinieron en que una mujer, en mis condiciones, debía ser únicamente una «señora». Aquello supuso para mí una encrucijada difícil. Acostumbrada como estaba a no separarme de mi marido, el hecho de verme aislada y sin posibilidades de resultarle útil me iba desequilibrando poco a poco.

Por otro lado, la gente (que según mi suegra iba a desdeñarme por mi comportamiento tan inusual) me aceptó enseguida.

Así empecé a ingresar en los ambientes de los Salavedra. Era muy frecuente reunirnos en casas distintas para jugar al bridge, o para tomar el té, o sencillamente para cotillear y poner verdes a los seres que tratábamos. Lo esencial era hablar, desentrañar confidencias, secretos y suposiciones.

Te lo confieso, Juan Luis: aquella forma de entender la vida me caía mal. No me gustaba andar siempre dándole vueltas a las claves de los enigmas escabrosos. Pero les seguía la corriente para no desmerecer ante los que formaban aquellos grupos.

Teresa comprendía o fingía comprender que aquella forma de vida no era lo mío, pero le parecía muy bien que hubiera dejado mi trabajo.«No era lógico que pasaras el día entero con tu marido. A veces los hombres se cansan de las mujeres cuando no se separan de ellos.» Sin embargo más de una vez yo le había dicho a Jaime: «¿Te das cuenta de lo que está ocurriendo? Ahora que estamos casados, nos vemos mucho menos que cuando yo era tu secretaria.» Pero él jamás me seguía la corriente: «Por cierto, mi secretaria actual es magnífica, Sagra.» Era lo mismo que si dijera: «Te he superado, Sagra.» Incluso me parecía que pasar tantas horas separados para él era un acicate.

Sí, Juan Luis: la gente cambia. ¿Será que la monotonía nos obliga a cambiar?

También tú cambiaste a lo largo de los años. Me dijeron que te habías vuelto «ludópata» y que bebías con exceso.

Es posible que fuera verdad.

Pero lo peor fue conocer la verdad sobre la carta que yo te había escrito. Fue entonces cuando supe que entre tú y yo nunca nada iba a ser lo mismo.

SOLILOQUIO PARA JAIME

Para qué voy a negarlo, Jaime, después de nuestra boda rara vez me sentí apoyada por ti. Sin embargo durante dos o tres años entre nosotros no hubo tropiezos demasiado graves. Pese a las continuas interferencias de tu madre, nuestra vida transcurría plácidamente. Todo discurría de un modo normal. No obstante, tus ausencias aumentaban (a veces solías marcharte porque te gustaba cazar) y yo me quedaba en casa viendo la televisión (aquel juguete nuevo que sólo disponía de un canal y que finalizaba cuando se suponía que los españoles debíamos echarnos a dormir), o leyendo, o departiendo con Teresa cuando ella estaba libre; pero nada nos obligaba a sentirnos tensos o malhumorados. Al contrario, cada vez que regresabas de tus cacerías, para mí era como recobrar algo importante ligeramente extraviado.

Lo malo era que yo ya no trataba a mis antiguas amigas. Más de una vez me habías suplicado que dejara de verlas. «Ninguna de ellas contribuye a colocarte en el lugar que te corresponde», decías. Yo no entendía muy bien aquel empeño tuyo en que abandonara a las personas que desde mi infancia habían formado parte esencial de mi vida. Pero nunca me atreví a llevarte la contraria para no alterarte.

También me desorientaba mucho aquella forma de explicarme cómo debía conducirme para no llamar la atención. Se trataba de cosas insignificantes pero que para ti debían de ser esenciales. «A veces, Sagra, te comportas como una niña. En sociedad los matrimonios nunca deben estar juntos. A ver qué día te convences de que tus maneras de actuar no están bien vistas. No hay razón para andar siempre pegaditos el uno al otro como si fuéramos novios.»

Y en cuanto llegábamos al lugar donde se celebraba una fiesta lo primero que hacías era dejarme plantada para reunirte con otro grupo lejos del mío.

Al principio intentaba convencerme de que tenías razón. Necesitaba asimilar que el hecho de desinteresarnos ante los demás, era mucho más razonable que andar comentando pareceres delante de todo el mundo. En fin de cuentas lo razonable era departir e intercambiar diálogos en nuestra casa. Además si aquello era lo que se aceptaba como algo normal, no había más remedio que acatar las reglas.

Tampoco era aceptable mostrarnos demasiado interesados el uno por el otro cuando los demás nos observaban. El protocolo lo impedía y lo decente (sobre todo cuando se asistía a una recepción de altura) consistía en llegar juntos al lugar determinado, para separarnos inmediatamente hasta el momento de marcharnos.

¿Bailar unidos? Jamás. Tampoco aquello era correcto. Un verdadero matrimonio nunca debía formar pareja de baile salvo en las bodas. Las bodas tenían rituales distintos. Por ejemplo las mesas: allí sí que era necesario unir a los matrimonios. Pero fuera de las bodas, los matrimonios debían separarse, buscar otras compañías y departir con ellas para no desentonar. No voy a negarte que aquellos esquemas me parecían infantilismos absurdos. Además me aburrían mortalmente. Pero tú insistías: «No hay que infringir las reglas.» Y yo te obedecía.

Sólo dos veces intenté actuar a mi modo. Pero no me compensó. Cuando me acerqué a ti para formar parte de tu conversación, te enfurruñaste y empezaste a comportarte como si yo no estuviera allí, a tu lado, suplicándote con la mirada que al menos me dedicaras un gesto de complicidad. No: nunca te dignaste mirarme, ni hablarme. Yo no estaba allí. No existía.

En cambio cuando llegábamos a nuestra casa todo cambiaba. No era lógico que después de haberme ignorado durante toda la velada, al meternos en la habitación te resultara tan apremiante acostarte conmigo.

Al principio me rebelaba: «¿Por qué me has ninguneado durante toda la noche si ahora te interesas tanto por mí?» Pero tus respuestas eran siempre las mismas: «Eso es lo que se estila, Sagra; deberías percatarte de que son costumbres ancestrales. Así que deja de comportarte como una muchachita tonta.»

Era tu forma de amordazarme; de no dejarme pensar. Y yo iba cayendo en la trampa día tras día sin darme cuenta de que aquel ritual, tan incomprensible y tan estúpido, iba preparando poco a poco el naufragio de nuestro matrimonio.

Sin embargo tardé mucho en sentirme afectada por el desencanto. Todavía quería convencerme de que aquel amor nuestro era válido, que nada ni nadie podría romperlo.

Yo me desahogaba con Teresa. Ella tenía dos hijos y probablemente en ellos encontraba el cariño que yo tanto echaba de menos. «No debes mortificarte, Sagra. La sociedad te valora. Si Jaime se comporta como un bellaco, no le hagas caso.» A veces Teresa hablaba de ti como si tú fueras un don nadie, alguien al que no había que prestar atención. En alguna ocasión yo me había enfadado con ella por citarte de un modo tan despectivo.

En cuanto a tu madre, parecía sentirse a gusto con Teresa, incluso cuando arremetía contra su hijo: «Procura imitarla, Sagra. Teresa es una auténtica señora y sabe llevar la casa mejor que nadie.»

En eso había que darle la razón: nadie como Teresa Artisol sabía organizar cenas, o fiestas, o cualquier clase de reuniones. Todo el mundo alababa su buen hacer en lo que se refería a elegir menús o a sorprender a sus invitados con algún imprevisto. Sin embargo tú no parecías estar de acuerdo con aquellas alabanzas. «Bah, cualquiera puede superarla.» Yo la defendía. No me parecía justo que la criticaras: «Es una pequeña zorra disfrazada de cordero», solías decir. «No obstante, no me hagas caso, Sagra. Continúa siendo amiga de ella.»

Qué bien recuerdo aquellas recomendaciones, Jaime. Qué bien mentías. Y qué bien me conducías hacia el terreno de tus intrigas. Ahora que ya lo sabes todo, cuánto debes valorar la falsedad de aquellas frases tuyas que tanto contribuyeron a que yo me acercara aún más a la mujer que tú, tan descaradamente, desacreditabas: «Por nada del mundo quisiera que te parecieras a ella.»

Por supuesto, Teresa era coqueta. Todo el mundo lo sabía. Tenía la coquetería descarada de las personas seguras de sí mismas. «Parecerá lo que tú dices, Jaime, pero en el fondo es una buena mujer», insistía yo para defenderla. No te mentía, Jaime: Teresa, pese a sus muchos defectos y a sus admirables modos de mentir, supo con dignidad superar la huella profunda que dejaron aquellos lodos entonces todavía imprevistos.

No la culpo, Jaime. No puedo culparla. Sufrió demasiado para que yo fuera un poco feliz. Por eso siempre la mantuve a mi lado, pese a la gravedad de su mentira. Era mi forma de agradecerle el favor tan grande que me hizo.

*　*　*

Mientras tanto las cosas entre tú y yo fueron dejando de ser transparentes. Nada nos unificaba ya como nos había unificado en los primeros tiempos de nuestra relación. Y lo que era peor, los buenos recuerdos iban muriendo para dar paso a los malos: aquellos que, sin pretenderlo, iban hinchándose como esos globos que, a fuerza de rellenarse de aire, acaban por estallar.

A veces sólo eran minucias: pequeños malestares que hasta entonces no habían tenido importancia. Por ejemplo, ya nunca te levantabas del sillón cuando yo aparecía, o no te retractabas de lanzar pequeños eructos cuando yo estaba delante. O tu falta de interés por mi vida, mis salidas, mis actividades. Nada parecía importante en lo que a mí se refería. Tampoco te molestabas en disimular tus miserias mientras yo estaba contigo; por ejemplo dejar caer los zapatos al modo de un desplome sonoro, que molestaba, o tus bostezos resonantes o tus estornudos estruendosos, sin poner de tu parte nada para amortiguar las molestias que provocaban. De hecho siempre actuabas como si yo no estuviera a tu lado y nadie pudiera verte ni oírte. También me molestaba tu tos. Aquella tos ruidosa y seca originada por el tabaco: tos estridente que interrumpía conversaciones y que irritaba los nervios. O los carraspeos que de puro discordantes sofocaban frases ajenas, o comentarios que se perdían para siempre bajo aquella sonoridad exagerada.

Fue en aquella época cuando comenzaron las ausencias verdaderas, aquellas que ya ni siquiera te molestabas en explicar. Ausencias que no requerían mentiras porque ya no te preguntaba dónde habías estado. Prefería no saberlo. Tenía la convicción de que si te preguntaba, tú me hubieras falseado la respuesta. Y aquello me hubiera dolido más que suponer vaguedades y callar suposiciones.

Poco a poco también tu voz empezó a cambiar. Yo jamás hubiera imaginado que las voces podían ser importantes. Pero lo eran. Al menos la tuya. Se parecía demasiado a la de tu madre. Los dos teníais ese deje quisquilloso, entre lírico y carraspeño.

No, Jaime, aquella no era la voz de nuestros principios. Al contrario: tenía una sonoridad irritante, impregnada de brusquedades y de asperezas.

De pronto, sin venir a cuento, tanto tú como tu madre, os dejabais llevar por arrebatos de furias incomprensibles. Eran ramalazos inesperados causados por susceptibilidades sin sentido. Y casi siempre se producían cuando os notabais atacados en vuestra vanidad.

Tampoco admitías ya la menor broma. Las bromas no encajaban en vuestra idiosincrasia. Cualquier frase mal entendida, expresada por cualquier persona sin el menor ánimo de ofender, podía promover fuegos pirotécnicos en vuestras reacciones. No tardé mucho en darme cuenta de que cualquier frase dicha sin mala intención, podía herir vuestra susceptibilidad si no se ajustaba a vuestros modos de pensar. De ahí los rechazos violentos cuando os entraba la sospecha de haber provocado una mala imagen.

De pronto no fue sólo tu voz la que me producía rechazo. También tu compostura me molestaba. Cualquier menudencia podía alterarla: tus gestos, tus ademanes, tu forma de caminar, todo en ti parecía dejarse vencer por la vulgaridad, por la desgana o por el desinterés.

Lo cierto era que ya no te interesaba conquistarme. Por eso no te esforzabas en aparentar lo que no eras. La época de las atenciones se había esfumado y no había ya razón para que trataras de agradarme.

No te culpo, Jaime: probablemente también yo había caído en la trampa de la desidia. Seguramente tampoco yo era la misma: lloraba con frecuencia, me quejaba, desatendía mis atuendos y, lo que era peor, me escudaba en malestares que no experimentaba para dejarte solo en tus viajes y en tus reuniones. Mi desilusión era demasiado grande para ser la misma mujer que te había enamorado.

Sin embargo lo peor fue comprender que tampoco yo estaba enamorada de ti. Es decir que ya nada en ti me atraía. Todo en tu persona se me antojaba diferente a lo que yo había imaginado. Por eso me apartaba de ti.

Pero yo te quería, Jaime. Te quería y me dabas pena. De ahí mi rebeldía contra mí misma cuando comprendía que mi ensueño de mujer enamorada se había quedado muerto en algún lugar del camino.

A veces todavía intentaba parecerme a la muchachita que había trabajado contigo como secretaria; todavía esperaba que aquella admiración mutua volviera a nacer entre nosotros. Me resistía a aceptar que nuestro enamoramiento hubiera sido únicamente un flujo y reflujo de dos atracciones sin sentido: un intercambio de mentiras o una especie de embrujo destinado a desaparecer.

Era demasiado joven para renunciar a la felicidad de aquella atracción ya lejana que tanto nos había unido. No quería admitir que «aquello» jamás pudiera volver a mí porque al casarme contigo me había cerrado las puertas de la atracción apasionada. Por eso, de vez en cuando todavía «esperaba». Todavía creía que podía equivocarme. Me resultaba necesario pensar eso para no morirme de tristeza. Quería engañarme a mí misma; aceptarte tal como eras sin recordar cómo habías sido. Necesitaba auto-engañarme, Jaime: la desesperanza me dolía demasiado. Bastaba una mirada tuya, una atención, un gesto amable, o un sesgo cualquiera demostrando un poco de interés por algo mío para que mi esperanza se reforzara.

Pero todo se derrumbaba cuando de repente te olvidabas de tus buenas intenciones y recobrabas tu personalidad de marido engañado por el hecho de que yo no pudiera darte hijos.

Sí, Jaime: fue sin duda aquella circunstancia lo que sentenció a muerte lo que todo el mundo llama amor.

¿Por qué, Jaime? ¿Por qué todo el mundo llama amor a esa euforia repentina que nace de dos miradas, de dos roces o de cualquier detalle que no esperamos, que puede sugerir infinidad de promesas, pero que sólo consigue convertir esas promesas en fuegos de artificio que duran sólo un instante?

Sin embargo es precisamente esa sensación lo que mueve el mundo. Nada tendría sentido sin eso que llamamos amor. Pero ¿cómo puede haber amor en lo que incita a los celos, a los odios, a las muertes, a los crímenes, a los deseos animales, a las esperanzas podridas y tantas fatalidades que día a día van dejando una estela de horrores en el discurrir humano? No, Jaime, eso que nos parece plenitud no es más que el principio de un adiós definitivo. Algo así como un amor descarriado, una especie de autoengaño. Una forma de traicionarnos a nosotros mismos. El verdadero amor no es lo que llamamos de ese modo. Lo que llamamos de ese modo no es más que una atracción bien amasada entre dos egoísmos.

Pero insisto: a pesar de todo yo te quería. Te quería más allá de las desilusiones, de los desengaños y de las infidelidades. No podía evitarlo. Tal vez fuera un amor sencillo, pero fuerte. Una clase de amor al que no podía renunciar. Algo que me daba a entender que, aunque sin estar enamorada y sin admirarte, no podía dejar de sentir.

Seguramente si me hablaras ahora me echarías en cara que aquello que yo practicaba (especialmente en los últimos años de tu vida) era un fraude; que por no escapar de mi dictadura sensitiva, me empeñaba en ejercerlo con engaños. Pero no es así, Jaime. Nada era mentira. Puedo jurarlo.

Ignoro cuándo comenzaste a serme infiel. Probablemente mucho antes de que yo también lo fuera. No obstante se trataba de unas infidelidades sombrías, poco detectables y jamás dejaban la puerta abierta para que yo me enterase. Tal vez al principio se trataba de infidelidades ocasionales provocadas por un exceso de alcohol, o por esos acosos ciegos que ciertas mujeres suelen ejercer. Al menos eso era lo que yo pensaba: desvaríos sin importancia, sin demasiados entusiasmos ni excesiva esquizofrenia sensitiva.

Anécdotas sin importancia fácilmente olvidables.

Mentiría si te dijera que las ignoraba. No sabías disimular. Lo primero que hacías era mostrarte amigable conmigo. Naturalmente eran manifestaciones amistosas efímeras. Brotes ornamentales que venían a confirmar tu buena fe y tus remordimientos.

También lo detectaba porque instintivamente y sin venir a cuento me hacías regalos, cosas anodinas que contribuían a humanizarte y que de algún modo libraban tu desasosiego interno.

Lo malo era cuando me hacías regalos valiosos. Alguna alhaja, o algún abrigo de piel. Eran precisamente los regalos de cierta categoría los que me ponían en guardia. Sin embargo no dejaba de agradecértelos. Para mí eran como vasos de agua para calmar aquella sed que a veces me dejaba seca. Por supuesto, aquella forma de comportarme era egoísta. Tanto como lo era la tuya.

Mi vida entonces era un puro aburrimiento. A veces pasaba horas y horas junto al ventanal del jardín contemplando los abetos. Unos abetos gigantes que a pesar de estar aferrados a la tierra se me antojaban mucho más libres que yo. Por eso apreciaba tus regalos.

Tu madre, cuando me veía absorta contemplándolos solía abrumarme con sus inevitables impertinencias: «De modo que ésta es tu vida, Sagra; mirar los árboles del jardín. Podrías buscarte una ocupación algo más dinámica.» Yo apenas le contestaba. Incluso le daba la razón: «Me he acostumbrado a no trabajar.» De cualquier forma ella nunca se daba por vencida: «Tienes infinidad de distracciones propias de nuestras gentes. No acabo de entender por qué las rehúsas.» Yo le decía que no me gustaba ir a ninguna parte si tú no me acompañabas: «Pero como siempre está viajando...» Inmediatamente te defendía: «Cuando uno se casa con un hombre como mi hijo, trabajador y lleno de compromisos, ya se sabe a lo que hay que atenerse.»

Por entonces sólo Teresa era mi gran comodín. Más de una vez habíamos salido juntas, o sencillamente nos quedábamos en casa dejando pasar las horas a merced de nuestros coloquios. Eran pareceres inofensivos, cosas que no variaban y que nunca alteraban nuestra amistad. En ocasiones tú te presentabas sin que yo te esperara. Te sentabas junto a nosotras y te inmiscuías en nuestras charlas. Cuando ocurría eso, lejos de ser el hombre distante que escasamente departía conmigo, te volvías dicharachero, adoptabas las fórmulas de antaño y no tenías reparos en mostrarte amable incluso con Teresa.

No obstante, tus ausencias iban siendo cada vez más frecuentes; los domingos y los días festivos eran ya completamente tuyos. Te los llevabas Dios sabía dónde, y yo jamás te preguntaba qué habías hecho con ellos durante tu ausencia.

También los viajes de negocios se incrementaron. «España está saliendo del pozo, y hay que espabilarse», decías.

Y te ibas. Siempre te marchabas.

Pronto fueron los encuentros más allá del charco. «Es mejor que no me acompañes, Sagra: voy a estar continuamente reunido y tú acabarías por aburrirte.» En alguna ocasión te insistí: «No me importa cambiar de ambiente. Nunca he estado en América. Me gustaría conocerla.» Pero tú insistías: «Estarías siempre sola.» No admitías que sola estaba siempre; que incluso Teresa, por muy amiga que fuera, solía desaparecer cuando más la necesitaba. También era inútil averiguar las razones de aquellas huidas. Teresa siempre encontraba el modo de justificarse.

A pesar de todo, cuando regresabas de tus viajes (cada vez más frecuentes y más largos) todavía te veía llegar con alegría y procuraba preparar nuestro encuentro con cierta ilusión. Pensaba siempre: «Ahora mi soledad se va a acabar.» Pero no se acababa, Jaime. Al contrario: tu presencia iba siendo más y más impenetrable y tus silencios cada vez más hondos.

Y yo estaba siempre sola.

SOLILOQUIO PARA JUAN LUIS

Marina llevaba una temporada larga sin las molestias propias de su enfermedad, cuando un día me llamó por teléfono para rogarme que fuera a verla a París. «Los niños te echan de menos y no es lógico que esperes a que yo me encuentre mal para que nos visites.»

Estaba en lo cierto. No era razonable aguardar a que se pusiera enferma para hacer aquel viaje. Además la mayor parte del tiempo lo pasaba sola en mi casa porque Jaime rara era la vez que no proyectara algún desplazamiento profesional.

Cuando le comuniqué lo que tu mujer me había propuesto, no puso ningún reparo. Incluso me animó para que me fuera: «París es una ciudad alegre, Sagra: te conviene airearte. Últimamente te veo algo decaída.»

Vuestra casa, aunque sencilla, era grande y tenía un jardín de proporciones aún mayores que el nuestro. Era en aquel jardín donde los niños cuando eran pequeños jugaban sin necesidad de adentrarse en la ciudad. También para mi hermana el jardín le ayudaba a esquinar la polución del núcleo urbano que tanto dañaba sus pulmones. En cuanto a mí, más de una vez me había refugiado en él con tus hijos para inventar mil juegos y descorrer adivinanzas mágicas que fomentaban la imaginación de los pequeños y estimulaban mis deseos de sentirlos próximos a mí. Para ellos yo continuaba siendo su tía Candy, y su mayor alegría consistía en que yo inventara historias para contarles o proyectar juegos que no conocían.

Cuando ahora recuerdo la felicidad de aquellas criaturas apenas puedo aplacar el dolor que experimento por lo que ocurrió algunos años después.

Entonces para ellos no había nubes: sólo lluvias finas y silenciosas; las sospechas desagradables se quedaban en simples presagios y los motivos de mal humor eran sólo causas jocosas que les obligaba a burlarse de sí mismos.

Por supuesto tú eras el primero en evitar las estridencias hogareñas. Más de una vez te había oído decir que los escándalos por nimiedades eran propios de la gente ignorante: «No merece la pena preocuparse por bobadas. En este mundo nada es lo que parece: basta trazar una línea recta para equivocarte. Las líneas rectas no existen. Todo lo que trazamos en esta vida es una vulgar circunferencia.»

Te gustaba divagar, analizar lo que te rodeaba y sobre todo situarte más allá de los tópicos y de las fatuidades: «Nos creemos dioses y sólo somos insectos que viven en la superficie de un globo que se mueve en el vacío.»

A veces Marina fingía enfadarse contigo. «De tanto darle vueltas a las cosas acabarás por convertirte en un dictador.» Y si tú, por bromear, la llamabas «ciega», ella te replicaba también bromeando: «De acuerdo, yo seré ciega, pero tú te expones a que tus propios análisis te analicen.»

En el fondo os divertía echaros pequeñas recriminaciones para realzar la admiración que sentíais el uno por el otro.

Había momentos en que de tanto compenetraros, llegabais a pareceros físicamente. Sobre todo en la mirada. Había algo en la claridad de vuestros ojos que os unificaba. Era verdaderamente envidiable aquel modo vuestro de convivir cada instante como si acabarais de conoceros. Tú no solías dar un paso sin contar con Marina, y cuando la veías decaída por la enfermedad, te permitías ciertas bromas que lograban levantar su ánimo: «Vamos, mujer, no vayas a transformarte en una madame Bovary de pacotilla: deja que sea yo tu amante antes de convertirme en un marido engañado.»

Tanta compenetración a veces me incitaba a la envidia. Todo en vosotros era tan distinto a lo que caracterizaba mi matrimonio.

❋   ❋   ❋

Cuando llegué a París tus tres hijos se abalanzaron hacia mí como si yo fuera una especie de Rey Mago, que además de abrumarlos con regalos proyectaba para ellos infinidad de actividades nuevas.

París me gustaba, Juan Luis. Era para mí como un avance de todo lo que en España todavía se desconocía. Las tiendas, los coches, las iluminaciones callejeras. Bastaba sentarse junto al ventanal de vuestra galería de arte para sentirse inmersa en todas las ciudades de la Europa desencorsetada: aquella que no se ahogaba en prohibiciones y que se abría a la tolerancia.

Cuántas veces envidiaba a Marina por vivir allí en aquella casa a las afueras de la ciudad y por trabajar contigo en aquella galería de arte situada en la Rive Gauche donde la sencillez se codeaba con la aristocracia mental, la de los artistas, la de los escritores y la de toda la gente pensante.

Allí las reuniones no eran como las nuestras: rígidas y fantasmagóricas. Las gentes que os trataban no tenían cabezas vacías enlatadas, ni se desintegraban en consecuencias provocadas por criterios mezquinos. Allí se podía hablar de todo, admitirlo todo incluso aunque entre los tertulianos no se estuviera de acuerdo.

Conscientes de que nuestra civilización se apoyaba en bases cristianas, también los que se reconocían agnósticos o ateos se sumaban a aquella opción. Nadie discutía ni se alteraba: todos dialogaban, opinaban y dejaban que sus contrarios propusieran ideas distintas y a veces disparatadas.

Sólo en una ocasión te vi ligeramente alterado. Fue cuando alguien se atrevió a levantar la voz para exponer con energía conceptos que podían herir la susceptibilidad de la mayoría: se refería a la injusticia que atribuía a la providencia relacionada con un galardón que a su entender él merecía más que el ganador. A ti te molestó la forma con la que aquel escritor expuso sus puntos de vista. Y no vacilaste en responderle con el tono de voz firme y algo enojado: «Por si puede servirte de algo, quiero recordarte que en nuestro mundo son muchos los escritores que, como los espermatozoides, intentan llegar al útero de la fama. No es posible que todos lo consigan a la vez. Ningún escritor es Dios. Si lo fuera, Dios no merecería serlo.» Aquella salida de tono provocó risas y ya nadie se atrevió a rozar aquel tema.

Fue aquel día cuando comprendí claramente cuál era tu forma de pensar. Hasta entonces sólo la había intuido. Especialmente cuando tus hijos al llegar del colegio te abrumaban con preguntas difíciles de contestar. «Acordaos de ese proverbio chino», les decías: «El sabio no sabe lo que dice, pero el necio siempre dice lo que no sabe. Os digo eso porque yo, indudablemente, no soy uno de esos necios. Lo principal no es saber responder a todo lo que nos parece inverosímil, sino aceptar lo inverosímil como una fracción de lo que el ser humano descubrirá algún día.» Y por si fuera poco añadías: «Son precisamente esas dudas las que más nos acercan a Dios: También él cuando lo clavaron en la cruz se sintió abandonado y acaso descreído.»

Era una forma de agarrar al toro por los cuernos y tratar de derribarlo. No como Jaime que siempre rehuía los problemas y evitaba analizarlos.

Ni siquiera la necesidad de tener hijos era para mi marido un afán de «orientar, enseñar y analizar» lo que fuere, para tratar de educarlos. Lo que verdaderamente le abrumaba era no sentirse perpetuado en ellos. Algo así como querer tener hijos para eternizarse; no para enseñarlos a vivir.

Tardé mucho en comprenderlo, Juan Luis. Cuando se es joven

las responsabilidades se reducen a saber que los niños han comido, han hecho buenas digestiones y no están enfermos. Sólo en la madurez se es consciente de la carga que supone encauzarlos y el gran compromiso que contraemos con ellos.

Luego estaba el amor. Era preciso que los hijos se sintieran queridos como se sentían los tuyos.

Eran felices. Nadie podía negar la felicidad que brotaba de los tres.

Parece que los estoy viendo: Pierre, José y Luis. A veces los recuerdo saliendo de la ducha envueltos en una toalla para rogarme que los secara, o tendiéndome el peine para que pusiera en orden sus cabellos, o exigiéndome que les frotara los pies cuando se enfriaban. Para mí, aquellas imposiciones eran verdaderos premios, Juan Luis. Era como si tus hijos me necesitaran, como si nadie salvo yo pudiera proporcionarles la perfección que ellos me adjudicaban en todo lo que hacía.

Recuerdo que cuando eran muy pequeños lo que más les ilusionaba era que les contara historias inventadas en las que ellos eran los protagonistas. Se trataba de cuentos inverosímiles que nunca finalizaban: «¿Y luego, qué tía Candy?» No querían que llegara el final. Había que continuar. Seguir explicando invenciones, no parar de hablar, decir algo a costa de lo que fuera. Por eso siempre había un «después»: «Mañana continuaré», les decía yo para tranquilizarlos.

Era mi forma de sentirme madre, Juan Luis. Por eso en cuanto podía me unía a ellos y los llevaba a los lugares que jamás habían visitado por el simple hecho de estar juntos y no separarnos.

Recuerdo que, de los tres, Pierre era el que más me quería. Todo lo mío le parecía intachable. Le gustaba mi forma de vestir, mi forma de caminar, mi forma de comunicar entusiasmos. ¿Lo recuerdas? Se parecía a ti: era un niño sereno, cariñoso, sensitivo y muy inteligente.

También José era un muchacho despierto. Luis, en cambio, era más conservador; le gustaba aferrarse al pasado. Pienso ahora que quizá ya entonces era lo que más tarde lo convirtió en un excelente historiador.

Cuando ahora pienso en aquella época no acabo de comprender cómo habiendo estado tan unidos hayamos podido desconectarnos de un modo tan drástico.

Sin embargo no fueron sólo tus tres hijos los que se esfumaron en mi vida. Son tantas y tantas cosas las que habiendo tenido un arraigo importante se diluyeron a lo largo del ir pasando como si jamás hubieran existido. Cuántos amores perdidos, cuántos sonidos musicales extraviados en el aire para siempre, cuántas pisadas difuminadas por otras pisadas más firmes; cuántas amistades «únicas» multiplicadas en olvidos. Todo cambió, Juan Luis. Por eso cuando recuerdo a tus hijos en aquella época me resulta tan doloroso darme cuenta de que para mí han muerto aunque sigan existiendo.

De improviso algo o alguien anuncia el fin: se acabó. De ahí ya no es posible pasar. Y nos quedamos petrificados sin encontrar un remedio para recuperar la ilusión perdida.

¿Quién iba a decirme a mí que andando el tiempo aquellos tres hijos tuyos acabarían odiándome?

Sabes, Juan Luis, también es posible experimentar los dolores del parto sin tener hijos.

✳ ✳ ✳

A veces Marina se reía de mí cuando me veía tan apegada a sus hijos: «No acabo de entenderte, Sagra. Para ti París es solamente un parvulario.» Hasta cierto punto Marina tenía razón. Pero había algo más. Allí, en París, me sentía persona. Cierto; todo era nuevo para mí en aquella ciudad. Todo cambiaba. Nunca un día se parecía al otro. La convivencia no era pasearme por el corredor de la muerte, y el corazón latía normalmente sin que los latidos fueran meras pulsaciones cada vez más debilitadas.

En parte aquella placidez yo la achacaba a ti, Juan Luis. Era precisamente tu forma de ser, sencilla, ecuánime y atenta, lo que más me conmovía.

De cuando en cuando el recuerdo de aquella tarde en la hamaca de mi jardín volvía a importunarme, pero al instante lo rechazaba. No era posible que aquellas fantasías que se adentraban en mis insomnios pudieran acabar siendo realidad. En el fondo si me tratabas con tanta deferencia era porque tú eras así: amable con todo el mundo. No había razón para pensar lo contrario. Además tú querías a Marina. No había más que observarte cuando se acentuaban los síntomas de su enfermedad.

De cualquier forma, también quedarse en casa era estimulante: tu casa no era como la nuestra, lujosa y pedante, pero en cambio era un hogar. Un lugar donde jamás se discutía, únicamente se dialogaba. Por eso salir de aquella casa no era y entrar en ella no acentuaba la culpabilidad, como ocurría en la mía.

Cuántas veces Marina me había dicho: «Juan Luis tiene un sexto sentido para evitar complicaciones.» En efecto: eras pausado. «Además sabe medir la franqueza.» A veces cuando mi hermana hablaba de ti no llegaba a captar lo que decía. Pero ella siempre aclaraba las ideas: «La sinceridad piede caer en terrenos fangosos, Sagra. Con frecuencia, un exceso de sinceridad puede confundirse con la impertinencia.» Tenía razón: tú eras un hombre comedido: medías las frases y nunca te dejabas llevar por arrebatos de furia.

También Marina poseía aquel sexto sentido. Sin duda fuiste tú quien le contagió aquella cualidad. Por eso jamás incurría en faltas de tacto ni pontificaba. De hecho no le hacía falta: tenía el don de la persuasión: «No es una cuestión intuitiva», me decía. «Al contrario, Sagra, es un método que permite evitar problemas si los hechos se meditan a priori.» Tú también decías algo parecido: «No hay que dejarse llevar por las reacciones tensas. El ser humando pierde la razón cuando se irrita. No hay que cegarse, Sagra, acuérdate de lo que te digo.»

Casi me parece imposible que todo lo que te estoy recordando ahora hubiera ocurrido de verdad. En los vaivenes de nuestros caminos, a veces las frases y los hechos se agolpan y se precipitan. Especialmente si no tenemos en cuenta los «antes» y los «después».

«Por supuesto el sexto sentido también puede equivocarse», me dijiste una tarde mientras analizábamos las pinturas que se exponían en tu galería. «También fallan los edificios mal construidos o las colillas mal apagadas: los incendios que provocan pueden ser desastrosos.» Tenías razón, Juan Luis. Las cosas no ocurren «porque sí». Siempre existe una causa, por muy pequeña que sea, que condiciona nuestros actos y nuestros sentimientos.

Lo malo consiste en cerrar los ojos (como me ocurrió a mí). No ver, viendo. No oír, oyendo. No saborear, gustando. Y sobre todo confundir las brasas apagadas con el rescoldo que provocan las cenizas encendidas.

SOLILOQUIO PARA JAIME

Cuando regresaba de París tú siempre hacías preguntas insulsas: frases anodinas que pretendían rellenar aquella falta de diálogo que iba agrandándose cada vez más entre nosotros. «Cómo van los estudios de Pierre?», o «¿Ha crecido mucho Luis?» o «Sigue José tan interesado por los coches?». Hablabas sin medida. Querías aparentar interés por lo que para ti apenas tenía importancia.

Tardé bastante en comprender que aquella verborrea que duraba dos o tres días era tu forma de evitar que yo te hiciera preguntas a ti. No querías explicar lo que habías hecho durante mi ausencia.

No obstante, pronto volvías a tu mutismo: a los silencios cotidianos casi siempre respaldados por la lectura de los periódicos o por las continuas llamadas telefónicas, o por cualquier excusa bien urdida para recuperar el distanciamiento.

Tampoco los amigos se apresuraban a reincorporarse a nuestras costumbres. Sólo Teresa se avenía a adoptarlas. Nunca fallaba. Siempre la encontraba allí, en nuestra casa, dispuesta a formar parte del trío.

Recuerdo que a veces se me quedaba mirando como si acabara de descubrirme: «Estás más guapa que nunca, Sagra. ¿Qué demonios has hecho en París?» Le gustaba alabarme, sobre todo cuando tú estabas delante. Y yo pensaba que lo que pretendía era rellenar los huecos de tu falta de atención hacia mí.

Por entonces yo todavía creía en su amistad. Confiaba en ella, y ella fingía confiar en mí. Lo cierto era que las franquezas que nos transmitíamos jamás pasaban por el colador de los prejuicios. Eran franquezas desnudas, expuestas sin reparos ni miedos. Además, Teresa, en aquella época, era la única amiga que se adaptaba a mis aspiraciones. Nunca discrepábamos. Nuestros gustos eran parecidos; coincidíamos en casi todo: la lectura, la música, el arte en general.

Sus dos hijos eran todavía pequeños y ella no era una madre excesivamente posesiva. Su tiempo libre era prácticamente tan vasto como el mío. De ahí nuestros continuos encuentros.

A menudo tú me dabas a entender que no comprendías aquella amistad: «Aunque tú dices que os compenetráis, no acabo de asimilar cómo dos personas tan distintas pueden ser amigas.» Pese a todo, nunca dejabas perder la ocasión de menospreciar a Teresa. Y en más de una ocasión te habías mostrado abiertamente en contra de nuestra intimidad: «No entiendo cómo podéis hablar tanto por teléfono si os veis casi todos los días.» Tenías razón; nuestra comunicación telefónica era una especie de vicio, una extraña adicción. Pero no renunciábamos. La amistad para mí era eso: necesitarnos la una a la otra, exigir nuestras mutuas presencias. Por eso creía en aquella amistad.

Cuando te veía tan atento conmigo y tan ajeno a Teresa, con frecuencia me preguntaba cómo era posible que mis sueños se fueran a veces por las ramas y llegara a creer que aquellos sentimientos tan entrañables que antaño me habías demostrado se hubieran esfumado. Por eso me resultaba casi una traición que de vez en cuando yo llegara a olvidarme de ti. Y es que en el fondo, Jaime, jamás dejé de quererte. Te quería con un cariño especial pero evaporado, como si jamás pudiera realizarse de verdad. E imaginaba que la razón de aquellas desorientaciones que te alejaban de mí venían impuestas por la falta de hijos. De una forma u otra, el resultado de mis divagaciones siempre acababa por caer en esa trampa. Incluso en mis sueños, la ola gigante de mi esterilidad venía a arrastrarme mar adentro para ahogarme: «Te falta un hijo, Sagra. Todo cambiaría si no fueras estéril.» Al despertar surgía la tristeza: brotaba de lo más profundo de mis entrañas y se quedaba dentro de ellas arañándolas desesperadamente.

Entonces aún no existía Fernanda. Nada ni nadie podía imaginar lo que aquella criatura iba a suponer para nosotros. Es muy posible que si en vez de dejarme darle vueltas al dolor de mi secura como hacía entonces, hubiéramos hablado de la posibilidad de adoptar un hijo, todo hubiera cambiado. Pero en aquella época la probabilidad de una adopción era una utopía de la que jamás se hablaba. Lo esencial era mi propio cuerpo: la infecundidad de mi vientre.

Nada nos empujaba a la idea de adoptar un niño. De verlo crecer como si fuera nuestro y darle el amor que día a día se iba disolviendo en los quehaceres yermos de nuestra insulsa vida.

Con frecuencia el ser humano precisa dar un motivo más o menos veraz a lo que nos mantiene en continua alarma, y nos apoyamos en excusas que nos parecen reales. Y adoptar un hijo era para mí en aquellos momentos la utopía más eficaz para salvar nuestro matrimonio. Nos resistimos a admitir que más allá de las causas que consideramos esenciales existen otras razones que lo abarcan todo sin que tengamos noción de ello.

Sí, Jaime: mil veces llegué a pensar que la adopción de un niño podría convertir nuestra atmósfera definitivamente enrarecida en el aire saludable que pudiera devolvernos nuestra felicidad de los primeros años. Pero no te lo dije: no me atrevía. Tenía la impresión de que al proponértelo mi ya maltrecha e insalubre insignificancia se hubiera vuelto todavía más cenagosa y podrida.

Había situaciones que no admitían según qué clase de proposiciones, especialmente cuando la persona que lo proponía podía excitar tu desprecio. ¿Para qué engañarnos, Jaime? Eran ya muchas las ocasiones en las que tú no te privabas de mostrar tu displicencia hacia mí. No era solamente tu falta de cariño lo que se detectaba, lo peor era el desprecio: aquella mirada difusa y severa que no podías evitar cuando algo mío te irritaba.

De ahí mi temor a proponerte lo que podía tal vez despertar esa irritación.

Por ello jamás te hablaba de lo que paradójicamente más tarde fue la razón prioritaria de nuestras excusas, de nuestros afanes y de todo lo que daba relieve a nuestra vida.

No, Jaime, yo no podía adivinar lo que algún tiempo después iba a convertirse en el más importante de tus proyectos: la falta de comprensión y los continuos fracasos para llegar hacia ti me impedían imaginar que también tú optabas por la necesidad de adoptar un niño. Incluso tu madre parecía dispuesta a aceptar a aquel hijo como un nieto de su sangre. Era incomprensible aquel deseo suyo de sentirse abuela sin una razón de peso. En realidad, Jaime, yo no podía sospechar el motivo de aquel misterio que tardé algunos años en descubrir.

Pero eso ocurrió mucho más tarde cuando la crisis de nuestro matrimonio no era sólo un trance eventual sino una hecatombe.

* * *

Era diciembre: un diciembre mortecino, de proyectos apagados y faltos de estímulo cuando Marina me llamó por teléfono para pedirme que fuera a pasar con ella las fiestas navideñas.

Sabía que tú ibas a América, que Juana también iba a ausentarse de Barcelona y que Teresa pensaba viajar con sus hijos fuera de España: «No te permito que te quedes sola en días tan señalados.»

Habían pasado dos meses desde la última vez que estuve en París y la idea de volver me parecía el mayor de los regalos.

Como siempre, tú no tuviste reparos en que yo me fuera. Incluso me animaste para que aceptara la invitación: «Así podrás vences tus continuas neuras», me dijiste riendo.

Naturalmente acepté. Y desde aquel día ya nada tuvo ese cariz desangelado de las cosas que viven muertas y que nadie recoge para no contagiarse de su moribundez.

De pronto vivir ya no era dar rodeos inútiles o ir vagando por desiertos helados. Al contrario, vivir era saber que pronto podría escuchar las risas de mis tres sobrinos, la alegría innata de mi hermana y sobre todo aquella placidez tan atractiva de Juan Luis.

Aunque la tristeza se apoderaba de mí con frecuencia, yo no pedía grandes cosas a la vida, Jaime, así que pasar las fiestas navideñas en París colmaba con creces mis aspiraciones.

Aquella vez Juan Luis no fue solo al aeropuerto para recibirme: lo acompañaba mi hermana. Una Marina desmejorada, delgada y de nuevo ojerosa. Pero sonriente como siempre. Marina no podía soportar ambientes luctuosos en torno a ella.

Pese a su delgadez aseguraba que se encontraba mejor que nunca, que la fiebre había desaparecido y que estaba dispuesta a hacer todo lo que fuera necesario para que mi estancia en París resultara inolvidable.

Pronto empezaron las reuniones en la galería de arte: la algarabía de los contertulios, las invitaciones en las casas de los amigos, las salidas nocturnas para descubrir restaurantes nuevos. Estaban también las representaciones teatrales, las exposiciones, los paseos con mis sobrinos, las tiendas rutilantes donde encontrar regalos navideños para sus padres: «Queremos que se lleven una sorpresa, tía Candy.» Ya no eran niños. Se habían convertido en tres adolescentes casi hombres, pero el soplo de sus miradas continuaba siendo el mismo de su infancia.

Como todos los años, aquella Navidad transcurrió con el contento y la sencillez de las familias sin problemas: lejos del empaque que caracterizaba las fiestas con nuestros amigos de España y adentrados en aquella sana alegría que irradiaban mis sobrinos.

Aquella noche fuimos los seis a la misa del gallo; ni siquiera Luis, todavía en la frontera de la infancia, se permitió una cabezada en la iglesia. Luego, la cena y los amigos de siempre con sus regalos y sus alegrías habituales potenciadas por la euforia que la ciudad engalanada de luces estaba viviendo desde hacía ya varios días.

Recuerdo a Marina atendiendo a todos con aquella generosidad eficaz que no desertaba de ella ni aunque se encontrase mal. La estoy viendo ahora ofreciendo canapés, bebidas y toda suerte de regalos preparados por ella. Y veo a Juan Luis mirándola con aquella inquietud que le producía observarla tan desmejorada y como sin fuerza. Cuando podía se prestaba a ayudarla: «Siéntate de una vez, Marina», le decía. «Te cansas demasiado.» Pero ella no le hacía caso. Marina era incansable cuando se comprometía a cumplir con las reglas del juego.

A veces, en plena algarabía, me preguntaba a mí misma qué estarías haciendo tú en aquellos momentos. Por supuesto no podía imaginarte en algún ambiente como el que me rodeaba: probablemente te hubieran parecido poco adecuados y algo vulgares. Además tenía la convicción de que alguien que yo no conocía estaba a tu lado. Hubiera sido ingenuo imaginar que el hecho de viajar lejos de tu casa en aquellas fechas era por motivos puramente financieros o empresariales. Pero jamás te di a entender mis dudas. Había cosas que era mejor dejar morir en los silencios para no provocar estruendos irreparables. Luego, cuando regresaras, probablemente me obsequiarías con uno de tus regalos importantes: limosnas para equilibrar nuestra distancia en fechas tan señaladas y para comprar mi buena voluntad al aceptar tu vuelta a casa prudentemente callada. Sonriendo, yo te daría las gracias fingiendo que con aquel regalo quedaba sobradamente compensada y convencida de tu «gran amor».

Y de nuevo nos meteríamos los dos en nuestra jaula dorada para romper a volar de nuevo cada uno por nuestra cuenta sin más ajustes que los de la comida y el dormir juntos, fomentando nuestra inapreciable incomunicación.

También tu madre pondría su granito de arena al mencionar aquellas Navidades tan «sin sus hijos», tan solitarias y especialmente tan falta de nietos.

Pero aquella noche me negué a recordarla. No me importaba que se quejara. Ni siquiera me importaba que a mi regreso se pusiera furiosa y rompiera a echar lamentos a lo loco o a vociferar enfados, gimoteando por cualquier bobada. Era lo suyo; la comedia de todos los años y yo ya no le daba importancia.

Lo esencial para mí era disfrutar a tope aquella Nochebuena gloriosa que me estaban ofreciendo.

Lo demás.

*　*　*

También los días siguientes fueron gozosos. Tanto mi familia como yo errábamos entre recuerdos y proyectos. Nos gustaba imaginar futuros mientras nos calentábamos ante la chimenea encendida y desafiar con euforia el frío que se apoderaba del jardín tras los cristales empañados.

A veces, diciembre puede ser el mes más atractivo del año, Jaime. Sobre todo cuando las personas que nos rodean nos prestan el calor que el helor ambiental nos niega.

A pesar del frescor los días eran rutilantes, la lluvia abrillantaba el pavimento y el sol medio se escondía tras unas nubes que parecían hechas de luz.

Lo que yo no podía sospechar era que todo aquello iba a acabarse con el año nuevo. Ese año nuevo que siempre creemos que va a ser mejor que el que se muere.

¿Por qué, Jaime, todos imaginamos que el futuro nos va a traer esa felicidad que nunca tuvimos o que se esfumó, o que simplemente fue pisoteada por nuestras torpezas?

SOLILOQUIO PARA JUAN LUIS

A veces, por mucho que imaginemos evoluciones sensatas, la vida se nos atasca, Juan Luis: querámoslo o no, volvemos siempre al punto de partida. Por muchas vueltas que pretendamos dar, todo nos conduce al lugar de arranque.

Eso al menos es lo que me ocurrió a mí tras vivir aquella Nochevieja en el palacete donde Marina, tú y yo estábamos invitados.

Se trataba de una fiesta prometedora en un lugar situado en las afueras de París. Recuerdo que cuando desperté aquella mañana del día 31 llovía. Era una mañana desapacible que nada hacía prever una noche tranquila: «Empezaremos el año con el pie izquierdo», recuerdo que comenté a la hora del desayuno.

El agua caía a chorros sobre los tejados, los árboles, y todo el jardín era una piscina verde con flores aplastadas sobre una tierra hinchada de humedades.

Lo peor fue cuando Marina nos comunicó que volvía a tener fiebre y se iba a quedar en la cama. «Estos cambios de tiempo son crueles para mí.» Tenía la voz quebrada y jadeante, era una voz que no auguraba nada bueno.

A ti te faltó tiempo para llamar al médico. Se te veía angustiado. Llevabas ya mucho tiempo preocupado por la salud de Marina que lentamente iba languideciendo sin que ella quisiera reconocerlo: «Esto mío no es nada. La culpa la tiene la maldita lluvia.»

Otra vez fue preciso afrontar la llegada del médico con su expresión enigmática, sus miradas anodinas y su forma de auscultarla: «Seguro que tengo los pulmones como un acordeón», bromeaba Marina mientras el médico, según tenía por costumbre, callaba.

Tú mirabas a Marina con la preocupación que siempre te provocaba verla abatida y enferma, mientras el médico exploraba cada rincón de su cuerpo, y yo aterrada escuchaba aquella respiración fatigada que el asma acentuaba. Cuando el doctor terminó su examen, decretó que de ningún modo Marina se levantara.

—El tiempo no es apropiado para que salga de casa. —Extrajo de su cartera un recetario y escribió algo que entregó enseguida—: Hay que atajar esos ahogos inmediatamente. —Cuando se iba te recomendó que una vez pasadas las fiestas llevaras a Marina a la clínica para hacerle un reconocimiento exhaustivo—. Esos pulmones...

De momento bastaba el antibiótico, el reposo y la buena alimentación.

Lo de siempre, pero con la amenaza de aquel que se volvía cada vez más cercano acentuando su frecuencia.

Te estoy viendo ahora acompañando al médico a la puerta. Charlabais en voz baja. Dios sabe lo que aquel hombre te diría. Pero cuando regresaste al dormitorio, tus labios dibujaban una sonrisa forzada, como inventada para aquel momento:

—Total, nada. Un resfriado sin importancia. Unos días de descanso y Marina volverá a ser la de siempre.

Tus comentarios pretendían ser optimistas, pero no lo eran. Al contrario, se te notaba demasiado que procurabas demostrar una tranquilidad que no sentías.

Faltaban pocas horas para que el año nuevo comenzara, pero nada hacía prever que la felicidad que siempre se auguraba por aquellas fechas pudiera realizarse. En aquellos momentos todo era inestable, todo se debilitaba cuando contemplábamos aquel rostro, pálido y demasiado enjuto.

—Tendréis que asistir a la fiesta de esta noche sin mí —dijo de pronto Marina.

Tu reacción y la mía fue instantánea.

—No pretenderás que te dejemos aquí sola.

Pero Marina era terca; no permitía que se le llevara la contraria.

—Cualquiera diría que me estoy muriendo —dijo fingiendo un miedo que no sentía—. Si no vais los dos a la fiesta, creeré que mi enfermedad es muy grave.

Discutimos. Nos empeñamos en convencerla. Y ella:

—No puedo soportar que las cosas se estropeen por mi culpa.

No hubo nada que hacer. Venció Marina.

Todavía no podíamos imaginar que aquella pequeña victoria suya iba a obligarle a perder su guerra.

*   *   *

Creo, Juan Luis, que si me lo propusiera podría repetirte todo lo que fue ocurriendo aquella última tarde del año que se estaba acabando.

Todo, hasta la oscuridad de aquel atardecer prematuro, se quedó grabado en mi mente sin perder el menor relieve. Ahí están tus hijos rodeando la cama de su madre, bromeando sobre mis renuncias a dejarla sola para asistir a la fiesta. Y percibo el olor a eucaliptos que el médico mandó poner sobre una olla de agua hirviendo para humedecer y desinfectar la habitación. Y contemplo tus idas y venidas, nervioso, acongojado y al mismo tiempo optimista como si la mejoría de Marina fuera una especie de logro que rehabilitaba tu derecho a ausentarte.

Cada instante cobra un relieve, Juan Luis; cada palabra, un significado. Incluso puedo detectar la deformación de nuestro ánimo que se producía a medida que pasaban las horas. Sí, Juan Luis: todo recobraba optimismo. Por eso creo que era una deformación culpable. ¿Veíamos el peligro? ¿Queríamos imaginar que no debíamos tener miedo de lo que podía ocurrir? ¿Era falsa aquella seguridad que yo sentía? Y lo que es peor: ¿me dolía de verdad que Marina estuviera enferma?

Ahora, después de tantos años, todavía no estoy segura de que lo que sucedió fuera una situación preparada por nosotros mismos o si únicamente fue una consecuencia de lo que tarde o temprano tenía que suceder.

Ojalá pudieras contestarme para despojarme de esa culpa que vengo arrastrando desde entonces.

El ser humano es demasiado ambiguo y complicado para que pueda contestarse a sí mismo con suficiente veracidad.

Nos mentimos mucho, Juan Luis. Nos mentimos incluso cuando la mentira duele. Es precisamente esa tendencia a mentirnos lo que va configurando la emoción de nuestra historia. Por eso tal vez lo que ocurrió antes de que tú y yo nos dirigiéramos a las afueras de París para asistir a la fiesta de Nochevieja permanece en mí de un modo tan minucioso.

Todo se mezcla: la voz de Marina repitiendo que ya no tenía fiebre y que se encontraba muy bien; las bromas de tus hijos convencidos de que lo que tenía su madre no sólo no era grave, sino que era una excusa para no moverse de la cama: «Te conocemos, mamá: eso de salir de noche no te gusta.»

Y me veo a mí misma enfundándome en aquel traje largo de terciopelo negro que tanto le gustaba a tu mujer, pretendiendo que me vestía para ella cuando en realidad me arreglaba por causas concretas que me negaba a admitir.

Recuerdo que al entrar en el dormitorio donde yacía mi hermana me detuve a unos metros de distancia para escuchar su opinión:

—Estás preciosa, Sagra —me dijo.

También tus hijos dijeron algo parecido:

—Pareces una modelo, tía Candy. —Se acercaban a mí, me rodeaban, se fijaban en los detalles de mi atuendo—. Vas a causar sensación. A ver si cuando papá te vea se enamora de ti.

Y las risas. Todo en aquellos momentos era objeto de broma. Incluso la frase de Marina tenía ese cariz:

—¿Pues sabes lo que te digo, Sagra? Que los niños tienen razón. Si yo fuera hombre me enamoraría de ti.

Dios mío, qué bien recuerdo aquellos preliminares. Son como esos soplos de aire fresco que auguran huracanes. Pero no quería admitirlo. Tampoco quería pensar. Todo era inofensivo. Nada era fraudulento ni intencionado.

Tú no tardaste en entrar en la habitación. Vestías un fraque impecable, aromabas a colonia y en tu pecho ostentabas aquellas condecoraciones que te habían adjudicado por contribuir al desarrollo artístico de Francia, especialmente por tus gestiones para recobrar las obras de arte que los nazis habían incautado.

Creo recordar también que durante unos instantes me miraste como si de nuevo estuviéramos sentados en la hamaca del jardín de mi casa la tarde que de repente rompió a llover.

Pero enseguida te acercaste a Marina:

—¿Te has puesto el termómetro? ¿Tienes fiebre?

Se te notaba tenso, como si el hecho de ausentarte de tu casa mientras tu mujer seguía en la cama te incomodara.

—No te preocupes por mí —dijo Marina—. Estoy bien. —Y como si le molestara que tú no hubieras reparado en mí—. Pero ¿no te has fijado en tu cuñada? ¿No te llama la atención su belleza?

Te volviste hacia mí de un modo forzado, como si te molestara mirarme:

—Efectivamente estás muy guapa, Sagra. —Lo dijiste casi displicentemente, como si contestar a la pregunta que te había hecho tu mujer te hubiera violentado.

No tardamos en marcharnos.

* * *

Aunque ya no llovía, el coche rodaba con sonido de lluvia. Y es que en la carretera había pequeños baches con agua estancada.

Recuerdo que los dos íbamos serios, silenciosos, como si aquella circunstancia totalmente imprevista nos hubiera incapacitado para explayarnos.

En algún momento te hablé de los niños. Probablemente fueron frases triviales relacionadas con lo mucho que habían crecido y con los resultados de sus estudios. Pero tú sólo me respondías con monosílabos sin darle importancia a lo que te estaba comentando.

Conducías deprisa; el entrecejo fruncido, las mandíbulas tensas, la mirada fija en la carretera.

No tardamos en llegar. Nos introdujimos en una especie de bosque bien iluminado cuyo camino principal finalizaba en la entrada del palacete. Un mundo de criados nos salió al encuentro. No éramos los primeros invitados y desde el vestíbulo se escuchaba el vocerío y el gran barullo que venía de la parte alta de la escalera.

De pronto todo fue nuevo, alegre y empapado de olvido. Sí, Juan Luis, al menos para mí aquella llegada fue como entrar en un cuento de hadas donde el dolor se esfumaba al contacto de una varita mágica. Atrás quedaba Marina, con sus ahogos y su tos, atrás quedaba Jaime, con sus frialdades, y mis domingos solitarios, atrás quedaban los improperios de mi suegra y la desgracia de no poder ser madre. Me sentía liberada, Juan Luis. Era una liberación total, sin escrúpulos ni miedos.

También mis dudas se esfumaron. Tus amigos nos salían al encuentro, nos asediaban, nos sonreían. Aunque preguntaban por Marina, su ausencia pronto fue desconectada del barullo: las copas que todos llevaban en la mano ayudaban a olvidar.

Aquella noche también yo bebí. Lo necesitaba. Tenía la impresión de que el alcohol iba a defenderme de cualquier torpeza. El alcohol, en aquellos momentos, derrumbaba fronteras y atraía ilusiones. La euforia se esparcía por todas las salas de aquella casa enorme y no había más remedio que ponerse alegre para no desentonar.

Desde una sala lejana se escuchaba una música suave. Eran melodías lentas que acariciaban los sentidos y quitaban de en medio preocupaciones o molestias.

Todo se prestaba a estar alegre, a soñar cosas insoñables, a despreocuparse de los problemas.

La orquesta que se había contratado era americana y al parecer hacía furor en Estados Unidos. La formaban cuatro mujeres negras que se hacían llamar The Snows. Cantaban en inglés versiones idílicas que incitaban a sentirse ingrávidos, o como poseídos por humores sensitivos sin topes ni prohibiciones abstractas.

Mientras tanto, el comedor se iba llenando de gentes ansiosas de acelerar las horas como si temieran que el año nuevo las pillara desprevenidas. Todos queríamos llegar a él, festejarlo, volcarnos en la embriaguez de aquellas doce campanadas que un criado hizo sonar desde una lejana puerta que lindaba con el gran salón.

La gente se acercaba a mí, me preguntaba por Marina, me hablaba de mil cosas, alababa mi traje, decía infinidad de cumplidos gratos que aumentaban mi euforia. Pero tú no estabas allí. Desapareciste de mi entorno en cuanto entramos en la casa. Ni siquiera pude localizarte cuando nos indicaron los puestos de la mesa.

Fue una cena aburrida, sobrecargada de lugares comunes a los que yo respondía con sonrisas vagas y movimientos de cabeza que nada significaban. Era mi modo de satisfacer al interlocutor. Mis vecinos de mesa se han esfumado de mi mente. No los recuerdo. Sólo recuerdo que te echaba de menos, que el cauce de la cena era demasiado largo.

Hablar, masticar, beber, reír, lanzar miradas vagabundas sólo servía para experimentar desconciertos frustrantes.

Tardamos mucho en levantarnos de la silla para alzar nuestras copas y brindar por el primer minuto de aquel año que empezaba. Fue un brindis triste. Casi tanto como si lo hubiera hecho a solas delante de un espejo en mi casa de España.

No voy a negártelo, Juan Luis. Fue precisamente aquella noche cuando me sentí más sola que nunca. En vano traté de autosugestionarme para convencerme de lo contrario. Lo cierto era que te echaba de menos. Te necesitaba, Juan Luis. Hasta aquella noche no había comprendido tan claramente la falta que me hacías. Necesitaba tu mirada, tu voz, tu sonrisa, toda tu presencia. De pronto me noté arrastrada hacia la sala de baile. No puedo recordar quién era. Alguien vago e inconsistente que se empeñaba en alegrarme sin conseguirlo.

Luego hubo otro. Y otro. Pero tú seguías perdido Dios sabía dónde.

*　　*　　*

No podría decir cuánto tiempo estuviste ausente. Para mí fue un lapso interminable.

Súbitamente y cuando menos lo esperaba me noté agarrada por la cintura; sin palabras, sin la opción de zafarme.

Entonces me arrastraste hasta la pista de baile. La música continuaba siendo lenta, muy lenta. Tampoco memorizo cuál era la canción. Sólo sé que por nada del mundo hubiera rechazado aquel simulacro de abrazo.

Estuvimos bailando un buen rato cuando la fiesta entraba ya en sus postrimerías: mis manos en tus hombros. Las tuyas sujetando mi espalda. Tu mejilla contra la mía y tu beso en la oreja. Todo ello sin palabras. En aquellos momentos las palabras eran ociosas. Sólo la música y tu abrazo eran reales. Y también aquel flotar en un ambiente etéreo. Sin gentes, sin paredes, sin más cuerpos que el tuyo y el mío.

*   *   *

Tampoco recuerdo haberte preguntado por qué motivo habías tardado tanto en acercarte a mí. Tú me lo dijiste:

—Tenía miedo, Sagra, mucho miedo.

Pero el miedo se esfumaba. Nada nos impedía estar allí bailando, notando tu cuerpo pegado al mío, tu respiración en mi oído y tus labios en mi oreja.

Volaba. Sí, Juan Luis: volaba con las alas de una ilusión nueva. No sé dónde me llevabas: todo desaparecía en aquel continuo ascender hacia el más bello de los imposibles.

Fin de lo confuso. Fin de los desencuentros. Fin de aquella incertidumbre que llevaba clavada en el pecho desde aquella tarde en la hamaca de mi jardín.

Por fin estábamos juntos. Por fin lo que hasta entonces únicamente habían sido suposiciones se volvía certeza:

—Hace tanto tiempo que esperaba esto —me dijiste.

Yo no podía hablar. Lo esencial era que hablaras tú. Que vocablo tras vocablo fueras describiendo lo mucho que me echabas de menos, la impresión que me causaba escuchar mi nombre en tus labios: Dios mío qué bonito era mi nombre pronunciado por ti.

Ignoro cuánto rato estuvimos así; fingiendo bailar para no separarnos; temiendo que alguien nos interrumpiera y que el sueño de estar en tus brazos se acabara.

Cuántas veces, al recordar aquella noche, me he preguntado si aquello nuestro era amor. Nunca he podido saberlo. Cuando la emoción se mezcla con los sentimientos resulta difícil saber si lo que rige de verdad es amor o simplemente una chispa de felicidad que lo incendia todo.

De hecho era vivir un sueño, uno de esos sueños que duran incluso cuando despertamos.

*   *   *

¿Fue el alcohol? ¿Fue una rebeldía contra la soledad? ¿O fue quizá un simple afán de felicidad que dio en chocar contra nuestros sentimientos porque ni tú ni yo podíamos luchar contra ellos?

Muchas vueltas le he dado a lo largo de mi vida a aquel principio de nuestra atracción. Pero jamás he podido recordar lo que nos dijimos el uno al otro. Sé que entre los dos hubo una explosión de sinceridades. Que acunados por nuestra emoción nos dijimos mil cosas y nos propusimos infinidad de proyectos.

—No haremos daño a nadie. Ni tu hermana ni tu marido deben sufrir por nuestra causa —dijiste.

Eso era lo primero. Lo demás era estar juntos: no separarnos; comunicarnos como fuera cuando llegara el momento de decirnos adiós.

—Ya nunca estarás sola, Sagra. Yo siempre estaré contigo aunque vivamos distanciados.

De pronto dejamos de bailar. Me cogiste de la mano:

—Debemos marcharnos. —Decías que debíamos estar a solas para hablar, que ya no podías dejar pasar más tiempo sin sincerarte totalmente y confesarme lo que sentías por mí—: Llevo años enamorado de ti, Sagra.

Apenas nos despedimos de los amigos que nos rodeaban.

—Es mejor que no se enteren —me dijiste—. No es sensato proporcionar pistas arriesgadas. —Y nos metimos en tu coche.

De nuevo el rodar con sonido de lluvia. El frío. La humedad. Y por primera vez tu brazo rodeando mi espalda. Recliné la cabeza sobre tu hombro. Y seguí creyendo que estaba soñando.

París en aquellos momentos era una ciudad vacía: avenidas, puentes, casas, todo parecía estancado en una madrugada todavía oscura.

No pensábamos. Estoy convencida de que no reflexionábamos sobre lo que podría ocurrir en adelante. Sencillamente vivíamos aquel momento:

—Sabía que tarde o temprano tenía que suceder —me dijiste—. No era posible seguir fingiendo indiferencia como la he fingido durante todos estos años.

También yo había fingido. Mejor dicho: me había engañado. También yo me había escudado en cien mil excusas para justificar aquellas escapadas mías a París.

Me apoyaba en Marina, en mis sobrinos, pero mi verdadera razón eras tú, Juan Luis.

—¿Por qué has tardado tanto? —te pregunté—. Toda la noche he estado esperándote.

Me contestaste que una vez más habías intentado dominar tus impulsos, pero que tus fuerzas tenían un límite.

—Además Marina no merece sufrir por nuestra culpa.

Y yo te repliqué:

—Eso jamás ocurrirá, porque yo la quiero, Juan Luis. Por eso nunca permitiré que entre tú y yo pueda existir algo más que una buena amistad.

Asentiste mientras besabas mi frente.

—Nunca te pediré lo que no puedas darme, pero, por favor, Sagra, no te alejes de nosotros: todos te necesitamos.

No sabría describirte lo que sentía, Juan Luis: todo en aquellos instantes era deslumbrante y, al mismo tiempo, sombrío.

—Lo que no voy a hacer es esquivarte, Sagra. Vernos nunca será un delito para nosotros.

Y yo te creí, pensaba como tú. Ni por un instante imaginé que nuestras vidas podrían desequilibrarse por culpa de aquella atracción emocional que nos estaba uniendo.

—Lo que pueda ocurrir entre nosotros siempre será menos importante que lo que yo siento por ti, Sagra. No te atormentes por eso. —No obstante también me dijiste que, en adelante, era imprescindible encontrar el modo de comunicarnos con frecuencia—: No va a resultar fácil vivir siempre distanciados.

En efecto: tras aquella noche el «después» iba a ser inexorable, algo inédito que no cabía aún en aquel presente.

Imposible imaginar que aquella noche iba a dejar el futuro huérfano de recuerdos. Aunque nos pareciera que aquel presente no pertenecía a nuestro tiempo, bastaba cerrar los ojos para comprender que aquel lapso, sin evolución, podía convertirse en algo eterno incapacitado para morir.

SOLILOQUIO PARA JAIME

Más de una vez me pregunté a mí misma si era posible querer a dos hombres a la vez.

La verdad es que, pese a la enorme atracción que Juan Luis ejercía sobre mí, yo jamás dejé de quererte, Jaime. Te quería con un cariño especial que nada tenía que ver con lo que yo sentía por mi cuñado y que más adelante incluso llegué a enriquecerlo con la pena que me daba imaginar que tú, por hallarte en ciertas circunstancias parecidas a las mías, estabas sufriendo.

Era un cariño arraigado que venía de lejos y que de ninguna manera podía evaporarse. Tal vez por eso, cuando recordaba aquella Nochevieja en París, me sentía tan incómoda y tan culpable.

Sin embargo desde entonces Juan Luis y yo no dejamos de comunicarnos. A veces por carta, a veces por teléfono, pero siempre había un hilo entre los dos que no se rompía ni era factible que se rompiera.

Nuestras cartas eran sencillas; poco elocuentes, pero tremendamente comprometidas si hubieran caído en manos ajenas. No recuerdo que en ellas habláramos de amor, no obstante cada línea y cada frase era un compendio de tristezas por vivir tan separados. En algún momento nos dejábamos llevar por brotes de sueños que nunca se realizaron y también describíamos desolaciones provocadas por recuerdos que jamás compartimos. Por eso, cuando Juan Luis me describía el estado de ánimo de su mujer, me estaba describiendo también su sentido de culpabilidad, como si el hecho de sentir por mí lo que sentía fuera un modo de robarle a Marina algo que en realidad le pertenecía a ella.

En cierta ocasión me confesó en una carta que mi hermana estaba muy enferma: «El médico está preocupado.» Recuerdo que inmediatamente llamé por teléfono a su oficina: Marina estaba allí. Le pregunté cómo se encontraba, pero ella nunca se daba por vencida:

—Juan Luis exagera cuando habla de mi enfermedad; ya lo conoces. El médico asegura que pronto me pondré buena.

Sabía que me mentía. Marina jamás aceptaba crear mal ambiente por culpa de ella. Cualquier embuste era mejor que provocar una situación adversa proclive a proporcionar malestar. Además, aunque era consciente de que su enfermedad podía ser grave, tenía la impresión de que si no lo reconocía era capaz de alargar su vida:

—A lo mejor cualquier día nos presentamos en tu casa, Sagra: ya no tengo asma y me encuentro mucho mejor.

Al comunicártelo pareciste alegrarte. Ojalá pudieras hablarme ahora para decirme si ya entonces sabías lo que nos estaba uniendo a Juan Luis y a mí. Más de una vez he creído que tú no lo ignorabas, sobre todo si me planteabas tus ausencias con aquella seguridad tan firme.

Fue precisamente por aquella época cuando más te distanciaste de mí. ¿Recuerdas, Jaime? Apenas me hablabas, y si lo hacías era para comentar cosas sin importancia, como si el diálogo entre nosotros fuera algo prohibido.

En cuanto a Teresa, tampoco ella era ya lo que había sido. A pesar de nuestros contactos, la sinceridad total se había roto entre nosotras.

Nuestros encuentros se iban distanciando. Y tú, cuando hablabas de ella, ya no la flagelabas con tanta crueldad como hacías al principio.

Debí comprender entonces lo que os traíais entre manos. Pero lo cierto es que ni por un instante pasó por mi cabeza lo que podía ocurrir. Teresa prenunciaba también distancias escudándose en que sus hijos se estaban haciendo mayores y que la necesitaban más que nunca. Yo la creía. ¿Por qué no iba a creerla? Cierto que Teresa nunca se había mostrado conmigo demasiado comunicativa. Sólo se prestaba a la verborrea para referirse a los demás, pero de ella hablaba poco. Lo malo era aquella desazón que de repente se había interpuesto entre nosotras. Era una desazón extraña que no se justificaba con nada. Pero estaba allí. Dinámica. Insistente. No era que hubiera adusteces en nuestro departir, sin embargo tampoco había aquel pequeño caudal de entusiasmos que nos obstinábamos en que siempre coincidieran, como si el hecho de coincidir reafirmara nuestra amistad.

Incluso en según qué momentos tenía yo la vaga impresión de que, lejos de sentirse bien a mi lado, Teresa intentaba rehuirme como si mi presencia le desagradase. Pero me resultaba imposible dar con la causa que fomentaba aquella impresión.

En cierta ocasión te hablé de ese fenómeno, ¿lo recuerdas, Jaime?

—No sé lo que le ocurre a Teresa —te dije—. Es como si entre nosotras se hubiera interpuesto una barrera que nos está separando.

Tú me miraste impasible, la mirada seca, tu ademán relajado:

—Otra vez inventas tragedias, Sagra. Teresa es la misma de siempre.

Fue entonces cuando percibí por primera vez algo oculto que no querías decirme. De hecho yo no te había hablado de «tragedias»: únicamente te había dado a entender que Teresa ya no era la misma conmigo. Quizá fue esa interpretación tuya lo que activó el toque de alarma que yo percibí en aquellos momentos.

Sin embargo no supe traducir el lenguaje de tu respuesta. Fue mucho más tarde cuando me di cuenta de que la palabra estaba en tus labios porque se había escapado de tu gran secreto, aquel que mientras vivías jamás permitiste que yo mencionara.

A veces, cuando la mente se embota, es imposible amurallar las verdades que resultan evidentes, simplemente porque desconocemos los cauces mentales de los que nos hablan. Lo cierto es que en aquellos momentos era imposible adivinar lo que estaba ocurriendo, seguramente porque mis propios problemas me cegaban instintivamente para discernir los problemas de los demás. Fue aquel mismo día cuando por primera vez te adelantaste a mi afán de adoptar un niño y me propusiste seriamente lo que yo tanto deseaba:

—Es posible que tener un hijo, aunque sea adoptado, pueda serte beneficioso, Sagra. Yo ya no sé qué hacer para quitarte esa tristeza tuya.

Me chocó el modo que tuviste de plantearme la propuesta. Lo hiciste de un modo arbitrario como si el hecho de no tener hijos, lejos de afectarte a ti, me afectara a mí. Por eso me sacabas a relucir mi tristeza, mis depresiones y acaso también mis equívocos modos de juzgar el vuelco que había dado mi amistad con Teresa.

Tal vez por esa razón tu proposición me pareció inaudita. Pero al mismo tiempo prometedora. De ahí que no la desechara. También yo creía que adoptar a un niño podía cambiar nuestra forma de vida y rellenar el vacío que nos estaba distanciando.

Te hablé entonces de tu madre:

—No creo que le guste tener un nieto que no lleve tu sangre.

Pero tú me atajaste enseguida:

—Te equivocas, Sagra; más de una vez he hablado con ella de esa posibilidad y está completamente de acuerdo.

Fue una minucia tonta, Jaime, pero cuando me dijiste aquello me dolió que hubieras departido con ella algo tan importante antes de consultarlo conmigo; no obstante, no quise manifestarte mi disgusto.

La idea de tener un niño en casa, escuchar su voz, atender sus exigencias y verlo corretear por el jardín parecía excitar todos mis sentidos, me revitalizaba, me daba a entender que yo no era tan poca cosa como venía creyendo desde que me dijeron que era una mujer estéril. Sí, Jaime, fue una proposición maravillosa. Una especie de regalo que nunca imaginé que llegarías a ofrecerme.

—Un hijo adoptado —repetí.

Era como tenerlo ya en los brazos, mecerlo, contemplar su sonrisa de bebé dormido, besarlo en la frente, oler su piel perfumada, soltarle mi oratoria de madre enamorada de su hijo, bendecirle mil veces al apretarlo contra mi seno.

—Pero eso va a ser muy difícil —te contesté.

Rebatiste mi comentario sonriendo:

—Todo es difícil y fácil a un tiempo, Sagra. No te preocupes. Yo haré que todo salga tal como tú lo deseas.

De nuevo volcabas en mí aquel empeño loco que se iba adueñando de nuestra vida cada vez con más fuerza. Y yo volví a sentirme agradecida, como si acabaras de proponerme que me casara contigo.

Ciertamente las adopciones no eran fáciles. Los trámites eran complicados, pero tú no permitiste que yo me llevara desengaños:

—Me ocuparé yo mismo de conseguir lo que tanto necesitamos, Sagra. No quiero que te alteres. Tengo buenos contactos y no habrá problemas.

Te vi tan seguro que no quise preocuparme. Siempre que te proponías algo lo conseguías. ¿Por qué dudar de que aquel proyecto podía malograrse?

Lo cierto es que a partir de aquel día la aspereza que siempre se interponía entre nosotros pareció suavizarse. De nuevo surgían temas de conversación, abstracciones alegres, euforias repentinas que rompían a volar hacia sueños hasta entonces vedados. Fue una época grata. Incluso tu madre se mostraba más relajada y más amable conmigo. Me dije entonces que por fin mi matrimonio, aunque deficiente, iba a conseguir un pedestal firme. El pedestal de un hijo.

Por fin alguien vivo podría ser hijo mío, sentirme madre y vivir para él.

Todavía ignoraba lo que se escondía tras aquel conato de felicidad. A veces la ceguera interior nos obliga a navegar a la deriva por mares demasiado encalmados para levantar suspicacias.

En aquellos momentos las suspicacias no existían. Todo era nuevamente luminoso, sencillo y propicio a que las cartas que me escribía Juan Luis fueran menos importantes.

También Teresa parecía cambiada. Ya no se mostraba distante, ni jugaba a «ser otra» cuando yo intentaba intimar con ella. De nuevo pareció más predispuesta a continuar nuestra amistad ligeramente interrumpida. Incluso a veces os poníais de acuerdo para «sacarte de tu maldita modorra, Sagra», y acompañarme los dos para que yo no me sintiera tan sola.

Tanto tú como ella achacabais aquel desmoronamiento mío a la enfermedad de mi hermana y decíais que lo que debía hacer era distraerme, salir de mi ostracismo y procurar olvidar lo que me desmoronaba: «Las cosas pueden cambiar. La enfermedad de tu hermana todavía no es irreversible.»

Y yo os hacía caso. Salíamos los tres para unirnos a los grupos de los amigos que yo deliberadamente había ido dejando de tratar. Proyectábamos diversiones; mitos nocturnos o frivolidades legendarias. Frecuentábamos discotecas, teatros, cines, restaurantes. Mi horizonte se ensanchaba. Tú nunca dejabas de darme explicaciones que iban abriendo mi esperanza de tener pronto un hijo en mis brazos.

A pesar de todo me resultaba muy difícil olvidarme de París, de mi hermana, de Juan Luis. ¿Para qué voy a negártelo, Jaime? Seguramente tú ahora sabes mejor que yo lo mucho que me hacía sufrir el hecho de vivir tan lejos de mi familia. Aunque procurase aturdirme, nada encajaba en aquella paz que yo tanto deseaba. Todo era desordenado. Todo galopaba hacia lugares ignotos. Me sentía cansada. Quería olvidar, pero no podía. El cansancio era eso: no olvidar. Pisar lugares de mal camino, rumbos inciertos a través de noches sin mañanas.

¿Me entiendes, Jaime? Lo de aquella época era todo falso: pasos dados porque sí hacia lugares donde todo era ausencia, donde las metas jamás estaban en su sitio.

Cuando salíamos, frecuentemente te pedía que me dejaras en casa antes de que la fiesta terminara. Y tú accedías gustoso porque lo que te divertía era permanecer con tus amigos hasta que la madrugada se precipitara hacia el día.

De todo aquel batiburrillo lo único que me compensaba era la promesa del hijo y que Teresa volviera a ser la amiga de siempre. De nuevo me trataba con cariño, se volvía amable y casi me obligaba a arrepentirme por haber creído que su amistad comenzaba a deteriorarse.

Evoco ahora la tarde en que de un modo inquisitivo me abordó como jamás lo había hecho. Ahí está. Frente a mí: sus ojos fijos con la mirada taladrando la mía, su larga melena negra esparcida por los hombros:

—Vamos, Sagra, vomita ya de una vez lo que te pasa. A mí no me engañas. Seguro que en París te ha ocurrido algo al margen de la enfermedad de tu hermana.

La pregunta era demasiado directa para que fuera ofensiva. Sin duda Teresa adivinaba algo. Intenté disimular; marear la perdiz con gestos poco convincentes.

—¿A qué te refieres? No te entiendo, Teresa.

Pero la entendía. Vaya si la entendía. A pesar de su acercamiento, ni ella ni yo éramos ya las amigas inseparables que se lo cuentan todo.

—Bueno, si no quieres desahogarte no lo hagas. Pero a mí no me engañas —insistió.

Y de nuevo volvimos a nuestros silencios.

La engañaba, en efecto. Lo comprendo ahora desde mi ancianidad. Son muchas las veces que mentimos callando. Cuántas galerías subterráneas ocultando falacias, cuántas grutas escondidas sofocando gritos que nadie escucha y cuántos azotes nos flagelan sin que jamás nadie lo sepa; todo ello convierte nuestras vidas en representaciones teatrales casi siempre mal interpretadas.

Recuerdo que al principio, cuando notaba que Teresa se alejaba de mí, lo achacaba al modo que tú tenías de tratarla. Siempre la dejabas en mal lugar. Mil veces me repetías que Teresa, aunque aparentaba listeza, era una mujer poco inteligente, e incluso llegaste a decirme que no entendías cómo podía yo ser amiga de ella. Además insistías mucho en que no sabía administrarse: «Cualquier día caerá en bancarrota.» Entonces yo te suplicaba que la ayudaras, que procuraras encauzarla: «La pobre no tiene un marido para aconsejarla.» Pero tu respuesta era siempre la misma: «Estoy demasiado ocupado para perder el tiempo con semejante caprichosa, dispuesta siempre a coquetear con el primer hombre que se le pinga delante.» Lo decías con rotundidad; la voz firme y sonora. Sin embargo, últimamente ya no hablabas de ella con tanto desprecio. Al contrario, Teresa era para ti «una buena amiga mía». Con sus defectos, eso sí, pero «te quiere, Sagra. Me he convencido de que antes estaba equivocado respecto de ella».

Cuando ahora pienso en aquella metamorfosis sobre el modo de ser de Teresa no puedo evitar sonreír, Jaime. No hay duda: también las voces y las palabras tienen su carnaval y sus caretas y sus disfraces.

*　*　*

A pesar de aquella aparente laxitud entre Teresa y yo, había algo que no podía definir pero que se estaba interponiendo entre nosotras. Era una distensión inevitable que a veces me obligaba a sentirme culpable por no haberme sincerado con ella tras mi viaje a París.

Lo peor eran sus inesperadas susceptibilidades, su continuo echarme en cara mi falta de sinceridad: «Antes me lo confiabas todo.» También su carácter era otro: siempre andaba malhumorada, como si algo la estuviera atosigando: «La que ha cambiado eres tú, Teresa. ¿Dónde has dejado tu buen humor?» Hasta que un día dejé de echarle en cara sus altibajos. Lo que tú me dijiste me dejó fuera de juego y completamente abatida.

—Teresa tiene un tumor maligno. Acabo de enterarme por el médico que la trata.

Fue lo mismo que recibir un impacto en todo mi cuerpo. Jamás hubiera imaginado que Teresa estuviera tan enferma. Inmediatamente le perdoné todas sus impertinencias, sus extravíos y sus ataques. Fue lo mismo que abrir una cortina y encontrar la muerte tras ella:

—Dios mío, ¿por qué no me lo ha dicho?

De nuevo me sentí culpable. No sabía cómo reaccionar. Recuerdo que tú me insistías:

—Sobre todo no se te ocurra hablarle de ese asunto. Está aterrada y no quiere que la gente se entere.

A pesar de todo no te hice caso y fui a su casa a visitarla.

La encontré ojerosa, con el ánimo decaído, y cuando fui a abrazarla las dos rompimos a llorar.

—Voy a morir, Sagra. Estoy segura de que no podré curarme.

Su derrumbamiento era sincero. Era imposible dudar de él. En aquellos momentos estábamos las dos solas en su dormitorio: su abdomen ligeramente hinchado evidenciaba ya aquel tumor que según me habías dicho era irreversible.

—Lo siento mucho, Teresa querida, lo siento de verdad. —Intenté darle ánimos—: Si es un tumor incipiente, por muy maligno que sea, podrá tener arreglo.

Me dijo entonces que había preparado ya su viaje a Houston. Que probablemente allí podría seguir un tratamiento adecuado:

—En España los remedios de esta enfermedad están muy verdes.

Me dijo que saldría hacia América al día siguiente, que su madre la acompañaba y que sus hijos, mientras ella estuviera en América, iban a quedarse en la casa de su hermano.

—Tardaré algún tiempo en regresar.

Naturalmente me ofrecí a hacer aquel viaje con ella y ayudarla en lo que fuera necesario.

—De ningún modo voy a permitir que te sacrifiques por mí, Sagra. Bastante problema tienes con tu pobre hermana.

Aquella tarde se mostró amable. Decaída y sobre todo angustiada, pero muy amable.

La compadecí, Jaime, me dolía verla tan indefensa y tan incapacitada para vencer la lacra que la estaba minando.

Me pareció entonces que lo que venía separándonos desde hacía algún tiempo era precisamente aquel maldito enemigo que llevaba dentro y que acaso pudiera acabar con ella.

Procuré consolarla, mostrarme comprensiva. Intenté darle ánimos. Pero no había forma de sacarla de aquel pozo de desvaríos que la estaba ahogando. Le pregunté por qué no me lo había dicho antes.

—De haberlo sabido todo hubiera sido distinto —le dije.

Pero me contestó que los malos tragos era mejor pasarlos a solas.

Fue una tarde extraña. Me causaba pena verla sufrir, pero también me dolía que no me hubiera dejado ayudarla.

—Yo hubiese podido acompañarte al médico.

Cuando ahora pienso en aquella escena tengo la impresión de que mis palabras eran frases aprendidas para un guión mal construido. Palabras sin sentido que pretendían rellenar los huecos de una verdad que no se decía, que había que sepultar de algún modo con frases elocuentes, sentimentales y casi destructivas.

Todo era una pura inversión de conceptos que no tenían sentido, sin embargo la situación estaba obligándonos a que habláramos trágicamente, tal como exigían las circunstancias.

Y me pregunto qué clase de reacciones internas debía de experimentar Teresa al verme tan abocada a ayudarla y a sacrificarme por ella.

Fui muy elocuente. No hice más que fabricar palabras de alivio, conceptos de ayuda, futuros en forma de vocablos. No podía imaginar que aquel cuerpo joven, aquellos ojos negros tan expresivos y aquella melena sedosa, fuere capaz de desaparecer, por algún mal imprevisto que lo estaba devorando.

—Voy a rezar por ti, Teresa. Verás cómo te curas. —Y mientras yo hablaba, ella permanecía en silencio, como si mis frases carecieran de eco, o como si hablar sólo pudiera servir para falsificar el pasado y el futuro.

No mencionamos la palabra «cáncer». Parecía que al pronunciarla el daño pudiera crecer y desmoronar nuestras esperanzas. Lo mejor era callar, enmudecer. Hablar del sin describirlo. Confiar en la eficacia de los americanos, de aquel hospital famoso que hacía unos años había abierto la esperanza a lo que hasta entonces no había tenido remedio.

Ahí está Teresa de nuevo. La estoy viendo, todavía joven, asustada, su mirada distante como si pretendiera buscar las palabras adecuadas para contestar a las mías sin mencionar lo que de ningún modo se podía mencionar.

En cierta ocasión leí que el tiempo y las palabras se parecían porque ambas suceden, discurren y desaparecen.

Por eso de nada valía detener el tiempo o tratar de encontrar vocablos adecuados cuando la fuerza de la naturaleza se imponía. Nada ni nadie podía modificar el destino.

Recuerdo que me despedí de ella llorando.

—Volverás curada —le vaticiné—. Te lo prometo, Teresa, volverás curada.

También ella me abrazó.

—Perdóname por haberme portado contigo tan torpemente durante tanto tiempo —me dijo.

La volví a abrazar.

—Te prohíbo que vuelvas a decir semejante tontería.

Me ofrecí a llevarla al aeropuerto, pero se negó en redondo.

—No quiero fomentar más emociones, Sagra. No es bueno emocionarse cuando se tiene lo que yo tengo. Mi madre me acompaña y tu presencia podría aumentar nuestra tristeza.

Recuerdo que cuando salí de su casa llovía. El jardín era un puro charco y las flores se veían mortecinas como si algo más fuerte que la lluvia las hubiera machacado.

Llegué a nuestra casa con el ánimo encogido.

—Te advertí que no fueras a verla —me recriminaste—. Ya ves lo que has conseguido. Tú estás destrozada y ella seguramente no pegará ojo en toda la noche.

Me hablabas como si estuvieras enfadado: no admitías aquella intromisión mía después de tu advertencia de que no me despidiera de ella.

Había algo adusto, no sólo en tus frases sino también en el tono de tu voz. Querías mostrarme a toda costa tu enfado.

—En fin de cuentas Teresa no merece que tú sufras por su culpa.

No entendí aquella frase. Me parecía imposible que no fueras capaz de apiadarte de ella ni siquiera ante un acontecimiento tan duro como el de su enfermedad.

Yo no podía imaginar mi vida sin Teresa. Todo se me desmoronaba. Todo se precipitaba mundo abajo.

Sin embargo tú permanecías impasible. Nada daba a entender en ti la menor reacción adversa.

—No hay que ponerse así, Sagra. A lo mejor Teresa puede curarse.

Pero yo no cesaba de llorar. Dios mío, cuántas energías perdidas por culpa de esos ramalazos sensibleros que experimentamos en la juventud.

SOLILOQUIO PARA JUAN LUIS

No sabría explicarte qué clase de angustia fue minando aquellos meses sin Teresa. De nuevo me vencía la soledad: aquel ver pasar los días lentamente, monótonos y apagados.

Todo se traducía en transitar por las calles y en buscar excusas para ensanchar el tiempo y rellenar su nada con esperanzas remotas adobadas por tus noticias.

No eran muy frecuentes, pero sí constantes.

Lo peor era la rutina diaria: aquel hacer y deshacer continuo tratando de sortear las pequeñas batallas que surgían de repente sin demasiado entusiasmo. Aguardando tus cartas o tus llamadas telefónicas apoyadas casi siempre en la enfermedad de Marina: «Parece que va mejorando.»

La añoranza era grande. Nada la paliaba. El aislamiento volvía a hacer mella en mí.

A veces me asomaba a la tribuna que daba a la calle con el deseo de ver algo nuevo que me abstrajera, pero todo cuanto veía se me antojaba acongojante: viejos caminando con dificultad, mujeres intentando atrapar miradas admirativas, niños llorando por tonterías, pobres pidiendo limosna.

De vez en cuando aparecían gentes con miradas extraviadas como enloquecidas y desorientadas: gentes que sin duda habían perdido sus recuerdos; gentes que, conscientes de que su pasado se había acabado, buscaban afanosamente su horizonte para echarse a morir. Yo las comprendía, Juan Luis: era muy duro vivir día tras día esperando sin derecho a esperar. Hablando de aquel hijo remoto que según Jaime pronto estaría entre nosotros, pero que jamás llegaba.

Y tú. ¿Cómo era posible mantenernos unidos con tantas barreras interceptando nuestra comunicación real?

De pronto intervenía Juana, mi suegra: también ella parecía desanimada por lo mucho que tardaba en llegar aquel hijo: «Tendrías que prepararte, Sagra. Tú no entiendes en niños. Deberías hacer un cursillo.» Jaime la apoyaba: «Mi madre tiene razón. Además eso te mantendrá ocupada.»

Estuve yendo una temporada a una clínica de niños para ponerme al día. En aquellos tiempos no había lugares específicos para hacer cursillos pediátricos. Pero me aburría, Juan Luis. Todo cuanto veía eran desgracias: niños enfermos, madres desoladas, médicos desorientados. Y sobre todo incapacitados para ayudarme a recuperar mi serenidad.

De cuando en cuando surgía una noticia: «Todo está perfectamente hilvanado, Sagra. No debes preocuparte por nada. Mi abogado está cubriendo todos los trámites. Sólo tendrás que firmar unos papeles. Lo demás será pura rutina.»

De Teresa ya nunca hablábamos. Yo solía escribirla con frecuencia. Mis cartas las mandaba al hospital de Houston; eran misivas expresivas, minuciosas. En ellas procuraba siempre levantarle el ánimo. Ella me contestaba con frases breves, casi telegráficas. No daba explicaciones. Se escudaba en lo cansada que estaba. Pero eso sí: agradecía mis cartas y esperaba que no dejara de escribirla.

Jaime, en cambio, solía ser cada vez más explícito conmigo a medida que los meses pasaban. Le gustaba hablar de aquel hijo que aún no conocíamos. Incluso parecía como si los ojos se le iluminaran cuando lo mencionaba: era como si la idea de ser padre (aunque no fuera un hijo de su sangre) le llenara de gozo: «Ya lo verás, Sagra, todo cambiará en nuestra vida cuando ese niño nazca.» También yo lo creía. No obstante a menudo temía que aquella ilusión pudiera esfumarse: «¿Estás seguro de que podrá ser hijo nuestro?» Temía que los verdaderos padres pudieran reclamarlo. No obstante, Jaime se mostraba firme: «Ya te he dicho mil veces que no debes preocuparte, Sagra. Se trata de una muchacha soltera que quiere renunciar a su hijo.»

Yo no podía comprender cómo una mujer podía renunciar a su hijo tan fácilmente. Pero la posibilidad de tener pronto a aquella criatura en los brazos me bastaba para aceptar cualquier argumento. Tenía la convicción de que una vez el niño se hubiera instalado en nuestra casa la tristeza que solía atraparme con tanta frecuencia iba a acabarse. Fin de aquellas largas jornadas de espera, de miedos poco razonables, de ausencias dolorosas, de futuros sin proyectos.

Cierto día os comuniqué que iba a ser madre. Os lo dije por teléfono para que también Marina se enterara.

—No puedo creerlo, Sagra; eso es maravilloso.

Os expliqué que se trataba de un niño adoptado que todavía no había nacido pero que pronto iba a nacer. A Marina le pareció una idea magnífica.

—Es una lástima que no se os hubiera ocurrido antes.

En cambio tú no diste muestras de alegrarte.

—Eres muy valiente, Sagra. Dios sabe los genes que ese niño llevará en su cuerpo —dijiste medio en broma.

Te contesté que nadie sabía cómo iban a ser los hijos que venían al mundo por muy propios que fueran.

—Ninguna madre conoce con exactitud qué clase de hijo lleva en su vientre. Todo el mundo está expuesto a que los hijos salgan torcidos. Pero hay que exponerse —insistí—. La educación puede vencer ciertas herencias.

También se lo comuniqué a Teresa. Su respuesta no tardó en llegar: «Me alegra mucho que por fin Jaime y tú podáis tener un hijo.»

Casi me parece imposible que todo lo que te estoy contando, Juan Luis, hubiera ocurrido de verdad. Es evidente que la juventud, por muy sensata que parezca, arrastra siempre un lastre de errores que no percibimos hasta que la madurez nos despierta.

Pero los errores son inevitables. Ahí los tengo ahora de nuevo ante mí, echándome en cara mi ingenuidad, mis absurdas esperanzas, el bochorno que más adelante tuve que soportar.

Pero no me importa, Juan Luis. También todo aquello tuvo su parte de bonanzas insospechadas.

❋   ❋   ❋

Bastó que mi hermana mejorara para que los dos decidierais hacer un viaje a Barcelona.

Marina parecía otra: su tos casi había desaparecido y su delgadez tampoco era tan ostensible. Incluso el colorido de su piel era distinto.

Llegasteis un mes antes de que naciera la niña. (Curioso, siempre habíamos hablado de nuestro hijo como si forzosamente fuera a ser un niño.) Al parecer tú estabas interesado en un pintor que, aunque español, empezaba a ser importante en el extranjero. Pero vuestra visita fue breve. Sólo estuvisteis cuatro días. Cuatro días difíciles, contradictorios y al mismo tiempo felices.

Apenas pudimos vernos a solas. Nuestro cariño por Marina y el eminente nacimiento de aquel hijo que tanto habíamos esperado eran rémoras constantes que no solíamos ahuyentar.

Los dos éramos conscientes de que los sentimientos escondidos suelen delatarse en cualquier momento y por cualquier motivo, así que fue preciso ocultarlos a costa de lo que fuera. Sin embargo, no fue fácil, Juan Luis. Jaime parecía adivinar lo que había entre nosotros. O al menos eso era lo que a mí me parecía. Sobre todo cuando nos encontrábamos sentados a la mesa. Quizá estaba equivocada, pero la mirada de mi marido solía escaparse como de reojo hacia mí cuando tú hablabas. Era una mirada nueva que yo desconocía, una mirada inquisidora que sin darme cuenta condicionaba mi actitud hacia ti.

Sí, Juan Luis: creo que mi marido ya entonces sabía lo que tú representabas para mí.

✳ ✳ ✳

Hacía poco tiempo que Franco había muerto y la transición se fraguaba en España entre un gran desconcierto, una libertad que nos venía ancha y unas ideas políticas que no acabábamos de digerir. A pesar de todo fuimos el orgullo de los restantes países: nos llamaban civilizados, organizados y serenos.

A nadie se le ocurría imaginar lo que hubiera sucedido con el famoso cambio de una dictadura tan llena de raíces a una democracia exenta de barreras si antes no hubiéramos tenido que sufrir el latigazo de una guerra civil. En realidad fue eso lo que frenó el probable desbordamiento en la España de la transición: el miedo a regresar al pasado, a dejar libres nuestros odios y nuestras filias. Miedo a convertirnos en los caníbales del año 36.

Lo cierto fue que la España aislada ya no era una isla en el mar de Occidente, sino una cuña de sensatez para el resto de Europa.

Se trabajaba a marchas forzadas en la necesaria Constitución. Se perdonaba. Se fingía olvidar. Se consensuaba. Y surgió por fin la necesidad de convertir a la derecha en algo y a la izquierda en una neutralidad «tolerante». En suma, se nos proporcionó una democracia llena de defectos, pero consecuente.

Naturalmente, todavía existían los nostálgicos, aquellos que por el menor motivo causaban extorsiones desesperadas y extremistas de un lado y de otro.

El terrorismo empezaba ya su carrera destronando esperanzas pero reforzando ideologías a favor de la libertad y de la justicia.

Jaime comprendía lo que tú desde tu europeísmo defendías, pero todavía se agarraba a los sistemas represivos. Acaso todos empezábamos a asimilar que también las libertades podían ser cárceles y que los cautiverios podían engendrar odios irreversibles. El caso es que ni tú ni Jaime parecíais estar muy de acuerdo con los sistemas recién implantados, pero lo cierto es que entre vosotros nunca hubo roces ni comportamientos adustos. Además, tú sabías poner punto final a las palabras cuando amenazaban escapar de sus recintos hechos de ecuanimidad. Tal vez por eso aquellos cuatro días pasaron sin pena ni gloria. Las jornadas eran amables. Y los amaneceres no parodiaban tiranteces.

Incluso ni siquiera importaban los repentinos despropósitos de mi marido cuando por causas inexplicables dieron en romper la paz entre nosotros. Aunque sus entrecejos se fruncieran con alguna frecuencia, ahí estaba siempre tu mirada, Juan Luis, apaciguando el ambiente.

Fueron muy pocas las veces que nos vimos a solas. Ni tú ni yo buscábamos la posibilidad de vernos sin testigos. Nos bastaba sabernos juntos, cercanos, capaces de departir ideas y contemplarnos en silencio.

Sólo dos o tres veces rozamos nuestras manos y besaste mis mejillas. Había demasiadas claves fundamentales para dejarnos llevar por nuestros impulsos.

Pero aquellas jornadas duraron poco:

—Sigo sin olvidarte —me dijiste un día cuando nadie podía vernos—. Siempre te estoy recordando, Sagra.

No te contesté. Llevé mi índice a tus labios, para que no siguieras hablando. Quería decirte tantas cosas que no podía expresar.

El día que os fuisteis recuerdo que las nubes bajas humedecían la ciudad con calmas lacrimosas. Todo era tristeza en torno a nosotros.

—Volveremos cuando nazca el niño —me prometió Marina.

Tú te despediste de mí como entonces se estilaba: besando mi mano. Pero aquel beso quedó en mi piel como una herida indolora.

SOLILOQUIO PARA JAIME

Los días posteriores al viaje de Marina y de Juan Luis fueron inquietos: todo giraba en torno a la inminente llegada de aquel hijo que estaba a punto de nacer.

Tú no perdías ocasión de darme noticias:

—Me han asegurado que la muchacha ha salido de cuentas y está ya para dar a luz.

Entonces, cuando se mencionaba el nacimiento, los dos nos volcábamos en barajar nombres, en imaginar lo que podía hacer falta para la llegada del pequeño. Repasábamos la habitación que le habíamos destinado, la perfeccionábamos, la volvíamos más habitable.

Todo fue de pronto una pura alquimia de emociones, de esperanzas. Veíamos su cuerpecito en cada juguete prematuro que habíamos instalado en su habitación, en las cortinas de organza que yo misma había confeccionado, en el pavimento brillante que todos los días se limpiaba para mantenerlo en condiciones.

Hablábamos mucho. Todo giraba en torno al hijo que nos iba a unir. ¿Recuerdas las veces que nos perdíamos en imaginar el color de sus ojos, de su cabello, de su piel? Día a día íbamos creando a aquella criatura como si ya la hubiéramos visto. Como si a fuerza de desearla tanto la conociéramos mejor que su propia madre.

Hasta Juana se unía a nuestras locas charlas sobre aquel hijo invisible que de tanto quererlo podía decirse que vivía ya con nosotros.

Sí, Jaime: fue una espera grata. Durante el transcurso de aquellos días, nada contaba salvo el nacimiento del pequeño. Ni siquiera las noticias de Teresa tenían ya demasiado valor. Lo esencial era el premio de aquel nacimiento, la esperanza de verlo llegar para que nos hiciéramos cargo de él.

Nada me obligaba a pensar que tanta placidez y alegría podían truncarse. El presente era demasiado bello para imaginar el futuro envuelto en frustraciones.

✳   ✳   ✳

Veo ahora a la niña en mis brazos recién llegada a nuestra casa con pocos días de vida. Y escucho su voz débil gimiendo bajito al roce de mi pecho mientras le daba el primer biberón.

No sé explicarte lo que sentía, Jaime. Supongo que desde tu dimensión actual puedes comprender perfectamente la emoción que experimenté cuando la pusieron en mis brazos.

—Es tu hija —me dijiste.

Tenías los ojos llorosos y también a ti te vencía la emoción.

Cuánto me hubiera gustado amamantarla, Jaime. Pero te aseguro que en aquellos momentos el biberón era mi pecho y la leche que ingería era la savia que brotaba de mi amor por ella.

Decidimos llamarla Fernanda, como mi madre. Fue una concesión que tú me hiciste para convencerme de que mi colaboración en la adopción tenía más valor que la estirpe de tu madre. Te lo agradecí. Una vez más te estabas comportando conmigo como jamás te habías comportado desde que nos habíamos casado. Si he de serte franca, me extrañó mucho que tu madre accediera sin chistar a llamarla de ese modo. Incluso aceptó de buen grado que Marina fuese la madrina. Pero no se me ocurrió indagar la causa de aquella concesión. Fue más tarde cuando descubrí la razón de todas aquellas delicadezas. No obstante, en aquellos momentos era imposible adivinar lo que escondían.

Para mí fueron días gloriosos. Te veía con más frecuencia porque, en cuanto podías, te acercabas a la niña para contemplar sus evoluciones. Recuerdo que no cesabas de examinarla, de analizar cada fragmento de su rostro: sonreías con ella, jugabas con ella y hasta la besabas con ternura como si fueras su verdadero padre. Mi alegría al verte tan encariñado con la niña era exultante. Recuerdo que el día que la trajeron a casa escribí a Teresa: «Soy la madre más feliz de este mundo.»

Tardó en contestarme. Y tú me recriminaste por haberme mostrado tan expresiva.

—Debiste ser más cauta, Sagra. No te olvides de que Teresa está todavía en vías de recuperación.

Tenías razón, pero yo necesitaba expresar a todo el mundo mi dicha. Nada podía ya compararse a la felicidad de tener a mi hija en casa, cuidarla, bañarla, vestirla, apretarla contra mi pecho y darle todo mi cariño.

La respuesta de Teresa llegó cuando la niña estaba ya bautizada:

Cuando te enseñé su carta, permaneciste unos segundos en silencio.

—En el fondo, Teresa es una buena persona —dijiste.

Te agradecí que fueras condescendiente con ella.

—Y una buena amiga —te respondí.

Cuando ahora repaso todos esos detalles no puedo dejar de sonreír al imaginar lo que tú estarías pensando de mí. Ello no te impedía mostrarte radiante, amable y comunicativo.

También tú parecías distinto cuando te inclinabas hacia la cuna para observar a la niña mientras dormía: «Nunca creí que se pudiera querer tanto a un ser tan minúsculo», me confesaste.

Lo cierto era que incluso el recuerdo de Juan Luis se iba difuminando al roce continuo de la pequeña. Me acordaba de él, evocaba con detalle cada instante de nuestro último encuentro, pero mi necesidad de tenerlo al lado ya no era tan apremiante como lo había sido cuando la niña era sólo un proyecto.

Sin embargo, cuando Marina llegó a España sola para asistir al bautizo, me sentí como despojada de algo que me pertenecía y que se me había escamoteado. Según Marina, Juan Luis tenía mucho trabajo y no podía desplazarse en la fecha elegida. Yo fingí creerla, pero sabía que aquella explicación era una excusa, una añagaza para evitar nuestro encuentro. Es posible que Juan Luis desde el nacimiento de Fernanda se sintiera esquinado o quizá disminuido en mis sentimientos y no quisiera protagonizar físicamente el sentirse rechazado.

Hacía poco yo le había mandado una carta rogándole que no volviéramos a escribirnos ni a comunicarnos por teléfono: «Basta, Juan Luis: ni mi hermana lo merece, ni yo puedo aceptar clandestinidades que no conducen a nada.»

No tuve contestación. Su mutismo fue radical. Quizá debí de parecerle egoísta: la niña llenaba mi vida. Así es que no vacilé en ser contundente. Adiós, Juan Luis. Otra vez la noche entre nosotros. Otra vez exponerme al vacío.

Se acabaron los domingos solitarios. Los viajes inexplicables. Las veladas silenciosas y las miradas despectivas. Algo parecía recrear en nosotros aquella lejana complicidad de los principios de nuestro matrimonio. Incluso tu madre se comportaba conmigo como jamás lo había hecho.

También Marina pareció darse cuenta del cambio que se había producido en el ambiente de nuestro entorno.

—Qué buena idea habéis tenido al adoptar a una niña —me dijo—. Los matrimonios huérfanos de hijos están siempre en la cuerda floja.

Marina tenía razón. Ella conocía bien la felicidad de una familia unida. Estoy convencida de que Juan Luis nunca llegó a defraudarla.

Ni siquiera cuando tras aquella noche de fin de año se sinceró tan claramente conmigo.

Cuántas veces había yo pensado que, en gran parte, aquella plácida felicidad que presidía vuestra familia se debía a su modo de ser.

Ojalá yo me hubiese parecido a ella. Probablemente nada de lo que ocurrió hubiera sucedido.

Veo ahora a la Marina de entonces: un compendio de adversidades cayendo a plomo sobre ella pero fingiendo ignorarlas. Marina mirándose al espejo sonriendo para no llorar. Marina esforzándose por mostrarse natural, como si sobre ella no pesara la constante amenaza de la muerte. Marina incapacitada para mentir como yo mentía, y para odiar como yo era capaz de odiar y sobre todo para acumular rencores.

Pero yo no era como ella. Yo necesitaba más, mucho más.

Todavía escucho su voz melodiosa y complaciente cuando sostenía en los brazos a Fernanda:

—Será tan guapa como tú, Sagra. —Lo decía convencida como si de verdad aquella niña fuera hija mía. Tal vez mintiera, o tal vez fuera sincera. De lo que sí estoy segura es de que si no lo creía deseaba creerlo.

❊   ❊   ❊

El día del bautizo me regalaste una alhaja importante: un brazalete de diamantes. Yo no esperaba aquel regalo. Se parecía demasiado a los que me hacías cuando te veías obligado a compensar de algún modo tus mal disimuladas infidelidades. También tu madre me obsequió con una joya que pertenecía a la familia:

—Espero que algún día esa joya vaya a parar a mi nieta.

Lo dijo convencida, con aire resuelto, y de nuevo surgió en mí aquella chispa de duda que se borró enseguida.

De cualquier forma no acababa de entender la razón por la que mi suegra se mostraba tan amable y tan afín a aquella pequeña que, en el fondo, nada tenía que ver con ella. Fue una duda fugaz: algo así como una pequeña descarga eléctrica que se desvaneció muy pronto. Más que duda lo que yo experimenté en aquellos momentos fue extrañeza. Sin embargo, no se lo di a entender. La besé y le di las gracias.

Fue un día alegre. La gente que nos rodeaba acumulaba entusiasmo: todo era contento y júbilo. A nadie se le ocurría comentar que aquella celebración se debía a un ser que no era realmente nuestro. El hecho de haber sido adoptada convertía a Fernanda en una Salavedra auténtica y nadie podía discutir su origen.

Todo en la tarde del bautizo fue exultante. Lo que nos rodeaba era a simple vista festivo y no tenía aristas. ¿Por qué razón me sentía yo tan atrapada en una trampa, Jaime? ¿Qué era lo que me estaba dando a entender que toda aquella algarabía era absurda y casi vergonzosa?

Nada en nuestro entorno discrepaba. Todo era elemental e inserto en la más preclara de las lógicas. Sin embargo cuando tú y yo nos quedamos solos hubo entre nosotros una especie de esquivez que no tenía razón de ser. ¿Qué más hubiera podido desear que vivir aquel sueño tan desesperadamente esperado?

De nuevo surgió el cansancio. Recuerdo que la niña dormía plácidamente en su cuarto junto a la niñera y que yo, agotada, me refugié en el dormitorio en cuanto hube dejado a Marina en el aeropuerto.

Tú entraste en la habitación con aires eufóricos, alegre, dispuesto a parodiar la comedia bien urdida que a lo largo de aquella tarde habías protagonizado. Te acercaste a mí y me diste un beso. Era el remate que faltaba; la rúbrica de un pleito que había sido ya zanjado. Me dejé besar con desgana. Tú querías más. Al parecer me necesitabas. Pero yo me hice la desentendida.

Algo que no podía definir pero que me estaba atosigando me impedía estar amable contigo. No me preguntes cómo podía yo notar aquel que más tarde salió a flote para acabar de hundirme. Tal vez fuera tu regalo. Quizá la amabilidad de tu madre. No lo sé, Jaime. Pero aquella noche no hubo amor entre nosotros. ¿Lo recuerdas?

* * *

Las noticias que me llegaban de Teresa eran optimistas. Decía que se encontraba mucho mejor, que la operación que le habían practicado hacía ya varios meses había sido un éxito, y que los médicos le aseguraban que su mejoría podía ser definitiva: «Tendré que venir a Houston cada año, pero sólo para cerciorarme de que el tumor no vuelva a reproducirse. Al parecer se llegó a tiempo para extirpar toda la parte afectada.»

Cuando te enseñé la carta le echaste una ojeada displicente, como si lo que leías te dejara frío:

—A lo mejor ni siquiera era un tumor maligno. A Teresa le gusta dramatizar —dijiste.

Para entonces Fernanda era ya un bebé con facciones bien definidas. También sus reacciones eran preceptivas e incluso parecía conocer a las personas que se acercaban a ella.

Su felicidad mayor era estar en mis brazos. Le gustaba que la arrullara, que la besara y que le murmurara al oído todo el amor que me inspiraba.

Sonreía mucho, apenas lloraba y su mirada oscura se fijaba en nosotros con guiños especiales, como si supiera ya que tanto tú como yo la queríamos.

Ciertamente, Jaime: en aquella época nuestra vida entera dependía de la niña. Nada era ya concebible sin ella; sin sus sonrisas espontáneas acaso frutos de ensueños que no podíamos captar; sus miradas profundas, sus gestos, sus ademanes. Todo en ella nos encandilaba y todo nos parecía exclusivo. Ni siquiera se nos ocurría pensar que había infinidad de criaturas como ella: «Es tan distinta de las niñas de su edad.»

Por supuesto también los miedos asomaban a veces para inquietarnos cuando fruncía la frente, o cambiaba de humor. Cualquier detalle nos alarmaba: «Hay que llevarla al médico.» El médico se burlaba de nosotros: «Se nota que son padres nuevos», decía. Y nos aseguraba que la niña estaba perfectamente bien y que procurásemos ser menos susceptibles cuando notásemos algún cambio en ella.

No obstante Fernanda se caracterizaba siempre por su serenidad y su placidez. Era imposible pensar que algún día su personalidad pudiese cambiar. Su modo de ser era apacible, tierno y al mismo tiempo vigoroso. Nada en ella era crispante. Se dejaba querer, sonreía. Era la niña más feliz del mundo. ¿Lo recuerdas, Jaime?

SOLILOQUIO PARA JUAN LUIS

Cuántas veces, durante aquella lejanía nuestra, me acordaba de tus frecuentes diatribas contra Teresa: «No te fíes de ella, Sagra, no es lo que tú te imaginas.» Sin embargo nunca te hice caso. Siempre creí que exagerabas. Me había acostumbrado a sus salidas de tono y a sus reacciones algo bruscas y nunca vi en ella motivos de distanciamiento.

Especialmente cuando nos confesó que estaba enferma.

Horas pasaba yo pensando en ella y pidiéndole a Dios que se curara de aquel maldito tumor que la estaba minando. Por eso cuando nos anunció que volvía a España prácticamente curada fue lo mismo que si la vida se potenciara, se volviera apetecible.

Fernanda tenía ya dos meses cuando Teresa regresó a Barcelona. Dos meses de cariño ininterrumpido y de complacencias continuas.

La estoy viendo ahora entrar en la habitación de la niña casi de puntillas para no despertarla. Pero Fernanda abrió los ojos y ella me pidió permiso para cogerla.

Naturalmente yo le animé a que lo hiciera.

Recuerdo que la apretó contra su pecho y la besó en la frente. Luego se quedó un buen rato con la pequeña en el regazo mirándola y acariciándola. Apenas hablaba. Sólo la miraba y en sus ojos había un brillo extraño como si de un momento a otro fuera a echarse a llorar.

—Es tan bonita —dijo.

Aquella tarde no salimos del cuarto de la pequeña. Teresa se empeñaba en quedarse con ella a toda costa.

Le pregunté por su operación.

—No quiero hablar de eso, Sagra: afortunadamente ya estoy curada. —Me dijo luego que le habían aplicado la quimioterapia pero que su cabello ya le había crecido. No obstante, era extraño ver a Teresa con el pelo corto. Estaba tan orgullosa de su melena.

Aquella tarde no paramos de hablar. Había mil cosas pendientes: temas que ya no eran vigentes: «Lo esencial es que ya he vuelto a España y que la mala racha ha pasado.» También abordamos temas familiares: «Juana está orgullosa de Fernanda. Para ella es como si fuera su nieta de verdad.» Y temas de relleno. Cosas insignificantes que siempre tenían algún nexo con la niña. Ni por un momento pensé que aquel parloteo continuo eran chorros de frases insustanciales para suavizar acontecimientos que acaso algún día pudieran salir a flote.

Teresa no preguntó por Jaime. Pero de eso me di cuenta más tarde, cuando ya se había ido de casa. El hecho es que Jaime no llegó hasta que Teresa se hubo ido.

Le dije entonces que Teresa había conocido a la niña. Pero Jaime tampoco pareció interesarse por sus reacciones. Sólo asintió con la cabeza como si la opinión de Teresa le trajera al fresco.

Lo único que hizo fue dirigirse a la habitación de la pequeña como hacía siempre y quedarse extasiado mientras Fernanda le sonreía desde la cuna.

De nuevo experimenté algo extraño que no llegué a dilucidar. Fue al marcharse cuando comprendí que ni las reacciones de mi marido ni las de Teresa eran razonables. ¿Cómo era posible que ninguno de los dos se hubiera interesado por las reacciones de cada uno al ver a la niña por primera vez?

De pronto Jaime me dijo que no le esperase a cenar, que tenía un compromiso importante.

—Mamá te hará compañía.

Era la frase de siempre cuando mucho antes de nacer la niña solía pasar gran parte de la noche fuera de nuestra casa.

Además noté como si dentro de mí hubiera un mundo de explosivos que no llegaba a estallar. Una especie de caja de Pandora a punto de ser abierta.

Pero no se abrió, Juan Luis. Tal vez fui yo misma la que impidió que se abriera.

✳ ✳ ✳

Mucho tiempo pasó desde que Fernanda fue bautizada hasta mi regreso a París. Creo que fueron dos o tres años en los que la niña me tenía completamente monopolizada.

No había día sin que entre nosotros no surgiese algo nuevo que nos mantenía en vilo. Tanto que cuando por causas diversas yo tenía que ausentarme de la ciudad, cuando nos volvíamos a encontrar todo se volvía estallido de ilusiones.

Yo no sé lo que las madres de verdad pueden sentir por sus hijos, pero no creo que excedan el amor que yo sentía por Fernanda. Ella lo apreciaba, porque entonces también yo para mi hija era lo más importante de su vida.

Nada importaba que su padre o su abuela intentaran conquistar sus preferencias. Su verdadera preferencia era yo; nadie podía negarlo.

También Teresa era algo especial para ella. Más de una vez la había visto echarse en sus brazos y suplicarle que la «mimara».

Eran precisamente aquellos mimos los que distinguían sus predilecciones. Cuando suplicaba «mimos» era porque necesitaba que la apretujaran contra el pecho y la balancearan como si pretendieran dormirla. Pero en cuanto me veía inmediatamente se soltaba de los brazos de Teresa para echarse en los míos.

Fueron dos o tres años en los que coleccionamos pequeñas felicidades con facilidad.

Aunque Jaime de nuevo volvía a sus viajes fantasmas y a sus domingos secretos, yo tenía a Fernanda en toda su plenitud de cariño.

No voy a negarte, Juan Luis, que te echaba de menos. Aunque ya nunca hablábamos por teléfono, tú siempre estabas presente en cualquier momento de mi vida.

Con quien hablaba era con Marina, pero ni ella ni yo hacíamos proyectos para encontrarnos como lo habíamos hecho antes de que Fernanda naciera.

A veces tus hijos agarraban el auricular y hablaban conmigo. Sus voces habían cambiado: especialmente la de Pierre. Era ya una voz de hombre, pero su manera de tratarme era la misma: «Te echamos mucho de menos, tía Candy.»

También yo los echaba de menos. Especialmente cuando las ausencias de la niña se imponían y yo volvía a mi soledad endémica porque de hecho sólo el cariño de mi hija me llenaba de verdad.

En lo que a ti se refiere, seguramente recordarás que durante aquel largo lapso de distanciamiento tampoco hiciste nada para acercarnos el uno al otro. Cuando yo llamaba a tu casa, Marina siempre te disculpaba: «Juan Luis te manda recuerdos, pero no se pone al teléfono porque está muy ocupado.»

Lo cierto es que desde que yo te había escrito aquella carta tu mudez era prácticamente continua. Sólo en alguna ocasión contestaste a mis llamadas. Pero inmediatamente pasabas el auricular a tu mujer: «Sagra quiere hablar contigo.»

Me pregunto ahora cómo era capaz de soportar aquel silencio tuyo cuando el recuerdo de aquella noche de fin de año continuaba impreso en mí como una lacra de fuego.

No, Juan Luis: era imposible olvidarte. Pese a que mi vida, desde el nacimiento de la niña, había cambiado, tú seguías clavado en mi mente con el vigor de aquello que jamás puede alcanzarse y que pese a ello nos persigue insistentemente día tras día y año tras año.

Lo peor era no comprender por qué motivo tu existencia tenía tanta fuerza en mí. Mil veces traté de analizar la razón de aquella apremiante necesidad de saber de ti, de escuchar tu voz, de oír algo que se relacionara contigo. Pero nunca supe contestarme. Ni siquiera ahora, después de haber traspasado la barrera de la existencia humana, pese a que tu cuerpo es sólo un vuelo de cenizas, no concibo mi vida sin tu presencia. Siempre estás conmigo: aquí, allá, en los recuerdos y en los antirrecuerdos; es decir, en lo que jamás llegó a cumplirse.

Hasta mi propia hija, pese a los años transcurridos, cuando hablo con ella, o cuando intento explicarle algo de mi vida pasada, parece exigir que te nombre, que te vuelva a la vida y recupere tu presencia.

Por eso aquella ruptura nuestra, tras el nacimiento de Fernanda, nunca llegó a ser definitiva. Sobre todo cuando al cabo de algún tiempo la existencia volvió a ser para mí aquel largo camino, sin metas concretas, ni relieves dignos de ser considerados.

Pronto Teresa volvió a distanciarse, y Jaime poco a poco recobraba aquellas ausencias que jamás explicaba: lejanías laberínticas que me impedían encontrar la salida de aquella niebla que era de nuevo respirar.

La niña crecía. Comenzaba a hablar, a expresarse, a querer saber. Preguntaba. Todo para ella era un interrogante. Sus etapas eran gratificantes. Evolucionaba inteligentemente. Y sobre todo me quería, Juan Luis. Creo que nadie en este mundo me quería tanto como ella.

Por suerte Jaime no se mostraba posesivo, ni le parecía mal aquella predilección que Fernanda me demostraba.

En cambio su madre no podía evitar mostrarse celosa.

Juana era obsesiva. Quería ser algo así como dueña de Fernanda: elegir sus trajes, el parvulario, la comida: todo debía ser analizado y aceptado por ella.

Al principio le bastaba admirarla: «Es tan bonita.» Pero pronto su afán de posesión comenzó a romper barreras.

Nada de lo que yo decidía le parecía adecuado: «Tú no entiendes las cosas de la vida que le espera.» Aseguraba que mi infancia no debía parecerse a la que aguardaba a Fernanda: «Pertenecéis a dos mundos distintos», decía.

Aquellas salidas de tono me dolían, pero era inútil comentarlas con Jaime. De nuevo se hacía el remolón. No me escuchaba. «No sé porque te molestas por semejantes bobadas, Sagra. Todo eso que me cuentas son naderías sin importancia. Procura ser menos susceptible.»

Lo cierto es que Juana ganaba terreno cada vez que su hijo se ponía de su lado. Incluso Fernanda parecía hacer más caso a su abuela que a mí.

De pronto, no sé por qué, empecé a sentir cierta desconfianza, como si el laberinto en el que me encontraba metida diera en cerrarme todos los recovecos sin la posibilidad de encontrar la salida.

De nuevo los ataques feroces que Juana me había dirigido cuando estaba recién casada volvían a tomar cuerpo. Era como si los celos que había experimentado cuando (según ella) yo le arrebaté a su hijo se hubieran transferido a Fernanda:

—En fin de cuentas no lleva tu nombre sino el de su padre. Así que deja que sea yo la que la oriente —me dijo furiosa cuando intenté llevarle la contraria.

Sin embargo, aunque el miedo se iba apoderando de mí cada vez con más fuerza, me era imposible saber con exactitud qué era lo que temía. Ante la ley, Fernanda era oficialmente mi hija; nadie podía arrebatarme aquel derecho. ¿Por qué entonces me notaba tan angustiada y temerosa?

No podía averiguarlo, Juan Luis. La confusión se apoderaba de todas mis ideas. Tenía la convicción de que algo muy doloroso estaba envenenando mi posición frente a Fernanda, pero ignoraba por completo cuál podía ser el motivo.

Pienso ahora que fue tal vez aquella sensación la que más iba acercándome a ti aunque estuviéramos tan lejos el uno del otro.

Contigo al lado probablemente me hubiera resultado mucho más fácil dilucidar aquella pequeña agonía de acontecimientos absurdos que lentamente me iban dejando cada vez más sola.

Eso era lo peor: no poder hablar de mis problemas con alguien que me comprendiera. Y es que en el fondo tampoco yo me comprendía. Tenía lo que más había deseado: ser madre de una criatura maravillosa. Tenía una vida respetable que me amparaba de toda clase de deserciones. ¿Por qué, a pesar de todo ello, me sentía tan desgraciada? ¿Y por qué me veía tan rodeada de peligros?

SOLILOQUIO PARA JAIME

La personalidad de Fernanda iba experimentando evoluciones contradictorias que tú apenas detectabas. Te parecía que eran normales. Sin embargo había infinidad de detalles que de vez en cuando despertaban en mí sensaciones inexplicables que lograban desorientarme.

Por lo general nada especial destacaba en ella. No obstante, tal vez por el continuo roce que mantenía con nosotros, sin darse cuenta iba imitando procesos muy parecidos a los nuestros, como si, a fuerza de querernos, fuera buceando en nuestras batallas cotidianas para ser todavía más nuestra.

Desde muy pequeña le dimos a entender que no era hija biológica, que había sido adoptada porque al verla recién nacida nos enamoramos de ella. Fue un consejo del médico que la trataba: «Cuanto antes sepa que es una hija adoptada mejor aceptará serlo.»

No se equivocó. Fernanda nunca dio muestras de incomodidad por no ser hija de nuestra sangre. Al contrario: incluso parecía como si el hecho de que no fuéramos sus padres genéticos la obligase a querernos más todavía: «¿Qué hubiera sido de mí si no me hubierais encontrado?»

Nunca preguntó por su verdadera madre.

Sin confirmarlo claramente, le insinuamos que había muerto y que no era española.

Decidimos adoptar esa postura para que no intentara indagar su procedencia al llegar a la madurez. Y así fue en efecto: jamás dio muestras de querer conocer su verdadero origen: aquel origen oscuro que de vez en cuando centelleaba en mi mente como fragmentos de sueños incómodos: cosas inexplicables que se agarraban a testimonios amorfos y que esporádicamente parecían profetizar Dios sabía qué clase de inquietudes.

No me preguntes en qué me basaba para experimentar aquellos camuflajes indefinidos. No lo sé, Jaime. Pero había infinidad de detalles que lentamente se iban convirtiendo en testimonios de cosas abstractas que no por mudos eran menos alarmantes.

En cierta ocasión comenté con Teresa aquella extraña sensación que experimentaba cuando reflexionaba sobre el verdadero origen de mi hija.

—No acabo de comprender cómo su madre pudo abandonarla —le dije.

Teresa adoptó una actitud casi solemne.

—No hay que juzgar, Sagra. A veces existe más heroísmo en las personas que nos parecen indeseables que en aquellas que viven plácidamente.

Y siguió hablando de aquella mujer desconocida que acaso tuvo su hija por amor y que al renunciar a ella lo hizo precisamente para ser fiel al hombre que amaba. Le dije que no la entendía. Que si aquella muchacha amaba de verdad al padre de su hija, lo normal hubiera sido que conservara a la niña, aunque tuviera que pasar por la vida soportando desprecios ajenos.

Pero Teresa no aceptó mi respuesta. Continuó hablando de renuncias impuestas por el cariño, de sacrificios que parecían privilegios y de generosidades que podían convertirse en armas letales. Pero yo no entendía a qué podía referirse.

Por otro lado, también ella parecía sentir por la niña una predilección especial. Con frecuencia le hacía regalos: «Por favor no debes ser tan espléndida, Teresa. No es bueno que los niños tengan todo lo que desean. Acaban siempre por volverse egoístas.»

Pero Teresa no me hacía caso. Lo que más le gustaba era sorprender a mi hija con juguetes especiales que yo, deliberadamente, le negaba: «Te lo regalaré cuando cumplas años.» Pero Teresa siempre se adelantaba a la fecha prevista. «La tía Teresa es más generosa que tú, mamá.» Era una generosidad egoísta. Sabía que Fernanda la quería precisamente por aquella forma de actuar, pero no me atreví a decírselo. No lo hubiera aceptado y yo hubiera quedado en mal lugar.

Juana a su vez también ejercía de abuela altruista: quería ganarse a la niña a fuerza de regalos y caprichos. «En fin de cuentas pronto me iré de este mundo y quiero que mi nieta me recuerde como una abuela dadivosa.»

En cierto modo tanto Teresa como Juana iban compenetrándose más y más al tiempo que la niña crecía. Incluso había momentos en que parecía como si las dos se confabularan para desprenderme de ella.

Con frecuencia, mientras yo me ausentaba, se llevaban a Fernanda sin pedirme permiso para pasar la tarde con ella o para asistir a alguna fiesta infantil que yo desconocía. Y cuando al llegar yo les recriminaba por no haberme advertido cualquiera de aquellas pequeñas fugas, se soliviantaban y hasta se atrevían a llevarme la contraria como si mis derechos sobre la niña les pertenecieran a ellas.

Fueron aquellas anomalías las que de algún modo me alteraban la conciencia. No las entendía, Jaime.

Era lo mismo que tener ante mí una página en blanco escrita con tinta invisible, para advertirme probables amenazas y adversidades que no captaba, nudos de dudas que no podía desanudar para saber qué era lo que significaban.

De nada hubiera servido hablarte de todas aquellas cosas, Jaime: tampoco tú me hubieras abierto los ojos. No podías. Estabas atado de pies y manos.

Pero las angustias se iban acumulando en mi vida llenándola de complejos; abismos de incomprensiones y significados que no tenían lógica. No sé cómo explicártelo, Jaime. Pero lo cierto era que mis temores de «no sé qué» iban aumentando. Sobre todo cuando Teresa, sin venir a cuento, echaba fuera sus malos humores: «Claro, como tú cuando eras niña jamás tuviste regalos, consideras que tampoco tu hija debe tenerlos.»

No voy a negarlo: a veces Teresa se ponía insoportable. De pronto y cuando menos lo esperaba, le brotaba el ramalazo airado sin un motivo concreto. Era como si lejos de comportarse como una amiga, se comportara como una persona superior a mí, con derecho a meterse donde no la llamaban.

Por fin un día le pregunté cuál era la causa de aquellos enfados tan poco lógicos, como si ya no fuéramos amigas:

—A menudo tengo la impresión de que me estás tomando manía, Teresa.

No supo responderme. Se quedó mirando a la niña y le acarició la cara.

—Será la mujer más bonita de este mundo. —Y le dio un beso.

Indignada, le dije entonces que lo importante no era que fuera guapa o fea sino que se comportara correctamente de acuerdo con los principios que su padre y yo le estábamos inculcando. Se volvió hacia mí, y con gesto adusto me preguntó qué entendía yo por eso que llamaba principios.

—A los de la ética —le dije—. Es la ética lo que nos permite llevar una vida digna y feliz.

Pero Teresa se encogió de hombros y se acercó a la puerta para marcharse:

—¡Qué sabrás tú lo que es la verdadera ética! —me respondió—. Además, ¿crees que la ética hoy día sirve para algo?

Y sin darme tiempo a contestarla abrió la puerta y salió de la casa.

Nunca he podido olvidar aquella escena, Jaime. Sin embargo, aunque entonces me resultaba imposible dar con la razón exacta de aquella actitud y de aquellas salidas de tono, hoy en cambio las entiendo perfectamente.

No era fácil estar en el lugar de Teresa. Tampoco es fácil caer al mar sin mojarse; ni llegar a una meta sin moverse del punto de partida.

Por eso, aunque todo entonces se volvía difuso, y los choques que provocabais con mi forma de pensar me dolieran, ahora no sólo los comprendo sino que me llenan de una compasión que jamás creí experimentar.

Lo peor sin embargo fue cuando os apropiasteis de la niña. Fue un proceso lento pero eficaz. Día a día tu madre, tú y Teresa buscabais la forma de alejarme de ella. No podría decirte cuándo empezó aquella especie de secuestro psicológico, pero yo lo iba detectando en el modo que tenía Fernanda de comportarse conmigo. De nada valía ya hacer esfuerzos por recuperar el cariño que la niña siempre me había demostrado. Fernanda se iba apegando al fervor vuestro, a las arbitrariedades vuestras y sobre todo a las ideas que le inculcabais, casi siempre ajenas a las mías.

Más de una vez tuve que corregir ciertas actitudes que no me parecían propias de una niña. Pero Fernanda no tomaba en serio mis recriminaciones:

—Tú no puedes comprenderme porque eres distinta —me dijo en cierta ocasión.

Fue una frase extraña. No entendía a qué se refería.

Le pregunté entonces si ser distinto era algo malo.

—No lo sé, pero la abuela siempre dice que tú eres distinta.

Me quedé perpleja. La abuela decía. La abuela insinuaba. La abuela imponía. Y yo. ¿Dónde quedaba yo? Por si fuera poco Fernanda acabó de machacarme insistiendo:

—La abuela siempre dice que debo fijarme en la tía Teresa porque es una verdadera señora.

Aquella vez no pude aguantarme.

—¿Y yo? ¿No soy también una señora?

Fernanda se quedó mirándome con expresión desorientada. No sabía explicarse porque todavía era muy niña. Pero no me dejó sin respuesta:

—Quizá lo seas, pero no como Teresa.

Aquella vez no pude aguantarme y rompí a llorar. Estábamos las dos en su cuarto y yo me encontraba junto al ventanal sentada en una silla. De pronto noté que los brazos de la niña rodeaban mi cabeza.

—No llores, mamá. Yo te quiero mucho.

La abracé con fuerza. La besé. Y por primera vez comprendí que tenía celos de Teresa.

* * *

Fueron unos celos vagos, celos que sobre todo dañaban mi orgullo de madre. Todavía no eran celos definidos y decididamente lógicos. Al contrario. Se trataba de unos celos que más que humillarme me indignaban. Venían siempre arropados por el modo que tu madre tenía de encomiar a Teresa y de ponerla en el lugar que a mi juicio no le correspondía.

La humillación tardó todavía algún tiempo en asentarse en ellos. De momento todavía no me alteraban demasiado, ni me impedían soportar más o menos dignamente las salidas de tono de mi hija.

Tal vez fuera por orgullo, pero cuando Fernanda me transmitía (a su modo) la forma de pensar de Teresa y de su abuela, yo pasaba por alto tanta miseria y la dejaba a un lado como si no tuviera importancia.

Está muy claro que el orgullo puede soportar con dignidad los menosprecios ajenos.

Lo difícil es soportar las humillaciones que no sólo no nos permiten utilizar el orgullo sino que matan y entierran todas las moléculas vivas del sentimiento. Pero eso ocurrió más tarde, cuando Fernanda había hecho ya la primera comunión. También aquella circunstancia fue motivo de discrepancias y discusiones. ¿Recuerdas la lucha que tuve que entablar con tu madre para conseguir que Fernanda llevara un traje sencillo? Aquella idea mía le parecía abrumadoramente vergonzosa: «Una Salavedra vestida como una pobre? ¿Dónde se ha visto?» Y repetía mil veces que esas anomalías sólo podían salir de un cerebro mezquino como el mío:«Cosas de Sagra», insistía.

Era inútil explicarle que en la ceremonia de la primera comunión lo de menos era la vestimenta. Que mientras fuera de blanco, limpia y aseada, bastaba para recibir al Señor: «A Dios no le gustan las ostentaciones». Pero tu madre no se apeaba: «¿Qué pretendes? ¿Qué reciba la sagrada forma vestida de mendiga?»

Me negué a contestarla. Era inútil luchar contra todo lo que ella consideraba que podía dañar el buen nombre de los Salavedra.

Lo esencial para ella era presumir de nieta, verla subir al presbiterio como sin duda subían las reinas antiguas para ser coronadas. Según su criterio, la primera comunión, más que un sacramento, era un hito marcado para señalizar un fausto, un momento de la vida humana: algo muy importante para darse a conocer, para recibir regalos y celebrar una fiesta profana. Lo demás, aquello que en realidad tenía un verdadero valor, le traía sin cuidado.

También tú pensabas como tu madre. Llevabas mucho tiempo cumpliendo con tus deberes religiosos como quien cumple una rutina (misa los domingos, fiestas navideñas y algún que otro ritual) sin demasiada profundidad. Por eso te parecía normal vestir a la niña al modo de un pastel de boda.

Lo peor era que Fernanda (acaso instigada por Teresa y por su abuela) también se empeñaba en vestirse elegantemente.

En vano intenté yo ponerle al corriente sobre el significado de aquel acto y la importancia que tenía el hecho de desechar toda ostentación.

Fernanda me escuchaba y hasta parecía convencerse de mis razonamientos, pero en cuanto se juntaba con Teresa volvía a sus anhelos del traje ampuloso, del velo largo, como el de las novias y de la corona de rosas blancas rodeando su cabeza.

Fue una lucha entre solapada y cruenta que tú, como hacías siempre, sorteaste con la mayor tranquilidad.

«Allá vosotras con vuestros juicios y vuestras indecisiones.» Te lavabas las manos. Prescindías de nuestras controversias.

Y Fernanda acabó vistiendo el traje que tu madre le había elegido.

SOLILOQUIO PARA JUAN LUIS

Fue la primera comunión de Fernanda la que provocó vuestro viaje a España después de varios años sin vernos. No hubiera sido normal que la ahijada de Marina celebrase aquella ceremonia sin la presencia de su madrina.

Como vinisteis con vuestros tres hijos aquella vez os hospedasteis en el hotel. Era primavera. Una primavera recién inaugurada, con soles resplandecientes aunque todavía poco dispuestos a caldear el ambiente. El frío seguía descendiendo incluso en los anocheceres, pero los ventanales abiertos incitaban a aumentar la gélida atmósfera que el invierno había ido dejando en las casas.

Aunque llevaba mucho tiempo sin verte, cuando nos encontramos en el aeropuerto, tuve la impresión de que acabábamos de vernos. No habías cambiado: sólo tus aladares plateados detectaban en ti el paso del tiempo. Por lo demás te conservabas exactamente igual a la última vez que nos vimos.

En cambio tus hijos eran ya otros. Se habían vuelto casi hombres. Especialmente Pierre. Parece que lo estoy viendo corriendo hacia mí y echándose en mis brazos como cuando era niño. Sólo que aquella vez había crecido tanto que lo que hizo fue agarrarme por la cintura y enarbolarme hacia lo alto como un trofeo recién ganado.

—Estás idéntica, tía Candy.

Pese a lo mucho que se habían transformado, tus hijos continuaban siendo para mí «mis pequeños hijos que nunca tuve».

—En cambio vosotros os habéis convertido en unos gigantes —bromeé yo mientras los abrazaba.

Tú te acercaste a mí despacio y también me abrazaste. Fue un abrazo protocolario: uno de esos abrazos desabridos que todo el mundo empezaba ya a prodigarse por la menor causa.

Y Marina. Ella en cambio era otra. Su tez amarillenta y aquella delgadez que de nuevo caracterizaba su cuerpo le daban aspecto de mujer enfermiza, y aunque su tos era menos frecuente, no acababa de ceder.

De aquel encuentro lo que más recuerdo es la sensación de vivir algo que se sueña, que no acaba de ser real.

Era extraño observarte de nuevo moviéndote, hablando, sonriendo de aquel modo tuyo que tanto te caracterizaba. Y me parecía que lo que estaba viviendo no era cierto, y que, de un momento a otro, tú,

Marina y vuestros hijos ibais a desvaneceros al soplo de una ráfaga de aquel viento que movía banderas y despeinaba cabezas.

Recuerdo que tras los brotes de las primeras emociones, les hablé a tus hijos de su «prima», de lo bonita que era, de lo mucho que le gustaba estudiar y de que seguramente algún día tendría tanto éxito en sus exámenes como lo tenían ellos.

En cuanto a mi hermana, no le dije lo desmejorada que la encontraba. Lo único que hice fue elogiar su figura: «Tienes una silueta tan envidiable, Marina.»

En lo que a ti respecta, Juan Luis, apenas pude cruzar palabra contigo: te ocupabas del equipaje y dabas claras muestras de desinteresarte de mí.

El traslado a la ciudad fue un continuo remover recuerdos de la infancia, de tus hijos, de los años en que Fernanda no era más que un proyecto en los entresijos del futuro: algo que ni remotamente podíamos imaginar que algún día iba a forzar vuestro viaje a España.

Marina hablaba poco. Se la notaba fatigada, pero era incapaz de reconocerlo. Seguía fiel a su sistema de no querer alarmar a los demás.

Por eso, conociéndola como yo la conocía, ni siquiera le pregunté cómo se encontraba. La hubiera afectado demasiado. Su enfermedad de puro crónica se había convertido en algo normal, algo que no debía mencionarse con excesiva frecuencia, para no resultar fastidiosa.

Tampoco los hijos mencionaban su dolencia. Desde niños se habían acostumbrado a ver a su madre enferma y no consideraban que aquella enfermedad pudiera acabar por matarla.

Resulta curioso comprobar hasta qué punto los seres humanos nos cegamos ante las contrariedades de la vida incluso sabiendo que el plazo de la existencia es cada vez más corto.

Aquella noche cenasteis en casa. ¿Lo recuerdas, Juan Luis? Fue una velada serena y sosegada. También Teresa quiso estar presente en la comida. Probablemente lo que la indujo a quedarse con nosotros aquel día fue el afán de analizar tu comportamiento y el mío. Llevaba mucho tiempo sospechando lo que yo jamás le había dicho, y aquella noche sin duda quiso cerciorarse de que, en efecto, entre tú y yo nunca había existido nada degradante.

La verdad es que a lo largo de aquella tertulia ninguno de los dos dimos pie para que dudaran de nosotros. Ni una sola vez nuestras miradas se cruzaron, y cuando nos veíamos obligados a exponer algo, lo hacíamos como por obligación, evitando que nuestros ojos nos traicionaran.

Tampoco nuestras voces se alteraron: continuaban apagadas,

como indiferentes. En cuanto a nuestros silencios, no coincidían. Siempre salíamos al quite para que los vacíos que se producían se rellenaran con algún comentario superficial, sin afán de llamar la atención ni provocar análisis demasiado profundos. Se trataba de frases hechas, cosas que no dejaban huella, ideas deslizantes que enseguida se perdían en olvidos retóricos.

Aquella vez os quedasteis en España una semana completa. Fueron siete días de continuos proyectos relacionados con la primera comunión.

Teresa casi nunca se separaba de nosotros. Y en cuanto nos quedábamos solas, me hablaba de ti: «No voy a negarte que si Juan Luis no estuviera casado con tu hermana, yo haría lo imposible por conquistarlo.» Aquel tipo de sugestiones eran frecuentes. Probablemente no las sentía; sencillamente con ellas intentaba estudiar mis reacciones y comprobar hasta qué punto yo me quedaba fría cuando te nombraba.

Pero yo no le daba pie para que continuara sus indagaciones. La mayor parte de las veces ni siquiera le contestaba. Dejaba sus afirmaciones en el aire y fingía interesarme por algo que a ella también pudiera interesarle.

En cuanto a nosotros, recordarás que apenas nos quedaba tiempo para vernos a solas. Tanto tú como yo procurábamos que hubiera siempre algún testigo de peso entre nosotros. Sólo en una ocasión peligró nuestro sigilo. Ocurrió en la calle cuando yo salía de mi casa y tú te disponías a entrar en ella. Casi chocamos. ¿Lo recuerdas? En el conjuro de aquel encuentro hubo un inevitable intercambio de miradas; y unos latidos fuertes y un afán loco de no apartarnos el uno del otro, de continuar unidos. Pero enseguida nos separamos. Durante unos segundos agarraste mi brazo y me susurraste al oído:

—Para mí todo sigue igual, Sagra.

No pude contestarte. Me aparté de tu lado sin dejar de mirarte y corrí hacia el coche para que no tuvieras tiempo de detenerme. Era lo único que podía hacer, Juan Luis. Me negaba a que aquel «todo sigue igual» fuera un volver a empezar que nos hubiera llevado al desastre.

Aquella noche la pasé en blanco. A veces las noches pueden ser holocaustos escondidos; pequeñas agonías que es necesario apagar como sea.

De nuevo el disimulo. La apatía. El dar a entender que todo estaba olvidado.

Los días transcurrían lentos y al mismo tiempo demasiado rápidos. Especialmente cuando tu presencia (siempre respaldada por alguien) me estaba recordando que el tiempo no se detenía, que tu voz pronto volvería a ser silencio y que tus miradas iban a quedar en suspenso más allá de la vana realidad.

Por fin, al día siguiente de la celebración de la primera comunión, os fuisteis.

Sin embargo cuando llegó la hora de la despedida, fue lo mismo que si una garra invisible removiera mis entrañas. La idea de volvernos a separar me resultaba insoportable.

Aquella vez Jaime acompañó a mi hermana y a tus hijos en su coche y tú te instalaste en el mío.

Recuerdo que en cuanto puse el motor en marcha, agarraste mi mano que se posaba en el volante y la apretaste con fuerza:

—Basta de mentiras, Sagra —me dijiste—. Bien está que las ilusiones se esfumen, pero sin mentiras. Yo te quiero. No sé por qué, pero te quiero. Por eso me cuesta tanto vivir sin tenerte al lado. —Y como vieras que yo continuaba callada—: No trates de engañarte, Sagra: también tú me quieres a mí. No es preciso que lo digas. Lo detecto del mismo modo que detecto la imposibilidad de estar juntos para siempre.

Otra vez el pasado. Otra vez las palabras que no deberían pronunciarse violando el silencio que se imponía. Y el miedo. Y el horror de soportar aquel futuro cada vez más angosto y menos elástico.

Y también la felicidad.

No puedo describirla, Juan Luis: era la felicidad de lo que no puede expresarse pero que se mete en el cuerpo poro adentro y nos convierte en seres casi angélicos e ingrávidos.

Recuerdo que el día era soleado, y que al evocar tu partida el sol se volvía ceniza.

Al fin también yo fui sincera. Te dije que a mí me ocurría lo mismo y que nunca podría olvidarte:

—Aunque pasen muchos años, aunque llegue a la vejez, tú seguirás siendo el mismo para mí.

Y no te mentía, Juan Luis. Pese a tu desaparición, y a tu cuerpo convertido en cenizas, continúas a mi lado como siempre lo estuviste, incluso tras aquel doloroso acontecimiento que rubricó para siempre nuestra lejanía.

Luego, al llegar al aeropuerto, volvimos los dos a las sonrisas falsas, a las falsas indiferencias, a los falsos gestos y ademanes: en suma, a la falsificación de todo lo que pretendíamos que fuera sincero, pero que únicamente escondía tristeza, dolor y una cadena larga de renuncias.

Os veo ahora a los cinco atravesando el recinto de la aduana. Aquella vez, cuando te encontraste bajo el dintel de la puerta, levantaste la mano y la agitaste lentamente como si pretendieras asir aquel momento y evitar que desapareciera.

Pero te fuiste, Juan Luis.

Y yo me quedé allí, con Jaime, aparentemente fría, como si aquella despedida sólo fuera un adiós sin huellas: un simple parpadeo sin lágrimas ni razón de ser.

Fui buena comedianta, Juan Luis. Jaime ni siquiera se dio cuenta de que yo estaba llorando.

SOLILOQUIO PARA JAIME

Cuando a veces pienso en aquellas sensaciones llenas de ansiedad que yo experimentaba en mi juventud, me pregunto si lo que había entre Juan Luis y yo era amor. Pero nunca he sabido contestarme. Si el amor consiste en necesitar desesperadamente a una persona, tal vez lo fuera. Pero ¿puede ser amor una exigencia tan demoledora? ¿Y puede serlo también cegarse para no ver la verdad? ¿Será amor aquello que, por imposible, nos obliga a saltar barreras sin analizar las deficiencias y participar solamente de lo que deseamos, o esperamos, o simplemente imaginamos?

Yo no lo sé, Jaime. Pero desde mi vejez creo que el verdadero amor no consiste tanto en sentir como en dar, y sobre todo en perdonar las traiciones y los desengaños, antes que llevarlos a cuestas como una imposición llena de vanidad para sentirse querida.

Lo único que sé con certeza es que cuando se fue Juan Luis no pasaba un instante sin que pensara en él. «Ahora estará en la galería de arte. Ahora estará departiendo con sus amigos en el café de la Paix. Ahora estará con sus hijos, o con Marina o con quien sea.» Ni siquiera me importaba que estuviera con otra mujer. En fin de cuentas entre nosotros no había nada. Sólo sentimientos y atracciones y un sinfín de dolores abstractos que al mismo tiempo nos llenaban de felicidad.

También contaba la distancia. La imposibilidad de vivir juntos o el hecho de que nunca lo había visto en trances turbios o poco gratos como te había visto a ti.

Me decían que Juan Luis era aficionado a la bebida. Pero yo nunca lo vi embriagado. Asimismo me informaban sobre su tendencia ludópata, pero yo nunca estuve en un casino con él. Por otro lado, probablemente su personalidad estaba invadida de defectos como todo el mundo, pero yo jamás llegué a detectarlos.

En cambio, me atraía su serenidad, su visión preclara de las cosas, su forma de cuidar a su mujer, de tratar a sus hijos, de mostrarse siempre amable, comprensivo y tolerante. Nunca le vi alterado, ni furioso, ni aireando despechos que pudieran menoscabar su compostura.

Quizá la atracción consiste en eso: en ver a la persona querida con las lucideces de las cegueras: aquellas que siempre resplandecen para dejarnos anonadados.

O tal vez lo que consideramos amor sea precisamente imaginar a la persona no como en realidad es, sino en la plenitud de sus atracciones, sin defectos ni averías, y exentas de todo lo que en un momento dado nos convierte en seres rechazables, seres poco gratos incapacitados para merecer una total dedicación. A pesar de todo me negaba a creer que Juan Luis pudiera tener los fallos que tú tenías. Más de una vez intenté buscar en él algo que lo rebajase en mi estima. Pero siempre salía ileso de los análisis.

En alguna ocasión Marina me había hablado de él como si, lejos de ser una persona, fuera un semidiós: «Juan Luis es el mejor marido del mundo, pero tiene dos defectos peligrosos: le gusta el juego y en según qué circunstancia suele beber demasiado.» No me lo dijo para criticarlo, al contrario; lo expuso para contrarrestar sus grandes cualidades: «Es bueno, es inteligente. Además es oportuno: siempre dice lo que debe decir. Nunca resbala.» Me lo expuso sonriendo, como para velar los defectos de su marido. «Al contrario, cuando bebe su inteligencia de agudiza. Jamás provoca escenas.» Quizá por esa razón aquella afición a la bebida casi me pareció una cualidad. En cuanto a su atracción por el juego, no se me antojaba un defecto exagerado. Era un hombre rico, ganaba mucho dinero con sus tareas artísticas, ¿qué mal podía haber en que arriesgase parte de sus ganancias en juegos legales?

Lo esencial para mí era su forma de comportarse: su serenidad frente a cualquier ocasión comprometida, su inteligente forma de reaccionar ante las adversidades.

No era lícito andar buceando dentro de él para rastrear miserias desconocidas o ruinas mohosas que, si existían, se hallaban demasiado escondidas para darles crédito.

En cambio te estoy viendo a ti disertando sobre elementos corrientes como si fueran importantes. Lanzando frases ampulosas que pretendían prodigar atenciones que casi nadie te prestaba. Y la diferencia me hería, porque yo hubiera deseado que te parecieras a él. Juan Luis hablaba despacio, con voz templada, sus ademanes serenos, su risa silenciosa; en suma: cualquier detalle suyo se me antojaba importante. En cambio tú te expresabas sentenciando, tu voz demasiado contundente y vibrante, tu risa exagerada y tus comentarios eran casi siempre demoledores, poco constructivos como si al expresarlos quisieras imponerte y dejar bien sentado que jamás te equivocabas.

En todo eso iba yo pensando cuando tú y yo llegamos a nuestra casa después de habernos despedido de Juan Luis en el aeropuerto.

Lo que más me angustiaba era no poder desahogarme y explicar lo que yo estaba sufriendo.

Al entrar vi a Teresa en el salón, aguardando nuestra llegada junto a Fernanda. Estaban las dos allí, las ventanas que daban al jardín abiertas, los abetos tiesos sin que el viento los obligara a balancear. Reían, jugaban, parodiaban aviones, coches, estrellas, infinidad de naderías que a Fernanda tanto le gustaban. Con frecuencia había yo intentado participar en aquellos juegos estúpidos que tanto divertían a mi hija, pero nunca pude conseguirlo. Mi presencia las envaraba, las obligaba a cambiar de humor. «Se acabaron los juegos», decía Teresa, y Fernanda con cara de fastidio se encerraba en su cuarto.

Aquella tarde la llegada de su padre la retuvo en el salón. También tú coincidías con ella en aquellos juegos que yo consideraba grotescos y ridículos. Tal vez por eso aquella vez no interrumpieron sus bromas y continuaron jugando. De nuevo estabais allí los tres, fingiendo ser para provocar la risa de la niña.

Yo me fui a mi cuarto. No podía soportar tanta ñoñez, tanta bobada y tantas miradas fugaces como si mi presencia allí fuera un estorbo.

No, Jaime, no era posible resistir aquella frivolidad entre vosotros cuando todo en mí era una pura llaga de ausencias y necesidades jamás cumplidas.

Pero había una senda marcada y era preciso andar por ella: continuar caminando, hilar imposibles y perderse en los extravíos de lo cotidiano, de aquello que nunca nadie detectaba.

En suma: dejar que las penas fueran fugaces, que se perdieran en el mundo de los sentimientos muertos, aunque continuaran vivos. Considerar algo transitorio aquello que amenazaba prolongarse, y vivir, o fingir que se vivía, para no morirse de vida.

Y los días pasaban y los meses se volvían dragones que devoraban el tiempo. Pero el tiempo nunca se dejaba devorar, al contrario: se cebaba en los rostros, en los cuerpos enfermos y en las ilusiones que nunca se cumplían.

Pronto Fernanda fue casi una adolescente. Había crecido sin que nos diéramos cuenta. También ella, a su modo, estaba envejeciendo. Y la soledad se dilataba. Especialmente cuando tu madre cayó enferma y yo tuve que convertirme en su enfermera.

La estoy viendo ahora en la cama: la nariz enrojecida, la mirada turbia, la fiebre en sus mejillas. Era una paciente impaciente. Exigía. Mandaba. No atendía las razones de los médicos y se negaba a que la dejáramos sola. Por aquella época Teresa se desentendió bastante de nosotros. No podía tolerar las largas estancias en aquel dormitorio lleno de aromas a colonia mezclada con hedores de cuerpo humano mal lavado, quejas continuas y regañinas por cualquier cosa. Fue entonces cuando mi hija se dio cuenta de los esfuerzos que yo hacía para soportar aquellas largas jornadas de rabietas, de imposiciones y de mandatos severos por parte de su abuela. «No sé cómo puedes aguantarla, mamá», me dijo en cierta ocasión.

Con Teresa, Fernanda ya no contaba, y contigo tampoco. Por eso, cuando llegaba a casa y me encontraba departiendo insulseces o soportando los arrebatos de ira de su abuela, se unía a mí para defenderme. No descarto que fuera precisamente la enfermedad de su abuela lo que empezó a unirnos de nuevo.

Poco a poco fue recapacitando sobre su infancia pasada: las triquiñuelas que Teresa y tu madre inventaban para separarla de mí. «Me porté mal contigo, mamá. Perdóname por haberte hecho sufrir.» Y yo la abrazaba con fuerza, los ojos impregnados de lágrimas y el amor que sentía por ella multiplicado.

Entonces, cuando Fernanda me daba muestras de cariño, yo era casi feliz. Ni siquiera me importaba las diatribas insolentes de tu madre. Fernanda volvía a ser hija mía y Teresa apenas nos visitaba.

❋　❋　❋

Fue por aquella época cuando Juan Luis nos notificó que debía volver a Barcelona por cuestiones profesionales: «Estaré poco tiempo pero necesito entrevistarme con un pintor español que acaba de regresar del exilio.»

Como era de esperar tú no vacilaste en invitarlo a nuestra casa.

Aunque las razones que Juan Luis nos daba eran lógicas y previsibles, cuando me enteré que venía no dudé en imaginar que aquel viaje era una excusa para volver a verme. Resultaba evidente que cualquiera de sus colaboradores podía haber hecho el viaje por él. Aquella vez no quise engañarme, Jaime. Caer en la tentación de mentirme a mí misma era una conjura tonta. No hay traición mayor que la de engañarnos a nosotros mismos. Así que me propuse no desperdiciar ninguna ocasión para estar con él. En mi afán por jutificar el tiempo que pasábamos juntos, me convencí de que si nadie se enteraba de nuestros encuentros, no había razón para evitarlos. De sobra es conocida aquella sentencia que viene a decirnos que aquello que no se conoce no existe.

Así que de nuevo fui a buscarle con mi coche al aeropuerto. No quise que nadie me acompañara. Quería estar a solas con él: escuchar su voz y notar su mano sobre la mía mientras conducía.

Entré en el recinto con aplomo. No importaba que alguien me viera. En fin de cuentas Juan Luis era mi cuñado. ¿Quién podía pensar que tras nuestro parentesco pudiera existir algo más?

Al llegar nos abrazamos:

—He venido sola —le dije.

Mientras íbamos camino de mi casa me confirmó que, en efecto su viaje, aunque tenía que ver con el pintor exiliado, obedecía sobre todo a su necesidad de volver a verme.

—No me parece necesario seguir jugando al gato y al ratón —me dijo—. Tampoco vamos a pasar la frontera de lo prohibido, Sagra. Lo único que te pido es que podamos vernos y oírnos como hacíamos antes. Te necesito. Te necesito más de lo que tú puedes imaginar. ¿Qué mal puede haber en seguir tratándonos aunque sea por carta?

A partir de aquel día nuestros encuentros a solas volvieron a reanudarse.

Eran confluencias inocentes, en lugares ignotos: bares secundarios, parques que nadie frecuentaba, rincones ocultos en la montaña. La cuestión era poder hablar sin testigos, vivir nuestros acercamientos sin el veneno de las miradas ajenas, ni los comentarios dudosos. Departíamos constantemente. Imaginábamos futuros y divagábamos imposibles, pero éramos felices. «Si pudiéramos irnos a una isla en el Pacífico.» Alguna vez besaba mi mano, pero jamás nos perdimos en los vericuetos peligrosos del deseo. Nos habíamos propuesto seguir la conducta de lo inerme en el terreno sexual. Era la única forma de ganar nuestro derecho a la intimidad. «Hemos perdido tanto tiempo», me decía. En efecto, perder el tiempo era rechazarnos, huir el uno del otro, no hablar por teléfono ni escribirnos.

Sin embargo, cuando volvíamos a vernos delante de los demás, después de haber estado juntos a solas, era necesario fingir: mentir con actitudes propias de la indiferencia, hablarnos como si no acabáramos de compartir infinidad de interioridades, de explicaciones intangibles. Era imprescindible adoptar la actitud de dos hermanos que nada tenían en común salvo la vida de otra persona.

Y parecer felices. Y no mentir jamás nuestra necesidad de fuga, nuestros sueños de aislarnos en algún lugar del Pacífico, como si lo que considerábamos amor pudiera ser eterno.

Y pensar de nuevo en que pronto debía marcharse a París y soportar la soledad, la total ausencia de lo que para nosotros era esencial.

Sí, Jaime, era muy duro para mí vencer la tristeza que me producía la ausencia de Juan Luis.

Y mis remordimientos. También me dolía que tú ignorases lo que me estaba ocurriendo.

Por eso más de una vez estuve a pique de contártelo todo: de suplicarte que me ayudaras a vencer aquella especie de atracción que Juan Luis ejercía sobre mí.

Pero opté por callar. Tenía miedo de que no me comprendieras.

Sin embargo cometí un error. En un momento de indefensión total y todavía ignorante de lo que se cocía a mis espaldas, hablé con Teresa y le expliqué lo que me ocurría.

SOLILOQUIO PARA JUAN LUIS

Cuando ahora recuerdo la confesión que le hice a Teresa, me pregunto cómo pude ser tan ingenua y al mismo tiempo tan osada.

Recuerdo que Jaime acababa de llegar de uno de aquellos famosos viajes a ninguna parte que dejaban siempre en mí aquel regusto a desprecio que tanto me hundía, y que Teresa hacía dos días que había regresado de Houston para que le hicieran la revisión anual que jamás desatendía.

El otoño avanzaba deprisa y la tarde era oscura. Fernanda no estaba en casa y Teresa y yo nos encontrábamos en el salón que daba al jardín. De nuevo estoy viendo los abetos casi en sombras porque los días se acortaban rápidos. También escucho los chasquidos de la leña que se quemaba en la chimenea porque el frío empezaba a estancarse entre las paredes.

Aquel día me encontraba desarmada, Juan Luis: no podía soportar por más tiempo tu continuo recuerdo, que ni siquiera el amor que sentía por Fernanda lograba hacerme olvidar.

En cambio Teresa tenía uno de aquellos días amables, como si estuviera en deuda conmigo. Se la veía exultante por el diagnóstico médico que le habían dado en América:

—Soy muy feliz, Sagra: según los médicos ya no debo volver a Houston. —Me dijo que estaba curada y que en adelante su vida jamás volvería a sombrearse como le había ocurrido hasta entonces—. Debo reconocer que con frecuencia no me he portado bien contigo. Pero te prometo que eso va a acabarse —dijo con alegría y arrepentimiento—. Debes perdonarme, Sagra: tú no mereces que me vuelva agresiva. —E insistió en que todo se debía a la dichosa enfermedad que tanto la había angustiado.

Le contesté que no se preocupara.

—Todos tenemos nuestras horas bajas, Teresa. También yo a veces me he comportado fríamente contigo. Pero siempre te he considerado mi mejor amiga.

Aquello pareció aliviarla.

Sin embargo, Teresa no acababa de creer lo que yo le decía:

—Si fueras mi mejor amiga no andarías ocultando lo que tanto te agobia —me dijo—. Hace mucho tiempo que me escondes algo.

Aquella vez no le repliqué. Dejé la frase sin respuesta. Sin embargo ella insistió:

—¿No será que no te fías de mí? Jamás te he mentido, Sagra. Puedes hablar con entera tranquilidad.

Y hablé. Sí, Juan Luis; hablé porque día a día y mes tras mes me estaba muriendo de silencio, de sombras negreando mis impulsos y de lluvias internas que parecían trombas. Se lo conté todo porque cuando el alma se llena de fragosidades corre el peligro de estallar. No, Juan Luis, no es posible vivir siempre con el buche cerrado, los latidos aprisionados en la cárcel de las apariencias y el cuerpo acribillado por un nudo de mentiras.

Por eso se lo dije todo. Los seres humanos no podemos vivir constantemente remontando ríos contracorriente sin la esperanza de encontrar lagos. Ni tampoco sentirnos vapuleados por las olas encrespadas sin que alguien nos tienda la mano para sacarnos del mar. Teresa era aquella mano y aquel lago. Nadie más podía compartir conmigo tantas caídas y tantos bandeos.

Le confesé la atracción inevitable que sentía hacia ti y que venía durando desde hacía varios años; le hablé de la desilusión que había supuesto la convivencia con Jaime. De lo mucho que lo quería y de la pena que me producía no haber sabido mantener nuestro matrimonio como era debido.

Teresa me interrumpió para preguntarme desde cuándo existía aquella peculiar atracción entre tú y yo. Fue una pregunta directa y exigente.

Le expliqué entonces lo ocurrido aquella noche de fin de año en París:

—Ojalá nunca nos hubiéramos conocido —recuerdo que le dije—. Quiero demasiado a Jaime para aceptar que ya no estoy enamorada de él. —Y como si aquel remordimiento me impulsara a sincerarme todavía más, añadí—: Si al menos supiera que a Jaime le ocurre lo mismo que a mí, si estuviera al corriente de un amor por otra mujer, tal vez me sentiría menos culpable.

Teresa me miraba con seriedad afable, sin interrumpirme, sin hacer el menor comentario. Yo proseguí hablando:

—Sé que Jaime me ha sido infiel infinidad de veces, pero continúo convencida de que me quiere, de que yo para él sigo siendo la misma mujer de la que se enamoró.

Le hablé entonces de sus escapadas, de sus silencios, de aquellos viajes que sin duda escondían infidelidades esporádicas:

—Pero me quiere —insistí—, si no me quisiera no hubiera luchado tanto para adoptar a Fernanda. No hay mayor prueba de amor que la de recrear mi vida y completarla con una hija que yo no podía darle.

107

Teresa asintió con la cabeza.

—Claro, Sagra, Jaime nunca ha dejado de quererte. En cuanto a sus posibles infidelidades, no estoy muy segura de que estés en lo cierto. —Y añadió que Jaime era un hombre muy ocupado, y que sus ausencias estaban justificadas por sus innumerables negocios—. No me dirás que te hubiera gustado casarte con un hombre vago.

Dios mío, cuántas falsedades pueden entrañar ciertos factores sentimentales. Cuántos rodeos pueden darse únicamente para descargar el alma de sensaciones volátiles y vagabundas.

Recuerdo que Teresa me miraba fascinada. El rictus de sus labios entre condescendiente y victorioso.

Yo ignoraba aún lo que se escondía tras aquella actitud aparentemente inocua. Lo único que percibía era la necesidad de explayarme, de ser sincera, de volcarle a una amiga aquella especie de infidelidad mía que, en realidad, era sólo un señuelo, algo que nunca había tenido consecuencias verdaderamente reales.

Cuando hube acabado de explicarme, Teresa me dio a entender que, aunque de un modo incompleto, ella siempre había detectado algo.

—De repente cambiaste, Sagra. ¿Recuerdas las veces que yo te preguntaba qué te había ocurrido?

Asentí avergonzada.

—No te hablé de todo aquello porque pensaba que pronto acabaría por olvidarlo. Pero no ha sido así. Yo no sé lo que me ocurre, pero Juan Luis para mí se está convirtiendo en lo más esencial de mi vida.

Teresa me dio un abrazo amistoso y me aconsejó que no me preocupara tanto.

—De ahora en adelante, confíate a mí. Tú sabes que yo jamás te delataré.

Bruscamente me pareció que en su frase había un deje de ironía, pero inmediatamente lo borré de mi mente. Pensé entonces que aquel ramalazo irónico podía ser algo así como un toque de despecho. Una reacción que oscilaba entre la amistad y la ira, debido a que tú, lejos de fijarte en ella, te habías enamorado de mí.

—Comprendo muy bien que tu cuñado te haya impactado, Sagra; también a mí me resulta tremendamente atractivo.

Y de pronto tuve la desagradable sensación de que mi confesión podía, en adelante, convertirse en una pesadilla. No era que dudase de su amistad. Sin embargo, algo dentro de mí me estaba dando a entender que me había comportado de un modo imprudente. Era como si le hubiera vendido a Teresa algo importante de mí misma; algo que jamás debí mencionar. Volví a rogarle que guardara el secreto que acababa de confiarle.

—Podría ser funesto para mí. Y, además, podía ser mal interpretado. Juan Luis y yo jamás nos convertiremos en amantes.

Me dijo entonces que no me preocupara.

—Ya me conoces, Sagra, puedo ser una tumba.

No me preguntes por qué, Juan Luis, pero desde que pronunció aquella frase dejé de confiar en Teresa.

Por mucho que se esforzara para mostrarse amistosa y tratara de ser amable, expresiva y cordial, su forma de comportarse desmentía aquella cordialidad.

De ti ya nunca hablábamos. Era como si después de sincerarme con ella, lo que yo sentía por ti perteneciera a la prehistoria de nuestra vida. Algo muy antiguo que no merecía ser mencionado.

Y las respuestas que yo necesitaba continuaban escondidas, apagadas, casi muertas en las cavernas del sigilo.

Todavía hoy, después de contemplar el paso de los años, las preguntas siguen ahí: en los recordatorios de nuestros «porqués», sin posibilidad de averiguar qué era lo que nos estaba ocurriendo.

Ni siquiera sé cómo empezó todo aquello. Y lo que es peor, ni tú ni Jaime estáis aquí para contestarme.

Os habéis marchado los dos dejándome en el atasco de las dudas, de las divagaciones y de esas mil ignorancias que forjaron nuestro destino.

SOLILOQUIO PARA JAIME

No voy a negar que tú, Jaime, eras un hombre inteligente. Todos tus amigos te admiraban. Tu conversación era fluida, interesante y jamás caías en aforismos infantiles tan propios de los hombres que presumen de ser importantes. En realidad tú lo eras pero sin saberlo. Es decir: nunca presumiste de gran hombre. La fuerza de tu mente te salía por los poros, especialmente cuando analizabas con acierto muchas cosas que a simple vista nadie captaba.

Además, no tenías vicios. Salvo el trabajo nada te dominaba. No te gustaba beber y, al margen de aquellas ausencias justificadas por motivos absurdos que yo fingía creer, jamás te planteaste en serio tu hartazgo de mi persona. Incluso a veces te mostrabas amable conmigo como si yo de verdad te importase.

Por eso no acabo de comprender qué fue lo que nos desunió y me lanzó desesperadamente a un Juan Luis tan distinto de ti, sobre todo por su clara adicción ludópata y su apego al alcohol.

Quisiera ahora sumergirme en aquellos años de separación para atrapar de algún modo la memoria que presidió nuestras desavenencias.

Sería fácil achacarlo a tu desidia, a tus horas de silencio, a tu desapego a todo lo que me afectaba y especialmente a tu bien urdida maniobra para conseguir lo que más querías y que tardé demasiado en descubrir.

Pero me equivocaría. Porque entonces todavía te prestabas a ser amable conmigo. Y en cuanto a tus tejemanejes, jamás fueron lo suficientemente reales para que tú, oficialmente, los aceptaras como un paraíso que precisaras alcanzar. Simplemente fue una trama afortunada cuyos cómplices supieron secundarte sin que yo pudiera ni de lejos sospecharlo.

Por eso, por más que lo intento, cuando os comparo a ti y a Juan Luis, no alcanzo a dar con la razón por la cual tú dejaste de ser el gran arrobamiento sensitivo que tanto influyó en mi vida.

En efecto, Juan Luis tenía defectos, defectos demasiado evidentes para que ni él ni nadie intentara ocultarlos. Tú, en cambio, aparentemente eras el hombre perfecto: nunca violabas la ética de un modo flagrante como hacía él. Sin embargo, debo reconocer que la atracción que sentí por el marido de mi hermana no la experimenté contigo.

Poco a poco empecé a encontrarte defectos. Minucias que no tenían importancia, pero que me influían. Por ejemplo, dejaron de gustarme tus gestos. Cualquier movimiento de tu cuerpo comenzó a parecerme vulgar. Tampoco soportaba ya aquella forma de bostezar, siempre demasiado sonora. Asimismo tu voz me hería. Y aquella forma de enfadarte por minucias que tú exagerabas como si precisaras encontrar razones para justificar de algún modo aquel extraño enfado que llevabas dentro no se sabía por qué.

Además, cuando bebías (cosa rara en ti) soportabas mal el alcohol: repetías constantemente frases, conceptos e historias que, pese a su caducidad, a ti todavía te parecían vigentes. En suma, no sabías mantener tu dignidad como la mantenía Juan Luis.

Lo cierto es que a pesar de tus muchas cualidades, nada en ti lograba ya hacerme vibrar. En cambio todo lo relativo a Juan Luis, incluso sus peores tendencias, suscitaba en mí vibraciones inevitables que me atraían hacia él.

De nada me sirve ahora repasar concienzudamente vuestra forma de ser tan distinta y analizar la distancia que os separaba. Siempre vuelvo al mismo resultado: no lo entiendo.

Sí, Jaime, no entiendo la razón de aquellas inclinaciones mías tan potentes y tan llenas de exigencias. A veces pensaba: «El amor es lo que Jaime me inspira y lo que yo siento por él es también amor: un amor limpio de erotismos, de exigencias de cualquier causa que pudiera empañarle. En cambio, lo que siento por Juan Luis está más allá del amor: es algo que no sé definir bien de puro gozoso, una especie de atracción quizá enfermiza que no tiene apoyo posible pero que sin embargo se apoya en la felicidad más exultante.»

Incluso ahora, cuando repaso las sensaciones de aquellos años, vuelvo siempre al punto de partida. Estoy convencida de que pese a todas nuestras desavenencias lo mío hacia ti era verdadero amor: un amor capaz de esponjarse y defenderte si te atacaban y de herirme cuando te veía enfermo, o dolido, o simplemente defraudado por algún avatar imprevisto.

Pero no era un amor sensitivo. No me atraías, Jaime. No había entusiasmo en aquel amor mío por ti. Por eso no me hacías feliz: no arañabas mi emotividad. Era un amor roto por la indiferencia, o por la frialdad o quizá porque los seres humanos no sabemos conservar lo que la vida nos regala cuando comenzamos a experimentarla.

Por supuesto siempre que reconocía aquella verdad, inmediatamente me preguntaba a mí misma si lo que me estaba ocurriendo contigo también me hubiera ocurrido con Juan Luis de haberme podido casar con él. A lo mejor su voz (aquella voz melodiosa que tanto admiraba) y aquellos gestos suaves —sonrisas, ceños, miradas—, o aquel interés que mostraba por todo lo mío hubieran perdido su atractivo para mí como lo perdieron todas tus virtudes cuando, a lo largo de los años, empezaste a desentenderte de mí.

Mis respuestas eran siempre vagas. No había modo de averiguar la verdad. Estaba demasiado encandilada por las peculiaridades de Juan Luis para imaginar que el transcurrir de los años también hubiera podido destruir mis motivos de admiración hacia él.

* * *

¿Te preguntaste alguna vez qué significa la palabra «amor»?

Seguro que ahora lejos de las incongruencias humanas puedes responderte sin errar, Jaime. Estoy convencida de que desde tu dimensión actual habrás comprendido que el amor de los humanos es un simple reflejo de un amor lejano que conoceremos algún día después de la muerte. Si la luz del sol puede ser la sombra de Dios, acaso el amor humano puede ser algo así como el desamor de Dios: un pequeño avance del amor que nos tiene preparado en el más allá.

Las emociones en este mundo duran muy poco, Jaime. Tampoco duran los sueños, las fantasías, los entusiasmos. No es posible que el ser humano pueda durante toda la vida mantener las atracciones que un día nos encandilaron. Aquí todo cambia, todo se agota, todo se presta al derribo, en suma, tiene fecha de caducidad. Sin embargo ¿qué puede haber en la vida más importante que sentirse enamorado?

Yo no sabía entonces lo que te estaba ocurriendo, Jaime, pero ahora que lo sé todo me inclino hacia ti como jamás lo hice mientras vivías.

¿Comprenderás tú también mis horas de fuego y de nieve, mis verdades ocultas, mis mentiras disfrazadas de verdad?

Cada ser humano es un loco que juega a ser cuerdo cuando se enamora. Sin embargo, cuántas locuras arrastran aquellas corduras. Y cuántas suspicacias afloran cuando el amor se termina.

Porque aquí, en este globo que se mueve en el espacio, nada es constante, Jaime. Ni siquiera lo es la propia constancia. También ella se disfraza de algo serio, algo interminable, algo que nunca puede fallar. Pero falla, Jaime. Falla por el simple hecho de mutar la causa de su tenacidad, de su firmeza, de todo lo que mereció que le pusieran ese nombre.

O sea, muere el amor por una persona, pero el amor sigue viviendo, revolotea, se contradice, se vuelve versátil y acaba por posarse en otro. Me entiendes, ¿verdad, Jaime?

Es decir: los sueños son los mismos. Lo que cambia es el motivo de los sueños. Algo que a ti ya no te puede ocurrir, porque ya no puedes soñar. Ni siquiera puedes imaginar que sueñas, ni que los sueños justifican los hechos. Has entrado en la realidad y el amor que sientes ya no puede mutarse.

*   *   *

Además estaba nuestra hija.

También a ella la quería yo con toda el alma. Era un amor muy parecido al que sentía por ti, Jaime: un amor que no me cegaba, que admitía defectos y que incluso a veces llegaba a desquiciarme. Especialmente cuando comprobaba que sus formas de reaccionar me parecían adversas.

Ni siquiera cuando al crecer pasó una etapa hostil, ¿lo recuerdas? Tenía un carácter huraño y poco dado a dejarse manejar por mí. Decía siempre que mis puntos de vista distaban de los suyos, que su abuela la entendía mejor y que por mucho que me esforzara en volverme sociable mi modo de ser hosco y esquivo me impedían ser una madre comprensiva. Aquellas especulaciones me dolían, Jaime, ¿por qué voy a negarlo? Sobre todo me dolía que tú no intervinieras y pusieras a tu hija en el plano que le correspondía: «Ya cambiará», me decías. «Está en la mala edad.»

Lo cierto es que jamás te ponías de mi lado cuando entre nosotras surgía algún roce o contratiempo. No te recrimino por ello: tenías tus razones, pero yo entonces las ignoraba.

Lo peor era cuando intervenía tu madre: «Fernanda se queja de que la tienes demasiado atada», me insistía. Es posible que tuviera razón. Pero lo que me parecía inaudito era que mi propia hija fuera a quejarse a su abuela de lo que yo hacía o dejaba de hacer.

Pronto comprendí que entre ellas había una complicidad muy estrecha que iba desarmándome cada vez más. Ya no se trataba de su esquivez y de su manera de aceptar mis insinuaciones o mis puntos de vista. Lo peor era descalificarme ante la persona que más había contribuido a separarnos.

Todo aquello iba aumentando lo que tanto me había agobiado en los principios de nuestro matrimonio: aquella bolsa inmensa de decepciones, de pequeñas estafas sofocadas con olvidos. Mil alteraciones que no sólo herían mi susceptibilidad sino que me obligaban a rebelarme. ¿Por qué no era capaz de endilgar a mi hija según mis propios criterios? ¿Por qué tenía que soportar que mis decisiones quedaran ofuscadas por la intervención de una tercera persona que jamás me había admitido como tu legítima mujer?

No era difícil detectar hasta qué punto tu madre se inmiscuía en la vida de mi hija. En casa lo primero que hacía era acercarse a Fernanda y ponerse a secretear con ella como si yo no existiera.

Todo en mi hija, desde su forma de vestir, hasta el empeño de impedir que yo la ayudara en sus estudios, venía a corroborar que el amor que sentía por su abuela era mayor que su amor por mí. Pero tú lo negabas. Decías que yo veía visiones, que abusaba de tu paciencia y que sobre todo estabas influida por las dichosas películas psicológicas que tanto proliferaban en aquella época.

Entonces yo entraba en esas fases que tú ni siquiera escudriñabas, porque te importaba poco que yo sufriera, o mejor dicho no considerabas lógico que aquellas pudieran hacerme sufrir. Sin embargo eran precisamente aquellas «pequeñas cosas» las que lentamente me iban acercando más y más a Juan Luis.

No importaba que estuviera lejos, ni que la distancia se uniera al tiempo para devorar nuestras vidas. Lo esencial era que de nuevo manteníamos contactos. De nuevo nos hablábamos por teléfono y de nuevo iba yo a París y venía él a España, con excusas superfluas pero convincentes, solamente para pasar unos instantes juntos, vernos y hablarnos, contarle yo mis miserias y recogerlas él con sus ojos, con aquella manera tan sencilla y al mismo tiempo tan comprensiva de envolver mi cuerpo con sus miradas.

Comprendimos pronto que aquellos encuentros no bastaban. No era suficiente encontrarnos a solas en algún café poco frecuentado por la gente que conocíamos. Necesitábamos algo más: alejarnos de la ciudad, introducirnos con el coche en algún rincón boscoso o desierto, para que yo pudiera caer en sus brazos y sentirnos los dos libres de cualquier influencia negativa.

A pesar de todo jamás nuestros encuentros clandestinos modificaban nuestra conducta: tanto él como yo sabíamos que dar un paso más podía ser funesto. Había demasiadas razones concretas y arraigadas en nuestras vidas para dejarnos llevar por razones irracionales. Siempre nos frenaba el recuerdo de mi hermana, de sus hijos, de mi hija, de ti. Sin embargo algo muy poderoso nos estaba dominando cuando el fulgor sombrío de los instintos se empeñaba en traspasar la barrera.

No obstante, cuando llegaba a casa me sentía de nuevo culpable, Jaime. No podía remediarlo. Era lo mismo que deambular por un callejón sin salida o por un túnel taponado por mil argumentos hechos de roca intaladrable.

Lo peor eran las despedidas. El regreso a nuestra vida normal. Sobre todo cuando yo iba a París y los niños (que ya eran mayores) detectaban que ya no era la misma: «Pero ¿qué te pasa, tía Candy? Ya no pareces la tía Candy de nuestra infancia.»

Tenían razón. Pero yo todavía pretendía negarlo. Los abrazaba, los apretaba contra mi pecho para disuadirlos, para demostrarles que los seguía queriendo. Pero cada vez que ocurría eso tenía la impresión de hacer con ellos lo que tu madre y tú mismo hacíais conmigo cuando se trataba de nuestra hija.

Sí, Jaime. En aquellos momentos yo era tu madre para mis sobrinos.

SOLILOQUIO PARA JUAN LUIS

También mi hermana parecía adivinar algo que no llegaba a comprender. «Nunca te he visto tan impenetrable, hermanita. ¿Qué diantres te ocurre?» Lo preguntaba sin malicia. Pero yo sabía que mi cambio la preocupaba. En cierta ocasión incluso le contesté secamente como si me hubiera insultado: «Estás desvariando, Marina.» Y en cuanto lo hube dicho me acordé de las respuestas de Jaime y de sus excusas. En realidad, yo estaba haciendo con Marina lo que mi marido hacía conmigo.

Sí, Juan Luis: la versatilidad humana es nuestra constante más significativa, y nuestra fragilidad suele ser tan indomable como la ceguera que nos la ofusca. En realidad, los seres humanos están hechos de pequeñas miserias que nos cansan enseguida. Y en cuanto nos sentimos liberados de ellas nos afanamos por buscar otras para volver a cansarnos.

Jaime lo sabía mejor que nadie. ¿Recuerdas lo que ocurrió cuando vino de América la última vez? Su llegada fue inesperada. Venía nervioso, defraudado: algo que yo no podía adivinar estaba desestabilizando su forma de vivir.

Ya no se trataba de sus ausencias. Eso era lo de menos. Lo importante era aquel modo suyo de tratarme, de volver a sus ímpetus desagradables, a echarme en cara minucias que me dolían: «Procura vestirte mejor, Sagra. Pareces una dependienta más que una señora», o «La niña se queja de que no te ocupas de ella». Cosas sin sentido con las que parecía buscar que yo me desmoronara.

Por si fuera poco salía y entraba de nuestra casa sin dar explicaciones: «Por favor, Sagra, no se te ocurra ponerme nervioso preguntándome de dónde vengo.» Lo decía como si yo tuviera por costumbre indagar los secretos de su vida.

Tampoco hablaba ya de Teresa.

Luego las continuas conversaciones telefónicas que cuando yo rondaba cerca terminaban de inmediato. Y aquellas bromas de mal gusto que solía esgrimir cuando yo permanecía callada: «Cualquiera diría que soy un ogro.» Y levantaba las manos con los dedos crispados fingiendo que iba a arañarme.

No sé lo que pretendía. Tal vez que yo reaccionara y me enfadara con él. Era su manera de agarrarse a una excusa para provocar mi enfado y largarse de casa.

En cierta ocasión tardó tres días en volver. Nunca me dijo la causa de aquella ausencia tan prolongada.

Aquella vez hablé con Teresa. También ella andaba preocupada. Pero cuando le dije que probablemente él se había enamorado de otra mujer, su rostro cambió de expresión y lejos de calmar mis sospechas se enfrentó a mí con el rostro crispado:

—¿No era eso lo que pretendías? ¿No me dijiste que ojalá tu marido se enamorase de verdad de otra mujer para que tus remordimientos cesaran?

De pronto tuve una visión clara, Juan Luis. Teresa sabía más que yo. Además, no sólo conocía su vida mejor sino que aquel comentario que yo le había hecho hacía ya bastante tiempo había ido desarrollándose en ella incluso sin que entre nosotras tu nombre hubiera sido mencionado.

Aquello me puso en guardia. Fue como si de repente un rayo poderoso iluminara los más ocultos rincones de mis sospechas siempre vagas y difusas. De pronto lo vi todo claro. Fue una claridad inexplicable como cuando abrimos los ojos después de un largo letargo y la luz del sol nos hiere la vista.

No recuerdo qué le contesté. Teresa tenía razón. No podía quejarme. Sin embargo, lo grave no era que Jaime hubiera vuelto a enamorarse de alguien que yo no conocía. Lo grave era que Teresa supiera más que yo y que también ella se sintiera herida.

Fue a partir de aquel día cuando contemplé con otra mirada todo cuanto hasta entonces me había rodeado. Empecé a ligar cabos, a recobrar situaciones, a ponerme en un lugar distinto dentro de mis propios recuerdos. Todo fue analizado, revivido; mis soledades, los fingimientos de Jaime, sus proposiciones. El comportamiento de Teresa. Su larga ausencia de España. Cada detalle perdido comenzó a cobrar cuerpo, a realizarse de nuevo como si acabara de suceder.

Revisé punto por punto las reacciones de Juana, las frases de Teresa, su empeño en que yo adoptara a la niña. Era lo mismo que recrear la escena de una comedia bien urdida que yo en mi ceguera no había podido interpretar.

Repasé de nuevo las veces que Juana y Teresa se inclinaban hacia la cuna de Fernanda cuando apenas tenía dos meses. Y evoqué la coincidencia de aquellos meses en que Teresa me mandaba cartas desde el hospital de Houston, hablándome de lo bien que se encontraba y de su curación definitiva.

Todo encajaba, Juan Luis. Todo era ya un ovillo desovillado, una gran herida supurando la espesa lava que venía ocultando durante años. Todo era perfecto. Todo coincidía. El tumor que era un embarazo; el empeño de Jaime en que yo me sintiera realizada como madre, la felicidad de Juana por saberse abuela de una niña que era sangre de su sangre.

Dios mío, Juan Luis, no sé cómo pude verlo todo tan claro. Comprendí entonces la querencia de Teresa por Fernanda, su empeño en ocuparse de ella y en hacer lo posible para que yo quedara en un segundo plano. En el fondo lo que le apremiaba era conquistar a la niña: lo necesitaba, le correspondía. De ahí su afán por descartarme, por averiguar secretos de mi vida para reforzar su tesis de que yo no quería a Jaime. También contaba aquel empeño suyo en hablarme de ti como si pretendiera conquistarte: era su forma de empujarme hacia tus brazos.

Dios, cuántas mentiras descubrí en un instante.

Mentira era lo que yo había considerado pequeñas infidelidades sin importancia. La infidelidad total era mi mejor amiga. Mentira las excusas que me daba Jaime para escapar con ella los fines de semana. Mentira la amistad que me ofrecía Teresa; mentira lo que Jaime, para despistar, intentaba hacerme creer de ella. «Es una infelliz que sólo busca gustar. Cualquier hombre le sirve para su ego.» Mentira su indiferencia cuando yo estaba delante. Y mentira también que fingiera seguir estando enamorado de Teresa porque desde su última llegada de América también a ella la engañaba. Mentira todo, Juan Luis. Nada era verdad.

SOLILOQUIO PARA JAIME

Fue como abrir un libro cerrado con lacre para salvaguardar los secretos más dolorosos.

Lo peor era aceptarlo. Entrar en la mentira como si entrase en un estercolero. Aspirar el hedor y sentir cómo cada pedazo de mis pequeñas ilusiones se iban desmoronando.

De pronto me fijé en Teresa. Estaba allí, ante mí: pálida, desencajada, la mirada vidriosa y su actitud rígida.

—¿Tú sabes quién es ella? —me preguntó.

También Teresa sufría. También ella estaba herida. Tener una hija tuya y regalártela como si ella no fuera su madre, no merecía que tú, harto ya de ella, te hubieras decantado por otra persona. De ahí su actitud agresiva. Y su furia. Lo peor era que no tenía derecho a quejarse. Ni siquiera tenía derecho a mostrarse dolida.

En fin de cuentas, yo siempre había estado marginada: no podía esperar gran cosa porque mi boda contigo no era completa, le faltaba lo esencial, aquel hijo que nunca llegaba. Pero la posición de Teresa era distinta: ella te había querido, te había dado lo que tanto deseabas, sin derechos ni exigencias, gratuitamente. Y tú la estabas engañando como si sus esfuerzos por complacerte se hubieran quedado en agua de cerrajas.

Lo cierto es que ya nunca hablabas de ella (ni siquiera para criticarla). Con frecuencia la rehuías y los fines de semana ya no eran suyos sino de otra mujer. Nada importaba «quién» era aquel nuevo amor tuyo. Lo esencial era que existía: y ello ofendía, desazonaba y sobre todo echaba por tierra el sacrificio que sin duda supuso para la verdadera madre de Fernanda comprender que había sido todo inútil, que, una vez conseguido tu propósito y el de tu madre, todo lo que había hecho se desvanecía.

Me dio pena, Jaime; nunca imaginé que aquella persona que tanto me había ofendido pudiera despertar en mí algo parecido a la compasión.

La vi desconcertada, incapacitada para soportar aquella ofensa tuya después de todo el tinglado que se había prestado a montar para satisfacer tus deseos de ser padre.

Ni siquiera tu madre fue capaz de reaccionar. También ella se iba desprendiendo de la ofendida Teresa como si cuando nos regaló la niña ella no hubiera sido la primera en su escala de valores.

En realidad Teresa ya no era nada para nosotros. Aunque me esforzara por tratarla como siempre lo había hecho, no podía, Jaime. Me costaba mucho perdonar aquella forma suya de robarme el cariño de mi hija, aquella complicidad (ya inexistente) con mi suegra y sobre todo aquella manera de imponer sus criterios como si los míos no fueran lícitos y los suyos tuvieran todos los derechos del mundo.

En cuanto a tu madre, le bastó saber que su querido hijo se había enamorado de otra mujer para que Teresa quedase descartada, como había quedado yo.

Luego estabas tú. Tú con tus trapicheos bien urdidos, tus falsedades convertidas en dudas. Nadie podía averiguar quién era en aquellos momentos la mujer que te encandilaba. Ni yo te lo pregunté nunca, ni Teresa pudo hacer prevalecer sus derechos para conseguir que le confesaras la verdad.

Y si Teresa lo supo, jamás me lo dijo.

No te negaré que a veces insinuaba un nombre. Pero enseguida volvía a sus dudas. De hecho no las descartaba. A veces la mejor mentira consiste en levantar dudas sobre la verdad, del mismo que proclamar la verdad puede a su vez entrañar una gran mentira. De cualquier forma el embuste seguía allí, firme, incrustado en nuestras vidas sin posibilidad de evitarlo.

Fue una época mala para Teresa. La niña, al comprobar que su abuela ya no contaba con Teresa para ocuparse de ella, intuyó que aquélla no era lo que en realidad ella había creído.

Comenzó entonces una larga situación de signos intangibles, de desprecios que jamás se habían producido y sobre todo de rechazos dolorosos.

—Teresa es tonta y frívola —me dijo un día Fernanda.

Y cuando yo le pregunté cómo podía decir eso de alguien que tanto la había querido, se limitó a encogerse de hombros y a poner cara despectiva:

—Eso dice la abuela —comentó.

Probablemente te extrañará que yo entonces hubiera seguido tratando a Teresa como si no hubiera averiguado todo lo que a espaldas mías habíais urdido. Pero si he de serte franca, Jaime, lo cierto era que Teresa ya no me importaba: solamente me producía una gran compasión llena de desprecio.

A veces compadecerse de alguien viene a ser lo mismo que despreciarla. No la envidiaba, te lo aseguro. No era posible envidiar a quien, después de darlo todo, sólo recibía rechazos. Pero tampoco la quería. Sencillamente la toleraba.

Instintivamente comprendí que Teresa jamás había sido una verdadera amiga. Que su aproximación hacia mí se debía únicamente a su empeño en conquistarte, que la ceguera tenaz de su inclinación hacia ti le impedía aceptarme como una amiga. Supe también que todo cuanto le había confiado te lo había contado a ti. Por lo general cuando se está enamorado los secretos se vuelven confidencias.

Sí, Jaime, estoy convencida de que tú lo sabías todo: mi lucha por sacar de mi vida a Juan Luis, mi empeño en mantenerme alejada de él; y también mi necesidad de estar a su lado, de oír su voz, de reanudar nuestros contactos telefónicos si estábamos lejos el uno del otro. Tal vez por eso, cuando hablabas de él se te llenaba el buche de desprecios, de pequeñas pullas, como si yo en realidad te importara.

No eran mis sentimientos lo que provocaban aquellos deslices mal disimulados de menosprecios cuando te referías a nuestro cuñado: lo que te dolía era saberte suplantado, sustituido por alguien. Pero no lo confesabas. Hubiera sido demasiado peligroso.

De nuevo podía más el silencio que sus clamores ocultos. De nuevo era necesario callar, como había callado Teresa, como callaba Juan Luis y como yo misma me empeñaba en callar.

Vivir era eso: permanecer firme en los oleajes o en los temblores de tierra, fingir que no existían, que nada era susceptible de cambiar.

Aparentar. Eso era lo importante: aparentar, fingir, mentir, silenciar.

Los ecos no tenían importancia. Se disolvían enseguida. Las miradas también. Y las tormentas. Todo pasaba. Todo era susceptible de volver a su sitio.

Por eso te aferrabas al mutismo. Por eso jamás te atreviste a enfrentarte conmigo y exponerme la verdad. Y por eso, también, yo enmudecía. Había demasiadas tinieblas en las horas soleadas que tanto tú como yo fingíamos mantener.

Además estaba nuestra hija. No teníamos derecho a sacarla de su letargo, de su seguridad, de todo aquello que configuraba su vida gracias a nuestras ocultaciones.

Poco importaba ya nuestro empeño en alcanzar el paraíso. Lo esencial era conservar aquel remedo de Edén más o menos placentero y tan lleno de disimulos. No podíamos hacer otra cosa, Jaime.

* * *

Sin embargo aquella forma de actuar, no conducía a ninguna parte. Sólo servía de parapeto. Pero continuábamos ignorando el camino.

Si tú tenías un nuevo amor, yo continuaba necesitando a Juan Luis. No podía evitarlo. Tampoco Teresa podía evitar saberse humillada y destronada de su protagonismo.

Tanto tú como yo la evitábamos. Ya no servía. Fernanda era nuestra hija y Teresa no podía reclamar sus derechos como había ocurrido al principio.

En cuanto a tu madre, no sólo la dejaba en la estacada, sino que por primera vez empezó a mostrarse decididamente contraria a ella. Lo único que le importaba era la felicidad de su hijo: tu comportamiento la traía al fresco. La cuestión era que tu nuevo amor te hiciera feliz. Así que fin de sus continuos secretos con Teresa cuando se trataba de encauzar el porvenir de mi hija; fin de sus constantes salidas y entradas siempre relacionadas con su nieta; fin de tener que ponerse de acuerdo con Teresa para imponer criterios, trajes, caprichos o necesidades.

Teresa ya no contaba. No era una persona grata, ni podía reclamar su derecho a ser oída.

Lentamente fue dejando de visitarnos y de asentar sus esquemas. Más de una vez comprendí que estaba a punto de contármelo todo, de desahogarse y explicarme con detalle la verdad que venía ocultando desde que naciera su hija. Pero yo se lo impedía. No me convenía «saber» oficialmente lo que ya conocía de forma oficiosa. Los estallidos nunca son recomendables, Jaime. Era preferible dejarlo todo como estaba: amarrado por las reservas y los disimulos. Ninguno de nosotros teníamos derecho a destruir la personalidad de Fernanda. Por eso era mejor ocultar la verdad. Dejar que la mentira encalleciera y se volviera irreversible. También el hecho de destruir una personalidad inocente podía convertirse en un delito, Jaime. A veces deshacer un error puede crear una cadena de errores.

SOLILOQUIO PARA JUAN LUIS

Ya te lo he dicho, Juan Luis. Desde siempre el ser humano se ha notado impulsado a lo que llamamos amor.

Amor es congeniar con la persona querida, amor es dedicarse a los hijos y dragar las durezas esquivas que nos impiden alcanzar la felicidad. Amor es sentirse plétora de ilusiones que nos permiten olvidar las tragedias ajenas, y notarse cuerpo y alma de un alguien que nos fascina.

Por amor se han realizado verdaderas heroicidades, se han promovido guerras, se han alcanzado simas inexpugnables y hasta se ha llegado a matar.

Hacemos del amor un tótem inaccesible que nos obliga y nos manda. Sin embargo y sin mediar la menor razón, somos capaces de destruir ese tótem y convertir ese amor, que parecía eterno, en un plano liso y llano donde los sentimientos se confunden con el olvido.

Nada propio del ser humano es estable, Juan Luis. Tú lo sabes mejor que nadie.

En efecto desde que en la tierra hubo seres humanos el amor nos rige, nos duele y nos hace felices. Nadie comprende que damos al amor una idea preconcebida y equivocada. ¿Cómo es posible amar y matar por amor? ¿O hacer sufrir por amor? Si el amor en esencia es algo noble y exultante, ¿por qué nos empeñamos en convertirlo en un enemigo?

Cuántas veces habré pensado yo que nuestro amor (aquel amor oculto que sólo tú y yo conocíamos) jamás podría acabarse. Todo giraba en torno a él, ¿recuerdas? Sin embargo, todo se desmorona en una fracción de segundo.

De pronto un día tú me llamaste por teléfono para anunciarme que Marina estaba grave y que me necesitaba.

Para entonces Teresa ya había sido marginada de la vida de Jaime y yo me sentía liberada de tantas y tantas falsedades que habían configurado aquellas circunstancias postizas que tanto me habían hecho sufrir.

Cuando me dijiste que viajara a París para atender a mi hermana nunca pude sospechar lo que iba a ocurrir. Recuerdo que Jaime no puso reparos: «Vete cuanto antes, Sagra. No puedes abandonar a tu hermana en momentos tan graves.» Lo dijo con cierto aire de hombre preocupado, pero yo sabía que tras aquella preocupación se escondía una especie de satisfacción por saberme fuera de juego, por sentirse libre y por agarrarse a una columna de proyectos amorosos que lo respaldaban.

No obstante aquel viaje no fue como todos.

De pronto te vi en el aeropuerto aguardando que yo atravesara la aduana:

—Gracias a Dios que has venido, Sagra. Marina está muy enferma. Se ahoga y su corazón le falla.

Lo dijiste mientras me abrazabas, el roce de tus besos incrustándose en mis oídos. Sí, Juan Luis: aquello era amor. Un amor todavía limpio, todavía inserto en las obligaciones, en el respeto y en el dolor de saber a Marina tan enferma.

Te pregunté por tus hijos. Ya eran algo más que adolescentes y por primera vez comprendían que aquel largo proceso de recaídas era el preludio de un final que se iba acercando a pasos agigantados.

No me satisface recordar ahora aquella llegada mía a París, Juan Luis. La felicidad que sentí por estar a tu lado se vio ensombrecida por el dolor que me causaba ver a mi hermana enferma, desencajada, con la mirada triste y la tez pálida.

—El médico asegura que esta vez difícilmente podrá superar la crisis.

Marina se ahogaba: ni siquiera su dosis de oxígeno podía calmarla.

—Y, lo que es peor, el corazón no responde. Puede tener un fallo cardíaco cuando menos lo pensemos. —Sin embargo al verme todavía tuvo fuerzas para sonreír—: No puedo hablar, Sagra. Pero te agradezco que hayas venido.

Resulta curioso que ahora, después de tantos años, lo que viví en aquellos momentos vuelva a mí de un modo tan nítido y mortificante. La memoria a veces es cruel, porque, cuando menos lo esperamos, nos hace revivir los instantes que, sin querer, atesoramos dentro de nosotros aunque nos hagan sufrir. Ahí están de nuevo todos los errores, todas las comedias, todas las directrices que configuraron la desgracia de mi hermana, y sin yo quererlo, me noto de nuevo agarrada por la crueldad de mis mentiras que ciegamente se confundían con una extraña felicidad: la de estar contigo. La de sentirme sana y despreocupada de la desdicha de Marina, como si en el fondo mi dolor por verla tan desvalida no me afectase.

Otra vez brotan enquistados en la mente aquellos días de angustia y de felicidad, como si ser feliz en aquellos instantes no fuera un delito. Y también mi sentimiento de desasosiego, pues aunque oficialmente mi presencia en tu casa fuera un hecho natural, allá, en lo más oculto de mi conciencia, sabía que la felicidad que sentía era una ofensa a mi propia hermana.

Está muy claro, Juan Luis: en materia de amores la traición se volatiliza, se esfuma e incluso se la justifica.

Más de una vez, cuando a solas me sobrecogía la angustia de sentirme en falso, inmediatamente buscaba razones para acreditar descargas que disolvían mi autoacusación. No podía tolerarme al saber que me escudaba en un ser querido para dejarme llevar por los instintos hacia un hombre que no podía pertenecerme. Por eso no faltaron momentos en los que estuve a pique de abrir mi alma a Marina y explicarle lo que me ocurría.

¿Lo sabía ella? No me extrañaría, Juan Luis. También yo sabía lo de Teresa y nunca lo había dado a entender. Creo que, por mucho que intentara fingir lo contrario, ella se dio cuenta de lo que había entre tú y yo.

Sucedió una mañana extremadamente desabrida. Recuerdo que el frío caía en forma de lluvia empañando los cristales del dormitorio y dejando ríos minúsculos que zigzagueaban lentos hacia los bajos del ventanal.

Marina me miraba fijamente desde su cama mientras yo hojeaba una revista sentada a su lado. De pronto extendió la mano y cogió la mía.

—Sé que voy a morir, Sagra —me dijo fríamente—, pero no me importa. Estoy preparada. Lo siento por los niños. Van a sufrir. Sin embargo, sé que tú harás lo posible para amortiguar su pena. —Y tras un breve silencio añadió—: Es una lástima que estés casada. Serías una buena madre para ellos.

Aquella alusión me dejó helada, Juan Luis. Era lo mismo que si me dijera que conocía lo que había entre nosotros pero no se atrevía a nombrarlo.

Intenté hablar, pero no supe qué decirle. Cierta tirantez ajena a mis impulsos me lo impedía. Parecía que lo que Marina acababa de exponerme, sin decirlo claramente, tuviera cariz de una advertencia. Procuré disimular lo que pude. Fingí no darle importancia.

—¿Quién habla de muerte, hermanita? —Intenté darle a mi tono de voz un aire festivo—. Pronto vas a curarte y tus recomendaciones van a resultarte tan grotescas como absurdas.

Es curioso que ahora, después de tantos años, lo que viví en aquellos momentos regrese de nuevo a mí tan nítido y tan mortificante.

De hecho Marina nunca volvió a mencionar la posibilidad de que yo me ocupara de sus hijos. Fue un ramalazo instantáneo que se guardó muy bien de repetir. Pero a mí me dejó un regusto amargo que nunca he podido olvidar.

Recuerdo que aquel mismo día te conté lo que tu mujer me había dicho. Estábamos solos en la sala de estar y lo único que se te ocurrió fue abrazarme y besarme:

—Claro que serías una buena madre. En el fondo siempre lo has sido para mis hijos.

No obstante, ni tú ni yo tardamos en esquinar aquel conato de duda. Siempre se arrincona aquello que nos estorba.

En el fondo, Marina no era para nosotros un estorbo. Ni siquiera nos sentíamos culpables cuando de común acuerdo fingíamos tareas distintas para ausentarnos de vuestra casa con el fin de encontrarnos a solas en cualquier otro lugar.

Cierto, a veces la palabra «muerte» se cruzaba en nuestras retóricas: «Fulana ha muerto» o «Mengana está a un paso de la muerte», pero jamás comentábamos aquel viso de muerte que día a día rozaba nuestra existencia. Nos negábamos a reconocerla. No queríamos ser cómplices de ella. Sin embargo la complicidad existía. Callar era un modo de tenerla presente, madurarla, volverla necesaria.

En ocasiones, en la soledad de mi cuarto, me despertaba sobresaltada. Soñaba que Marina había muerto y que se acercaba a mí para recriminarme mi presencia en su casa. Pero enseguida olvidaba los detalles. Lo único que se quedaba clavado en mi mente era el reproche, la mirada airada de una persona que se sabía engañada.

Luego tardaba en dormirme. Y cuando despertaba me notaba bañada en sudor. Tenía miedo. No podía decir con exactitud qué era lo que temía, pero toda yo era un ascua envuelta en miedos. Para sofocarlos solía llamar por teléfono a mi hija. Pasaba un buen rato hablando con ella. Decía que su padre casi siempre estaba fuera de la casa, que su abuela le hacía mucha compañía, que «la tía Teresa nunca iba a verla»: «No sé lo que pasa, pero está muy rara, mamá.»

Teresa. Cuántas veces la recordaba. Debía de ser muy duro para ella separarse de aquella niña que jamás podría llamarle madre.

Fue en aquella época cuando Teresa cobró para mí una categoría que nunca le había dado. Mucho debía de querer a Jaime para haber consentido ocupar un lugar tan ingrato después de haberle dado a él lo que tanto deseaba. Pero lo que sin duda más le dolía era comprender que Fernanda, en principio, por mucho que ella se hubiera propuesto conquistarla, a medida que crecía, se decantaba más hacia mí que hacia ella: «Al fin y al cabo, mamá, tú eres lo primero para mí», me había dicho en cierta ocasión.

La gente ya no recordaba su procedencia. ¿Para qué? Se parecía demasiado a su padre para que nadie, andando el tiempo, pudiera sospechar que no era hija nuestra. Hasta nuestros amigos debían de saber que aquella fisonomía, aquellos tics y aquellos gestos no podían ser también «adoptados».

Sólo contigo había comentado aquella duda que más tarde fue certeza. Sólo tú sabías la verdad.

Además yo quería demasiado a aquella niña para dejar de protegerla. La quería; la quería en sus manías, en sus costumbres, en sus esfuerzos, en todo lo que la convertía en «ella». Nadie podía ya sustituirla. ¿Recuerdas mi euforia cuando te hablaba de mi hija, Juan Luis?

Nunca podía dejar de pensar en sus características. En aquella forma de exponer sus pequeñas ilusiones que yo procuraba fomentar.

Con frecuencia le brotaba el mal genio. No podía evitarlo. Los genes difícilmente pueden dominarse. Pero a mí no me importaba. Procuraba corregirla sin atolondrarme, dejando que ella se desfogara para domeñarla poco a poco hasta que, rendida, venía a mí para pedirme perdón.

Cuántos años han pasado desde entonces, pero Fernanda continúa queriéndome, Juan Luis. Y su mal genio es sólo un remedo de aquellas rabietas que a veces hasta me parecían graciosas.

Ahora es ya una mujer. No sé si llegaste a conocerla. Es posible que en los mil intrincados laberintos que la vida nos va poniendo en el camino llegaras a verla y a tratarla. Y quizá si la conociste acaso no supieras que Fernanda era aquella niña que me llamaba madre y que a fuerza de silencios llegué a robarle a la suya.

Qué remoto y qué cercano es todo, Juan Luis, cuando la vejez se apodera de nuestro cuerpo. Ahí está ahora otra vez delante de mí el cuadro de toda mi vida. Tú, Marina, mis sobrinos, mi hija y Jaime. A todos os he querido. A todos os he hecho daño. Pero yo no quería dañaros, Juan Luis. Yo sólo quería vaciar mi amor sobre vuestros vacíos.

Y sin embargo...

❀   ❀   ❀

Aquella vez el médico nos habló muy claro: la disnea de Marina no se debía solamente a su enfermedad: revelaba algo más.

—Su corazón aguanta de milagro. Son muchos años de soportar esa maldita asma que no conseguimos remitir.

Recuerdo que tú le preguntaste si no había modo de prolongar su vida:

—Precisa mucha tranquilidad, muchos cuidados y sobre todo procurar como sea que su corazón se mantenga en calma. El verdadero peligro de Marina está en su corazón. En cualquier momento puede dejar de latir.

Cuando el médico se hubo marchado entramos en su cuarto. La vimos decaída, la espalda apoyada en un almohadón grueso porque echada se ahogaba; su mirada tratando en vano de esbozar una sonrisa que nos tranquilizara.

—Supongo que me han desahuciado —dijo con voz muy débil.

Te acercaste a ella y la besaste.

—No voy a permitir que nadie te desahucie, Marina.

Fue aquel gesto tuyo lo que me indujo a hacer todo lo posible para evitar que empeorara.

Procuré no separarme de ella. A veces rezábamos juntas. Marina era religiosa y yo sabía que el hecho de que yo rezase con ella la consolaba.

—Pero tú reza en voz baja —le pedía—. No quiero que te canses.

De hecho mi voz era lo único que se oía en la soledad de aquel cuarto. A veces me detenía. Tenía la impresión de que lo que yo estaba haciendo era una parodia. Sí, Juan Luis: me avergonzaba rezar para ella cuando todo en mí me estaba hablando de liberaciones, de imposturas y de falsedades.

No podía admitir que yo, aquella mujer que tú querías, no era más que una fallida criatura adulterada por unos sentimientos egoístas, engañosos, tergiversados y decididamente abyecta.

Pero Marina insistía:

—Continúa, Sagra. —Y yo la obedecía.

Aquellos días apenas me separaba de ella. No podía fingir salidas urgentes por cosas ajenas a su enfermedad para encontrarme contigo en cualquier rincón de París. De hecho, si yo estaba allí en aquellos momentos era para cuidarla, para acompañar a sus hijos y para que en la casa hubiera alguien capacitado para que el discurrir cotidiano no se interrumpiera.

Lo cierto era que ni tú ni yo pretendíamos abandonarla. La queríamos y necesitábamos demostrárselo a cada instante.

Pero los días transcurrían lentos y Marina ni empeoraba ni mejoraba. Era como si se estuviera yendo de este mundo sin moverse: estancada en una larga e inmutable parodia de agonía que parecía vital a fuerza de no evolucionar.

Y de nuevo mis sueños, sueños entrecortados sobrecargados de reproches: situaciones oníricas que me torturaban y que cuando despertaba me dejaban el cuerpo acribillado de vergüenzas. Por eso ya no procuraba ahondar en mis sueños: al analizarlos, lejos de comprenderlos, se me escurrían hacia los autorreproches, hacia aquellos encuentros nuestros que se habían ido prolongando año tras año como si fuera lo más natural del mundo y no tuviéramos en cuenta lo mucho que estábamos destruyendo la imagen de Marina.

También tus hijos me agradecían que yo no me moviera del lado de su madre: «Cuando está contigo mejora, tía Candy», me decían.

Parece que los estoy viendo: crecidos, casi hombres, casi abdicados de su adolescencia. Sobre todo Pierre. Aquel Pierre que cuando era niño se agarraba a mi cuello y me decía que era dulce como un *candy*.

En aquella época ya no se lanzaba a mi cuello, pero me hablaba con la afabilidad con la que sólo los seres muy afines y muy unidos suelen hacerlo. Se confiaba a mí, me daba a entender lo mucho que le hacía sufrir el estado de salud de su madre: «¿Crees que saldrá de esta crisis?» Naturalmente yo procuraba aumentar su pequeño caudal de esperanzas. Le aseguraba que todavía podría vivir mucho tiempo. «A veces los médicos se equivocan.» Era mi forma de violar los sistemas establecidos del miedo, aquellos sistemas que nunca dejaban paso a la esperanza: «Tu madre es todavía joven, Pierre. Verás como dentro de poco mejorará.»

Sé que Pierre me lo agradecía. Pero también sé que no me creía. Quería demasiado a su madre para desconocer la verdad sobre aquella salud prácticamente inexistente que se evaporaba día a día entre las mentiras de unos cuidados que poco podían influir a que mejorase.

Tenía el corazón acribillado. Eso decía el médico.

Más que corazón era una fibra agujereada de cansancios, de esfuerzos, de todo lo que durante su vida había querido soportar como esas hormiguitas que van dejando su carga a medio camino del hormiguero para recuperar fuerzas porque su fragilidad ya no responde.

Muchas fueron las visitas que se acercaron a tu casa en aquella época. Pero el médico insistía: «Le conviene paz. Nada de parloteos.» Y las visitas fueron disminuyendo hasta quedarnos prácticamente solos.

La casa (aquella casa que siempre se había mostrado bulliciosa, llena de gentes que dictaban vaticinios, que desbordaban imágenes siempre nuevas, enriquecidas por ideas artísticas o futuros atractivos) era ya una lúgubre mansión de miedos improvisados, de silencios obligados y de reverberaciones falsas que auguraban soles inexistentes.

Marina, aunque estancada, se extinguía, y tanto tú como tus hijos lo sabíais. Por eso ya nada era lo mismo en aquel ambiente. Sólo nos envolvía aquel extraño sosiego que ocultaba fragores amordazados. Sí, Juan Luis, todo en aquellos momentos era expectación y disimulo. Todo nos envolvía en quietud.

Nadie era nada al lado de aquel terrible «algo» que dominaba la casa.

Hasta que un día sin saber por qué Marina despertó de su letargo, se sentó en la cama y le pidió a la enfermera que le diera algo de comer porque tenía apetito.

✳　✳　✳

Aquel día todo fue inusual y extraño. Recuerdo que era festivo porque los niños no habían ido al colegio y Pierre no acudió a la universidad.

Casi les parecía imposible ver a su madre tan rehecha de sus ahogos y tan dispuesta a reanudar el habla con voz normal, sin que la tos y la respiración angustiosa interfirieran en su elocuencia.

Aquel día el médico no pudo visitarla porque se hallaba ausente, pero tanto tú como tus hijos teníais la impresión de que, por una extraña razón, Marina se estaba recuperando.

También la enfermera se quedó perpleja: «A lo mejor tanto rezar...»

La hora de la cena transcurrió rápida. Nada era ya siniestro. Cualquier detalle nos envalentonaba.

Ni ahogos, ni disnea, ni fiebre. Todo en ella era una recuperación inaudita: algo parecido a lo que me ocurrió a mí cuando después de un año de haber perdido una sortija en una playa la encontré en el mismo lugar donde la había perdido. «te digo que no sabemos nada de nuestras vidas. Todo es un puro dejarnos llegar por el destino.» Aquella noche bromeamos, bebimos y brindamos por la recuperación de Marina.

Tras la cena nos metimos en su cuarto. Hablamos con naturalidad, como si nunca hubiera estado al borde de la muerte. Divagábamos sobre mil proyectos y hasta se barajó la fecha de mi regreso a España.

Al poco rato tu mujer dio muestras de cansancio.

—Creo que voy a dormir —dijo.

Nos despedimos de ella con un beso en la frente. También tus hijos la besaron:

—Hasta mañana, mamá. —Los tres se metieron en sus cuartos y tú y yo, por primera vez desde que me encontraba en París, bajamos al salón para seguir charlando, la euforia imponiéndose al cansancio y al sueño.

Recuerdo que nos sentamos frente a frente junto a la chimenea encendida. No hablábamos. Nos sentíamos demasiado desconcertados. Sencillamente nos quedamos mudos, las miradas fijas en el suelo. Después...

*　*　*

Infinidad de veces he tratado de reconstruir aquella escena especialmente en mis insomnios, y todavía hoy no puedo comprender cómo pudo ocurrir.

Fue un episodio que sigue pareciéndome inexplicable. Nada hacía prever que aquella pasividad nuestra, entrecortada por el consuelo de saber a Marina mejorada, pudiera llevarnos al absurdo de una cuesta arriba cuando en realidad lo que deseábamos era descender: dejarnos llevar por el declive de aquellos mil cansancios que por fin parecían evaporarse.

No hablábamos. Durante un largo rato escuchábamos el leve traqueteo de la calle, el rodar de los coches y los típicos runruneos de las masas humanas que se metían en la noche con sus proyectos barrocos, sus improvisaciones erizadas de ideas y el gigantesco gruñido de los batientes al cerrarse, las persianas manipuladas y la brisa algo alborotada formando alientos de vida más allá de los muros que limitaban la casa.

El silencio duró bastante, ¿recuerdas, Juan Luis? Sólo la chimenea encendida echaba mano de su lenguaje lleno de chasquidos. De ningún modo podíamos imaginar que allá arriba, en el cuarto de mi hermana, pudiera empezar a desarrollarse el pequeño sueño de una moribunda.

No queríamos reconocer que tanta vitalidad pudiera ser un aviso adverso: una especie de la mejoría de la muerte. Estábamos demasiado ensimismados en nuestros ocios optimistas, en aquel empeño en «no querer reconocer» que aquella placidez que experimentábamos pudiera ser falsa. Ni tú ni yo queríamos comprender que todo lo ocurrido aquel día era una vulgar apariencia. Por eso nos manteníamos callados, circunspectos. Teníamos miedo de romper silencios, de confesarnos que acaso aquella mejoría era circunstancial. Una especie de fuerza mayor que trataba de engañarnos.

De repente rompí a llorar. Quizá en mi fuero interno estaba ya comprendiendo que aquello era el principio del fin.

No lo sé, Juan Luis. Únicamente sé que mi llanto venía de lejos. Que durante días y días intentaba sofocarlo para que no estallase, y que al estar a solas contigo, mientras la casa dormía y tú contemplabas las llamas de la chimenea, el llanto se me iba de los ojos sin poder evitarlo.

Lo recuerdo muy bien: fue un llorar brusco, copioso, uno de esos desconsuelos cuyos motivos se entrecruzaban de contradicciones.

Tú no me preguntaste la causa de aquel desfogue. Instintivamente te levantaste y te sentaste junto a mí en el sofá para abrazarme.

No podría decirte cuánto rato estuvimos así unidos, desconsolados, desfogando tristezas, emociones y esos mil sentimientos híbridos que no tenían definición concreta y que tanto podían obedecer al dolor de haber sufrido como al miedo de volver a sufrir. Lo cierto era que para mí ya nada importaba aquella luminaria de confusiones desesperadas y al mismo tiempo venturosas: llevaba tanto tiempo sin notar tus brazos rodeando mi cuerpo. Ya nada me importaba salvo tener conciencia de que tú seguías siendo el mismo, que nunca nada podría ya separarnos.

Todavía ahora no sé cómo pudo suceder. No hubo palabras, sin embargo creo que jamás fuimos tan explícitos como en aquellos momentos. Todo entre nosotros estaba ya dicho. Sólo faltaba cumplir lo que no decíamos. Lo que durante años y años veníamos ahuyentando para evitar remordimientos y deslealtades.

Además era imposible hablar porque tus labios no se apartaban de los míos. No me besabas. No, Juan Luis. Aquello no eran besos. Eran fusiones inexplicables, coloquios sin voz, un ensamblaje de querencias que se adentraban en el alma, que la ofuscaban de placer y que nada ni nadie podía ya evitar.

No sé cuánto rato estuvimos así, echados en el sofá: los cuerpos unidos, entregados, fundidos, perdidos para todo menos para la felicidad intemporal que nos estaba uniendo.

La mente no contaba. Tampoco la realidad. Sólo la paz. Aquella paz que yo jamás había conocido. Una paz extraña llena de ti, de tu cuerpo y de tu vida.

Nada podía ser ya una pesadilla. Fin de aquellos horribles vacíos. Fin de todos los humos, de todos los ecos de todas las nadas que me habían hecho sufrir. Fin de las incoherencias de los disimulos, de las promesas que no podían cumplirse. Fin de todas las nimiedades y de los miedos que tanto nos debilitaban y nos dejaban exhaustos. Nunca más posturas falsas. Nunca más disimulos y mentiras.

Eso pensábamos entonces.

Hasta que de pronto y sin que nada pudiera evitarlo la puerta del salón se abrió y tu hijo Pierre entró en la estancia.

❋   ❋   ❋

Lo estoy viendo ahora con la chaqueta del pijama mal abrochada, el ceño vaciado de sueño, la lucidez del horror en su cara; los labios entreabiertos con el asombro de lo que estaba presenciando y el afán de injuriarnos aflorando en su mudez. Se llevó la mano a la frente. Y lo único que dijo fue peor que si nos insultara:

—Mamá se está muriendo.

Enseguida se fue. Corrió escalera arriba como si no pudiera soportar ni un segundo más la escena que acababa de presenciar.

Inmediatamente corrimos tras él.

En efecto: Marina se estaba muriendo y Pierre me miraba como si yo la hubiera matado.

Lo peor fue verte a ti: ausente, alejado. Y Marina ahogándose, respirando con el estertor de la agonía, los ojos cerrados, la boca entreabierta, la espalda apoyada en los brazos de sus dos hijos pequeños. Y la enfermera: los ojos vidriosos murmurando rezos y preguntándose dónde estaba yo, que me habían buscado y no me encontraban. Recuerdo que de vez en cuando consultaba el reloj como si Marina, lejos de morirse, estuviera dando a luz y ella contabilizara los dolores de un parto fantasma.

También estoy viendo a Pierre, llorando desconsolado, arrodillado junto a su cama mientras sostenía una mano de hielo.

A ti no te sitúo. Me negaba a mirarte. No me atrevía a hablarte ni a compadecerte. Era imposible compadecer a una persona que mientras un ser querido moría se dedicaba a hacer el amor conmigo.

La que nunca podré olvidar era la fisonomía de Marina, los ojos cerrados, la boca entreabierta, respirando como respiran los moribundos, su pequeño vigor simulando unas energías que se estaban acabando. Y veo de nuevo a la enfermera, los ojos vidriosos murmurando rezos sin dejar de mirar el reloj.

Lo demás se desvanece en las cavernas de la memoria. Sé que tu hijo mayor lloraba mientras acariciaba la cabeza de su madre como si de aquella forma pudiera retrasar su muerte.

Luego, una vez echada ya en la cama, el rostro macilento, las manos unidas, los ojos cerrados, vuelven los sollozos, los suspiros, imposible echar marcha atrás para evitar lo que ya no tenía remedio.

Me hubiera gustado besarla en la frente pero no me atrevía a moverme. Tampoco quise mirarte. No era lógico que después de lo que tu hijo Pierre había descubierto yo tuviera la desfachatez de acercarme a ti para consolarte.

Llorabas. Podía oír tus sollozos desde la esquina del cuarto.

Recuerdo que me senté en un sillón y me tapé la cara con las manos para que nadie me viera llorar. Era lo único que podía hacer. Ni tú ni yo merecíamos compasión. Bastante difícil era estar allí, junto a Marina muerta, como si entre nosotros no hubiera ocurrido nada, como si tu hijo (aquel hijo que ya nunca volvió a llamarme tía Candy) no nos hubiera sorprendido echados en el sofá con tus labios pegados a los míos.

Después, ¡Dios mío qué duros son los de la vergüenza y el desvarío!, ni tú ni yo hicimos el menor movimiento para acercarnos. Ni siquiera hubo una palabra de desagravio, ni de consuelo, ni de intento de justificar aquel ultraje. Sólo hubo un desplome de todo lo que hasta entonces nos había unido.

Enseguida comenzó la socorrida actividad de los trámites. Esos trámites que sirven para rellenar el hueco que dejan los muertos.

Y gestos compungidos, miradas angustiadas, guiños fúnebres. Pero sobre todo desprecios. Humillaciones. Ninguno de tus hijos quería acercarse a mí. Probablemente Pierre se había encargado de poner a sus hermanos en antecedentes: «Mucho cuidado con esa mujer. Es una impostora.» Lo era, Juan Luis. Lo había sido siempre desde que tú y yo nos habíamos sentido tan inexplicablemente unidos aquel fin de año.

Inmediatamente llamé a Jaime por teléfono. Le supliqué que se presentara cuanto antes en París y que por favor me acompañara al entierro. No me veía capaz de soportar yo sola los rituales propios del caso, ni administrar, a mi aire, las fórmulas establecidas de los amigos que poco a poco iban llenando la casa de palabras susurrantes y luctuosas mientras mostraban su dolor como si desafiaran mi desorientación.

No, Juan Luis, ni tú ni yo teníamos derecho a derramar una sola lágrima ni a mostrar actitudes fúnebres. Tus hijos no lo hubieran permitido. Para llorar era preciso esconderse: los llantos no merecen ser vistos cuando la imagen del que llora se ha hipotecado contra la tristeza.

Imposible decirle a tus hijos: «Tu dolor es tan grande como el mío.» Nunca nos hubieran creído. Lo único que podíamos esperar de ellos era que nos rechazaran, que nos insultaran.

El daño que hacemos se vuelve imperdonable cuando la evidencia lo avala. Y la evidencia era demasiado real para que pudiéramos negarla.

❋   ❋   ❋

Jaime llegó enseguida. Él sí pudo darte el pésame sin rémoras y hablar de mi hermana tal como yo hubiera querido hacerlo si el miedo a perderte no me hubiera precipitado hacia la maldita cárcel del silencio y de la inmovilidad.

Se acabaron mis derechos ocultos, Juan Luis. Tú ya nunca podrías formar parte de mi familia sin exponerte a perder la tuya. En adelante tus hijos iban a ser tus guardianes, tus cancerberos, tus imposibles constantes, el adiós a nuestros encuentros y a todo lo que hasta entonces habíamos mantenido en secreto.

Jaime y yo regresamos pronto a España. Afortunadamente tú no nos acompañaste al aeropuerto: de haberlo hecho la tirantez que se estaba apoderando de nosotros nos hubiera delatado y mi marido hubiera sospechado lo que había ocurrido.

Lo difícil fue despedirme de tus hijos. Recuerdo que los dos pequeños se acercaron a mí con el semblante severo, la mirada fulminante y me trataron como a una desconocida. Me ofrecieron la mejilla, pero ellos no me besaron, como si el beso que les reclamaba fuera un insulto para ellos. En cuanto a Pierre recuerdo que rozó mi mejilla con la suya bruscamente, como si pretendiera golpearme.

—Ahora comprendo la razón de tu cambio. Ojalá nunca te hubiera conocido —me lanzó al oído. Y se fue de mi lado corriendo, para que yo no tuviera tiempo de responderle. Fue mejor así, Juan Luis; la verdad es que no hubiera encontrado palabras para rebatir sus sentimientos.

Aquella actitud puso en guardia a mi marido.

—¿Qué les pasa a tus sobrinos? —preguntó—. Cualquiera diría que te detestan.

Fingí no oírlo. Procuré buscar evasivas. Dar órdenes absurdas a los componentes del servicio y acercarme a la enfermera como si también ella formara parte de la familia.

—Por favor, cuide de mis sobrinos —se lo dije llorando mientras la abrazaba. Era la única forma de poder desahogarme y de expresar algo congruente.

Me pregunto ahora en qué consiste eso de cuidar y consolar. Nunca unos verbos eran menos lógicos que los que acababa de pronunciar en aquellos momentos. También yo había creído que podía consolar a mis sobrinos, sin embargo lo único que había conseguido era herirlos y perderlos.

Lo difícil fue despedirme de ti. Recuerdo que rozaste mi mejilla con un beso desvaído y forzado. No era lógico que entre ambos existiera tanta frialdad, tanta distancia cuando hacía pocas horas éramos una irreversible fusión.

—Buen viaje —dijiste. Y luego, como si quisieras justificar mi estancia en tu casa—: Y gracias por todo.

Así acabó aquella etapa. ¿Lo recuerdas, Juan Luis?

Yo no he podido olvidarla.

SOLILOQUIO PARA JAIME

Mucho he reflexionado sobre aquella extraña forma de vivir que tanto tú como yo aceptábamos sin que en nosotros mediaran preguntas, pullas o reproches.

Yo sabía. Pero ¿tú sabías también lo que yo te ocultaba? Cuántas veces he pensado que sin duda Teresa te habría puesto al corriente. Lo cierto era que ni tú ni yo podíamos echar mano de los reproches sin que saliera a relucir toda la basura que veníamos acumulando desde hacía varios años. Por eso nunca hablábamos de nosotros. ¿Cómo podía yo reprocharte el tinglado que armaste con Teresa y con tu madre si también yo había incurrido en la peor deslealtad hacia mi propia hermana cuando se estaba muriendo?

De hecho nada en nuestra vida se alteraba; pero todo era falso. Los dos nos empeñábamos en no querer aceptar los secretos del otro. Además estaba Fernanda. Aquella niña que yo consideraba propia y que tú recibiste con los brazos abiertos porque en realidad era tu hija. La queríamos. Era la razón de nuestro matrimonio. Imposible imaginarla distante ni arrancada de nuestra vida.

A menudo en mis insomnios recordaba a Teresa. Pensaba en lo que había hecho por ti y en lo mucho que su forma de actuar me había ofendido. Sin embargo no podía odiarla; al contrario, la compadecía. Debía de ser terrible para ella, después de haberse prestado a la comedia de una enfermedad inexistente y de haberte entregado a su hija para que yo fuera su madre, que tanto tú como yo acabáramos por distanciarnos de ella, como si aquel sacrificio suyo fuera un simple capricho caducado e inservible. En realidad Teresa ya no servía. Te habías encaprichado de Rosa y te sacaste de encima a la verdadera madre de tu hija.

Fue por aquella época cuando se volvió a plantear que Fernanda no fuera hija única. Tu madre necesitaba un niño para perpetuar tu nombre, para que vuestra estirpe continuara y vuestro sonoro apellido Salavedra no se perdiera en las noches de otros apellidos menos ilustres.

De pronto un día me abordó para solucionar el problema:

—Las cosas han cambiado, Sagra. Ahora puedes tener hijos aunque seas estéril. Deberías someterte a un tratamiento de fecundidad.

No quise contestarle. No había dejado de mangonear en nuestras vidas hasta que tuviste descendencia. Pero quería un nieto para que vuestro apellido no se perdiera.

Aquel día dejé que continuara hablando. Se había informado bien: existían mil maneras de conseguir alumbramientos más o menos sencillos. Me nombraba procedimientos que yo no entendía ni quería entender. Mencionaba óvulos, úteros, espermas. Se había aprendido la lección de memoria y ahora me la recitaba sin reparos para que yo admitiera sus sugerencias, su invitación a convertirme en una madre verdadera.

—Mi pobre Jaime necesita tanto tener un hijo. —Me lo dijo casi llorosa, la actitud humilde, la furia que a veces le obligaba a desvariar sabiamente escondida bajo una piel de cordero que malamente ocultaba las orejas del lobo.

Fernanda ya no era suficiente. Había formas específicas para conseguir un hijo. Un hijo que me transformara en una madre completa.

Aquella vez a pique estuve de salir del hoyo y echarle en cara su bazofia. Todo en ella era pura codicia, absoluta necesidad de saberse perpetuada más allá de la gloriosa estirpe de su hijo; las niñas no servían para que los apellidos se transmitieran, para ello se precisaba un hijo. Y la ciencia podía conseguirlo. No el amor. Ni siquiera la pasión. Sólo la ambición, la avaricia de tener un varón con fines utilitarios.

Recuerdo que me levanté del asiento y la miré fijamente.

—Lo pensaré —le dije con voz entrecortada.

Sin embargo ella continuó insistiendo:

—Tu marido te quiere, Sagra. Por eso necesita tener un hijo tuyo.

Fue aquella frase la gota de agua que hizo rebasar el vaso de mi paciencia. La miré despectivamente. Pero ella continuaba jugando a ser humilde. Hasta cierto punto me divertía verla tan modesta y recatada, tan sumisa y dócil: su soberbia innata escondida en sus gestos y ademanes como si toda ella no fuera un cúmulo de vanidad. Aquella vez no pude callar:

—Dices que mi marido me quiere. ¿Conoces el significado de esa palabra? —Y rompí a reír. Luego, sin darle tiempo a reaccionar, salí de la estancia.

* * *

Eligió un mal momento, Jaime. Nunca debió esperar nuestro regreso de París para proponerme aquella especie de manipulación, para que un hijo medio fabricado pero real pudiera perpetuar tu ilustre apellido. Tampoco yo debí cortar su propuesta del modo que lo hice. Pero lo cierto era que todo en mí se volvía asfixiante. Nada lograba salvarme de aquella caída dolorosa que abarcaba un mundo de errores y desgracias.

¿Cómo se atrevía a hablarme de someterme a procedimientos forzados cuando mi hermana acababa de morir? ¿Y cómo podía yo pensar en algo tan artificioso cuando mi desgana de vivir era ya tan patente? Sí, Jaime: una vez más fuisteis inoportunos. Cierto: era imposible que supierais que yo acababa de meterme en una suerte de infierno helado, que nada, tras aquel viaje a París, podría ya dejar de convertir mis en un presente lleno de veneno.

Muchas veces me preguntaba cómo podía seguir respirando sin la posibilidad de encontrarme de nuevo con Juan Luis, sobre todo teniendo la certeza de que yo para ti no era más que un motivo de adorno o una máquina de reproducción.

A pique estuve de decirle a tu madre que los adornos no pueden tener hijos, que los hijos sólo tienen derecho a serlo de verdad cuando el amor los engendra. Pero no lo hice, Jaime. Además tenía demasiadas dudas, demasiadas evidencias de aquel desamor tuyo para prestarme a la complicada operación de engendrar un hijo a la fuerza. No podía imaginarme preñada sin más motivos que los de una ridícula obsesión de perennidad. Además entre tú y yo apenas había ya sexo. Incluso dormíamos en habitaciones distintas. ¿Cómo era factible que tú, de nuevo enamorado de otra mujer, pudieras prestarte a fingir que seguías queriéndome?

Pero tu madre insistía y tú la apoyabas. «Sería magnífico, Sagra. ¿No te gustaría que Fernanda tuviera un hermanito?»

Así eras tú, Jaime: te gustaba airear las cosas graves como si fueran naderías. ¿Complicaciones? ¿Dificultades? No; la cuestión era plantear el asunto y olvidarse de las contrariedades. Los obstáculos podían vencerse con facilidad. Era tu manera de ver las cosas: no contabas con los escollos ni con los inconvenientes. Tampoco te preocupaba mi opinión. Cuando se te metía un proyecto en la cabeza nunca analizabas los anacronismos que podían perjudicar a los demás, sólo contaba tu meta, tu «llegar como fuera» al lugar elegido.

Lo cierto era que yo no podía tomar en serio aquella proposición tan nefasta como ridícula: «Jaime te quiere, Sagra.» ¿Podía ser amor aquel empeño en complicarme la vida a fuerza de mangoneos más o menos quirúrgicos, para conseguir que un apellido no se acabara?

Creo que fue entonces cuando por primera vez sentí por ti cierto resentimiento, Jaime. No podía soportar la idea de que te avinieras a manipularme como si fuera una máquina de hacer niños, mientras tú seguías manteniendo amores clandestinos con Rosa.

Por aquel tiempo Teresa ya no existía en tu horizonte. Después de haberse prestado a lo que tú tanto deseabas, ella fue bajando peldaños hasta quedarse en el enclave de lo que se marchita, de lo que nunca puede resurgir. Probablemente lo que más contribuía a que tú la desestimaras era precisamente eso: el favor que te había hecho. Aquel favor a medias que constantemente andaría golpeando la puerta de tu conciencia.

Nada de Teresa era ya común ni para ti ni para mí. Tampoco lo era ya para su hija. La niña crecía y su querencia por la abuela se iba decantando hacia nosotros.

Su madre oculta dejó de existir en cuanto su abuela (que antaño tanto la había ponderado) comenzó a encontrarle defectos: que si bebía demasiado, que si le faltaba el norte y andaba por el mundo despistada, que si sus criterios diferían de los nuestros. «Es una bobalicona que no merece tu cariño», llegó a decirle tu madre.

Y Fernanda lo aceptaba. Su abuela entonces todavía era el oráculo, la verdad hecha persona, lo irrebatible.

En cuanto a Rosa, no tardó mucho en adentrarse en nuestra intimidad como lo había hecho Teresa hacía ya muchos años. Parece que la estoy viendo: joven, alegre, bonita. Se había divorciado hacía poco tiempo y la sociedad la aceptaba porque además de ser atractiva era una mujer muy rica. Su marido era extranjero y al divorciarse le había concedido una pensión nada desdeñable que a ella le servía para vencer negativas y ganar la amistad de los menos predispuestos a tratarla. No tenía hijos, y ello facilitaba mucho sus continuos caprichos, sus deseos y la posibilidad de conseguir amistades.

Ignoro cuándo caíste rendido en sus brazos, pero barrunto que sería hacia las postrimerías de tus logros con Teresa.

Al principio Rosa nunca venía a nuestra casa sola. Siempre la acompañaba un hombre, como para darme a entender que entre tú y ella sólo había una buena amistad. Además los sábados y los domingos tú ya no viajabas a lugares ignotos, ni fingías ir de caza. Tus ausencias eran difíciles de detectar, especialmente porque los teléfonos móviles son buenos cómplices de los maridos infieles. Con decir que estabas en la oficina, aunque estuvieras en otro lugar, todo quedaba zanjado.

No obstante, yo, en aquella época, ya nunca te llamaba por teléfono. Ni siquiera cuando Fernanda estaba enferma o cuando precisaba ayuda por cualquier asunto o para consultar algo apremiante. Se daba por hecho que mis opiniones bastaban.

De cualquier forma era fácil detectar el efecto que Rosa te producía. Con ella te resultaba más difícil disimular que con Teresa. Rosa era demasiado vital, graciosa y simpática, y tú no te atrevías a desacreditarla como habías hecho con Teresa para que yo «no sospechara» lo que había entre vosotros. Rosa no podía hacerse fácilmente acreedora de defectos o descréditos: «Es una chiquilla», decías. «Parece imposible que siendo tan joven sepa manejarse tan bien.» Fue entonces cuando comprendí que lo vuestro era algo más fuerte de lo que te había unido a Teresa.

En efecto, Rosa era inteligente: tenía la inteligencia de las mujeres que no se arredran ante nada y que consiguen hacer de sus defectos grandes virtudes. Por ejemplo: vestía modestamente pero nunca faltaba el toque imprevisto que despertaba el interés de los hombres: cortes en las faldas o transparencias casuales. Además nunca se comprometía a cumplir con lo que la gente le proponía: «No sé, ya veremos», o «A lo mejor, pero...», «Me encantaría, no te digo que no, aunque...». Siempre dejaba una puerta abierta para no comprometerse con nadie. Sabía manejar a la gente que trataba con verdadera maestría.

Probablemente fue eso lo que te encandiló, Jaime. Su forma de ser tan distinta de Teresa. Además estaba su juventud: aquella juventud hecha de flores aromáticas, de mares encalmados y de músicas suaves. También sabía moverse. Más que andar parecía que bailara, tal era la flexibilidad de su cuerpo y la armonía de sus movimientos. Tampoco su mirada era corriente. Tenía los ojos de un color indefinido que según vestía aspiraba los tonos del traje de tal manera que a veces eran azules, a veces verdes y a veces de un color castaño claro.

No era difícil para un hombre enamorarse de Rosa. También su voz era expectante. Nunca desentonaba. Nunca gritaba ni se aferraba a las modulaciones estridentes.

Tú no eras el único que se había enamorado de ella, Jaime. Recuerdo que por aquella época todas las mujeres andaban preocupadas por los estragos que acaso podía producir aquella mujer en sus maridos.

Sin embargo Rosa nunca intentó granjearse mi amistad como lo

141

hizo Teresa. Conmigo se limitaba a ser complaciente y amable pero no procuró involucrarme en vuestro entendimiento, ni me mentía cuando tú desaparecías, ni fingía falsas enfermedades o cualquier ocupación ineludible cuando se encontraba contigo.

Además aquella infidelidad tuya no me preocupaba, Jaime. Sabía que tarde o temprano iba a acabarse. Rosa no era mujer de un solo hombre como lo había sido Teresa. Al contrario, sus aires modosos y su poca franqueza en cuestiones escabrosas delataban en ella cierta hartura de sus devaneos.

Si Teresa confesaba abiertamente lo mucho que le gustaba «gustar», Rosa, por lo contrario, se mostraba indiferente y se declaraba mujer fría, poco predispuesta a caer en los brazos de cualquiera.

Por eso tú te notabas tan atraído por ella y por eso también tu modo de tratarme dio un vuelco de ciento ochenta grados. Nunca desde que me pidieras que me casara contigo, habías adoptado un aire tan prudente y tan considerado conmigo, y aquello era una señal de que Rosa te influía. Especialmente cuando tu madre, siempre en sus trece respecto de mi posibilidad de quedar preñada, hacía hincapié en su obsesión para que tú hicieras causa común con ella. Y yo te agradecía aquella postura. Por primera vez mi suegra quedaba descartada. Y tú me dabas a entender que te ponías de mi lado.

Sí, Jaime: fue probablemente Rosa la que te aconsejó que me trataras con más atenciones, que no bastaba llenarme de regalos, ni fruncir entrecejos cuando los temas que te planteaba te desagradaban. Al contrario, debías comportarte conmigo como lo hacías con ella: de forma amable, respetuosa, y aunque no fingieras amor, al menos debías tener composturas cariñosas.

En efecto, con ella aprendiste a ser amable conmigo, a no embravecerte por naderías y sobre todo a prescindir de ausencias innecesarias.

Además tampoco hubiera sido posible repetir la comedia tan bien interpretada del falso cáncer para alejarla de España durante su gestación. Rosa no necesitaba hijos y mucho menos hijos de un hombre ligado a otra mujer. Y por supuesto nunca se hubiera prestado a fingirse enferma para regalarte un hijo como hizo Teresa.

Te extrañará seguramente que yo, sabiendo lo que sabía respecto de tu nuevo amor, me mantuviera inalterable y continuara jugando a ser la mujer comprensiva que aceptaba tus infidelidades con serenidad, sin poner cara de esposa engañada. Lo cierto era que tú, al margen del cariño que sentía por ti, eras alguien que sin darme cuenta iba quedando en segundo plano.

Lo que verdaderamente me dolía era la separación de Juan Luis. Sí, Jaime, era aquella separación la que iba debilitándome el alma y me dejaba aquella desgana horrible de seguir viviendo. Todo, después de la muerte de mi hermana se había vuelto desabrido, como si nada en torno a mí importase lo suficiente para soportar aquella lejanía tan drásticamente contraída.

Lo cierto era que al llegar a España, tras la despedida fría y dolorosa de mis sobrinos y de Juan Luis, todo se me volvía preguntas sin respuestas posibles: nada era ya factible. La lógica de un final definitivo se imponía: Juan Luis nunca podría volver a mí y yo jamás podría regresar a la casa de mi hermana. Por eso me sentía hundida y sin fuerzas para luchar.

Era como soportar una herida a medio cerrar que nada podía curar.

Recuerdo que cuando tu madre volvió a su cantinela de los sistemas para vencer la esterilidad estábamos los tres en la sala de estar que daba al jardín. Contemplé los abetos. Era extraño verlos allí siempre soportando vientos, lluvias y granizos sin que nada en ellos se alterara. Era extraño también que continuaran, desde tiempos lejanos, tan altos, viriles, frondosos y fértiles. Cada rama podía ser un nudo que posibilitara vidas nuevas mientras yo continuaba seca.

Aquel día no sé cuánto rato estuvimos los tres allí, en la sala de estar, escuchando frases sin sentido que tú recriminabas y que obligaban a tu madre a hablarme con cierto respeto.

¿Para qué engañarse? Tu madre no me quería. Para ella yo seguía siendo la cazadotes que te había hipnotizado. Pero por primera vez ya no me trataba como si fuera una escoria.

* * *

Sin embargo Teresa no se resignaba a que la dejáramos de lado. ¿Recuerdas el empeño que ponía en acompañarme cuando regresamos de París?

De sus hijos y de sus tareas personales, que tanto nos habían distanciado, ya nunca hablaba. Antes al contrario, ponía verdadero empeño en reanudar nuestras confidencias y pasar el mayor tiempo posible juntas.

Sin embargo yo no me notaba a gusto con ella. De tanto sentirse arrinconada todo se le iba en averiguar mi situación respecto de Juan Luis, como si con mis confidencias pudiera redimirle de aquel evidente desapego tuyo desde que Rosa había hecho su aparición en nuestro horizonte.

De vez en cuando se desahogaba conmigo, me hablaba de sus neuras, de aquellas noches de insomnio que la dejaban hecha un trapo, de la frivolidad de la gente, de todo lo que en sus tiempos felices consideraba inexistente.

En ocasiones, cuando la veía tan caída, especialmente cuando Fernanda, influida por su abuela, le prodigaba desplantes, conseguía que la compadeciera. «No puedes imaginarte lo que duele la soledad, Sagra», me decía. «En fin de cuentas tu tienes a tu marido y el recuerdo de Juan Luis.»

Y cuando yo le rogaba que no volviera a mencionar aquel nombre, se me quedaba mirando hecha un ovillo de incomprensiones: «¿Qué te ha ocurrido? ¿Por qué no quieres hablar de Juan Luis?»

Me encogía de hombros y le decía que ya no formaba parte de mi vida. Y que, en efecto, mi marido era ya lo único importante para mí.

Le mentía, Jaime. Le mentía deliberadamente para que no hiciera preguntas, para que creyera de verdad que Juan Luis ya no importaba: que la muerte de mi hermana había creado una especie de barrera entre él y yo y que seguramente ya nunca volveríamos a vernos.

Teresa comprendía, o acaso fingiera comprenderme. A veces rompía a hablar para contarme mil cosas sin importancia con la única finalidad de mostrarse afable, de reanudar una amistad que jamás fue sincera. La cuestión era fingirse amigable, solemnizar nuestros coloquios como si entre tú y ella no hubiera mediado aquella horrible comedia que nos había permitido adoptar a una niña.

Incluso en algún momento parecía preocupada por mi salud: «No quiero agobiarte, Sagra, pero te veo muy demacrada.» Y como yo no le hiciera caso: «Se que me ocultas algo. Por favor, si puedo ayudarte no vaciles en decirme lo que sea. De sobra sabes que soy una tumba.» En efecto Teresa era ya una tumba: uno de esos sepulcros que se olvidan, de los que jamás se ocupa nadie y que son meros incidentes en el oleaje de los panteones sociales. Teresa, por mucho que se lo propusiera, ya no podía competir con Rosa, ni con ninguna mujer verdaderamente atractiva. Había rebasado la edad de las inquietudes, y su físico dejaba mucho que desear.

Le repetí que mi aventura se había acabado: «Todo tiene un fin, Teresa, y Juan Luis ya no existe.» No sé si me creyó, pero yo quedé a salvo de sus preguntas y de sus continuas indagaciones.

A veces se atrevía a citar a Rosa como un peligro para ti. Tal vez quería averiguar hasta qué punto yo era capaz de soportar tu nuevo amor.

Pero el silencio se me iba adentrando en el cuerpo como una de esas células crecientes que lo invaden todo. Los días eran largos, vacíos. Nada, salvo el irritable cansancio que venía arrastrando desde que Marina había muerto, lograba suavizar aquella violencia interna.

Sí, Jaime, estaba cansada. Cansada de respirar, de no saber, de pensar sin comprender y de comprender demasiado.

Me dolía mucho haberte sido infiel, pero todavía me dolía más que tú me dejaras vía libre para que lo fuera. Sobre todo porque Juan Luis era ya un punto lejano en un mundo que tampoco podía recobrar. Aquel mundo donde las dinastías no contaban y las ruinas podían ser obras de arte.

En cambio las ruinas de mi mundo eran sólo derribos, cosas que duraban poco y se descomponían a fuerza de no usarse.

✻　✻　✻

No puedo recordar cuánto tiempo pasó desde que murió mi hermana hasta que se produjo la muerte de tu madre. Sé que Fernanda era una adolescente y que aquella muerte le afectó muchísimo. Para ella fue casi como perder una madre; para mí, sin embargo, fue una especie de liberación. Ya nadie me hablaba de fertilizarme, ni de la necesidad de que un niño formara parte de la familia.

No obstante, aunque su presencia siempre me había resultado molesta, en cierta medida la echaba de menos. También dejan huecos los tumores cuando se extirpan. Además su muerte en realidad era un eslabón perdido en el camino de la vida. Algo que nos iba colocando en la vanguardia. Después de ella quedábamos nosotros. Y pensar en eso me desazonaba.

Pese a todo, tú continuabas siendo para mí alguien imprescindible. No podía imaginarme vivir sin verte ni saberte a mi lado aunque yo para ti no supusiera gran cosa. Necesitaba tus pasos dentro de la casa, oler el humo de tus cigarrillos, escuchar tu voz dando órdenes o hablando por teléfono. Cualquier detalle que confirmaba tu presencia me bastaba. Ni siquiera me importaba que cuando tú venías de algún lugar ignoto apenas me saludaras con un frío, como obedeciendo a una costumbre. Y que lejos de entablar una conversación conmigo, te metieras en la biblioteca para despachar tu correspondencia. Todo era preferible a saberme totalmente sola. En alguna ocasión hablábamos de la niña. Tenía buenas notas y no causaba problemas, pero tampoco ella era demasiado afectuosa. La muerte de tu madre fue para nuestra hija un golpe muy duro y no se avenía a entablar conversación con nosotros. Al contrario, en cuanto podía se escabullía para encerrarse en su cuarto; siempre se ausentaba y lo único que le interesaba era estudiar para (según decía) andando el tiempo graduarse en la facultad de medicina. Quería ser médico. Indagar los secretos de la vida. Y sobre todo conocer la verdadera causa de la muerte de su abuela.

En realidad, aunque se barajaron mil posibilidades, nadie acertó a saber con exactitud cuál fue la causa de aquella muerte. Lo achacaron al corazón. «Pero, Señor, si del corazón morimos todos. Nadie muere sin que el corazón deje de latir», se comentaba.

Lo peor fue el barullo que se organizó en cuanto empezó a saberse la noticia. La casa se llenó de gente. Había que escuchar continuos pésames que pretendían disipar congojas y escuchar frases mil veces repetidas de que «no somos nada», o «Dios sabe cuanto vais a echarla de menos». Trivialidades que pretendían ser paliativos lúgubremente consoladores cuando en realidad sólo eran tópicos que se debían escuchar con aires luctuosos y miradas tristes.

Fueron días de sombras, de tedios, de innumerables ofrecimientos y auspicios que abrumaban y dejaban regusto de cosas feas, amargas y definitivamente inservibles.

Resultaba extraño explicar la muerte de mi suegra: «Se produjo mientras comíamos: dejó caer la cabeza sobre el plato y ya no pudo levantarla.»

Luego el continuo «Ay, Señor, qué cosas», y: «Más vale que no se haya dado cuenta», y: «Morirnos así, de repente, rodeados de la gente querida es lo mejor que puede ocurrirnos.» Lo decían cariacontecidos, como si morirse de un modo tan estúpido y tan desairado, lejos de ser una desgracia, fuera un regalo.

En vano les decía yo que no, que para morirse era necesario estar preparado. Saber lo que nos esperaba y que entrar en la eternidad como un ratón en su madriguera era lo peor que podía pasarnos.

Naturalmente, la mayor parte de aquella gente no me comprendía. Me miraban con aire displicente, casi ofendidos: «¿Cómo puedes ser tan inconsciente, Sagra? A mí, cuando me muera, que me den morfina para no enterarme.» Lo peor era que aquellas gentes se consideraban cristianas, y a pesar de todo hablaban de la muerte como si después de ella sólo hubiera la nada.

Era una sensación desagradable andar explicando a cada persona lo ocurrido. Por eso a veces me negaba a responder. Buscaba excusas para zafarme. Me agobiaba aquel notarme encerrada y asediada por mil caras y mil voces, vistiendo de negro como si la muerte de mi suegra me hubiera afectado profundamente y para mí aquella pérdida, lejos de aligerar mi vida, fuera una desgracia.

Luego estaban «los educados», aquellos que siempre se muestran férreos y serenos mientras alardean de «comprender», de «no queremos agobiarte, Sagra», recomendando «valor» o «conformidad» o «que Dios te de mucha vida para que puedas rogar por ella». Gentes que hacen gala de una resignación en serie y rutinaria, que, por supuesto, yo no necesitaba. Pero la comedia debía proseguir y fingir tristezas agobiantes y representar papeles grotescos mientras las voces del coro repetían «Si necesitáis algo contad conmigo», como si la muerte produjera necesidades en vez de liberaciones.

Cuando todos se fueron después del entierro, tú respiraste hondo y te dirigiste al rincón de siempre, allá junto a la chimenea de la biblioteca.

Quise seguirte porque a lo mejor para ti aquella muerte podía acarrearte pesadumbres que yo no sentía. Pero te volviste hacia mí y me dijiste:

—Lo malo no es la muerte, Sagra. Lo malo es soportar a los vivos. —Y te dejaste caer en el sillón junto a la chimenea.

Te pregunté si querías que me quedara contigo.

—Haz lo que quieras, Sagra. Por mí no te molestes. —Era lo mismo que si dijeras: «Vete ya de una vez y déjame en paz.» Afortunadamente tu media sonrisa menguó el mal efecto de aquella respuesta.

Subí a mi cuarto. Mi cabeza era un molino dando infinidad de vueltas. Recordé a Teresa entre la multitud, recordé a los amigos que sólo servían para organizar festejos y proyectar viajes, excursiones o asistencias a campeonatos de tenis. Qué sé yo. Había un mundo de caras conocidas que de repente se habían vuelto extrañas, cejijuntas y preocupadas.

Pero no recuerdo haber visto a Rosa.

SOLILOQUIO PARA JUAN LUIS

Cuando los días son siempre iguales no cabe la posibilidad de contar los años, los meses y las horas con exactitud. Por eso cuando volví a verte en España rodeado de una multitud que pululaba por la gran nave donde se exponían antigüedades, tuve la sensación de que acabábamos de despedirnos en Orly, aunque desde entonces habían transcurrido varios años.

Yo iba acompañada de Teresa y temí que si nos saludábamos sus comentarios pudieran echar por tierra nuestro inesperado encuentro. Por eso fingí que la distancia que nos separaba me impedía verte y le dije a Teresa que no me encontraba bien y que necesitaba regresar a casa.

Lo cierto es que te vi enseguida: no habías cambiado. Todo en ti seguía igual. Incluso tu forma de mirarme: directa, severa, como si con tus ojos quisieras pronunciar aquellas frases que no me habías dicho al despedirnos en París y que todavía reclamaban liberarse del silencio a fuerza de lanzar de algún modo influjos de sentimientos y comunicaciones perdidas.

Fue aquel encuentro lo que de nuevo intoxicó la endeble serenidad de mi vida. A pesar de su fugacidad, bastó aquella mirada tuya para volver a imaginar que todo lo malo que había ocurrido había sido una pesadilla, que tú estabas allí en aquella inmensa nave llena de gente, para demostrarme que entre nosotros nada había terminado.

En efecto, nada fue otra vez olvido. Al contrario, todo empezó a revivir, a recrear posibilidades, a disolver dudas, a fortalecer certezas, presagios y augurios.

Afortunadamente Teresa no te vio. De lo contrario sus conjeturas hubieran vuelto a trastocarlo todo. Se limitó a acompañarme a casa y a desearme que me mejorara.

Me veo ahora subiendo a mi cuarto y echándome en la cama como si de verdad estuviera enferma. Pero aquello mío no era enfermedad, Juan Luis, era revivir ilusiones, aguardar lo que suponía perdido y saber con certeza que tú seguías queriéndome.

Basta de agonías y sombrajos, basta de finales dolorosos. El sol debía brillar otra vez. Mi juventud me lo estaba exigiendo. Nada importaba que París estuviera en un lugar lejano y que mis viajes carecieran ya de lógica, tú estabas en España y mi derrota como mujer no era tan grave como yo había supuesto. Al contrario, bastó el chispazo de aquella mirada tuya para tener la certeza de que lo nuestro no se había acabado.

Cuántas veces me preguntaba qué estaba haciendo yo en este mundo tan lleno de mentiras, de esquemas inexistentes o prohibidos. Nada tenía sentido, Juan Luis. Me faltabas tú. Tú eras París, mi familia, mi vida. Todo hasta aquella tarde había sido un «adiós interminable», un hasta nunca definitivo, lleno de interrogantes que jamás merecerían respuestas. Un vacío de nuestras conversaciones perdidas y de nuestras palabras cada vez más absorbidas por el aire y por la ausencia.

Aquella noche dormí plácidamente. No sabía aún lo que podía ocurrir, pero estaba convencida de que al día siguiente algo iba a cambiar mi fracaso por una victoria. Sin embargo nunca pude imaginar que aquel cambio iba a producirse gracias a Jaime.

No recuerdo con exactitud la causa de nuestro encuentro. Quizá tú fuiste a verle a su oficina o acaso coincidisteis en la calle. El hecho es que de repente Jaime se presentó contigo en nuestra casa a la hora de almorzar. Fue un almuerzo agradable y de conversación amena. Las tristezas pasadas se iban fundiendo a medida que hablábamos: nada doloroso salió a relucir.

Tú habías hecho el viaje por cuestiones profesionales, y lo normal era que mi marido al verte te invitara a nuestra casa: «En fin de cuentas, sigues siendo nuestro cuñado», te dijo.

No sé por qué pero Jaime se mostró más amable contigo de lo que se había mostrado antaño, cuando Marina vivía. Incluso se interesó por la finalidad de tu viaje, por la exposición de antigüedades que tú habías visitado y por un sinfín de cosas que siempre le habían parecido superfluas.

Probablemente aquel día Rosa le había hecho muy feliz, porque incluso fue elocuente conmigo:

—Debes visitar esa exposición —me dijo—. No te la pierdas, Sagra.

Le contesté que ya la había visto pero que tuve que regresar pronto a casa porque no me encontraba bien. Y él, «que si había mejorado», «que si precisaba la visita de un médico». Parecía que en su vida no hacía otra cosa que ocuparse de mí cuando en realidad jamás se preocupaba de si estaba enferma o sana.

Te preguntó por la galería de arte. Te instó para que le explicaras las nuevas tendencias artísticas y hasta te dio a entender que a lo mejor cualquier día se trasladaba a París para asistir a ciertas subastas importantes que se estaban organizando.

—Te avisaré para almorzar juntos —dijo.

Tú aceptaste la metamorfosis de su carácter con naturalidad. En el fondo aquella forma de comportarse echaba por tierra cualquier duda respecto de nosotros.

Por mucho que Teresa, cuando todavía eran amantes, le hubiera puesto al corriente de lo que sentíamos el uno por el otro, Jaime parecía haberlo olvidado. Lo que entonces predominaba en sus sentimientos era Rosa. Por eso las habladurías de Teresa se borraron de su mente como si jamás hubieran existido.

Tú fuiste cauto. Te marchaste pronto, pero en tu despedida detecté que no ibas a tardar en encontrarte otra vez conmigo.

En efecto, al día siguiente me llamaste por teléfono. Tu excusa era que pensabas marcharte a París enseguida y no querías hacerlo sin que pudiéramos hablar a solas.

—Lo necesito, Sagra. Tenemos tanto que aclarar.

Tu voz parecía carente de energías. Te expresabas de una forma acelerada como si cada minuto que pasaba pudiera volver a separarnos.

Me preguntaste qué había sido de mí después de nuestra despedida. Tardé en contestar. Dudaba entre decirte la verdad o hacerme la desentendida para apartarte de mí definitivamente.

—¿Estás ahí, Sagra?

Al final te contesté:

—Tienes razón, Juan Luis, debemos hablar.

Nos citamos en un lugar que ya no existe. ¿Recuerdas aquella cafetería que se escondía en lo alto de la carretera? Se la llevaron para construir un parque de atracciones. Duele comprobar cuánto de nuestro propio yo nos roban los que destruyen la causa de nuestros recuerdos.

Durante algún tiempo visité aquella cafetería como si pudiera de nuevo encontrarte en ella. Sé que era ridículo, pero por unos instantes tenía la sensación de estar esperándote de nuevo, de estar sentada contigo a una mesa junto al ventanal que daba al bosque y escuchar tu voz mientras me recreaba con tu sonrisa.

Luego, cuando me iba, era como si volviera a esperar otra ocasión de encontrarte, de recibir una carta tuya o una llamada telefónica que nos comunicara de nuevo. Hasta que un día la cafetería murió de repente. Los letreros eran crueles: «Cierre por obras. Derribos.» Y comprendí que ni siquiera tenía derecho a recobrar aquel sueño perdido.

Cuando empezaste a hablar me dijiste que, después de la muerte de su madre, Pierre nunca volvió a ser el hijo especial que contaba contigo. En cuanto a sus hermanos, aunque te trataban con cierto afecto, ya no confiaban en ti.

—Me costó mucho acostumbrarme al desapego de mis hijos —me confesaste—. Fue lo que me obligó a no ponerme en contacto contigo otra vez... Sin embargo, no podía vivir pensando que mis hijos sufrían.

Pero el tiempo ha pasado y tus hijos fueron olvidando. Probablemente, salvo Pierre, ninguno se acuerda ya de aquel momento horrible que cambió sus vidas.

De hecho lo importante para ellos era la muerte de Marina. Lo que había ocurrido entre nosotros se iba convirtiendo cada vez más en un episodio desafortunado sin excesiva trascendencia. —Hablabas con voz tenue como si temieras ser oído. Recuerdo que en aquellos momentos había poca gente en la sala. Al parecer aquella cafetería se llenaba de noche. Durante las tardes sólo había tres o cuatro mesas ocupadas.

Frente a mí se alzaba un gran espejo. En él se veía tu dorso, tu espalda, tu cabeza y, de vez en cuando, tu escorzo. Nunca he podido olvidar el cuadro que reflejaba aquel espejo.

Pasamos la tarde hablando. Me confesaste que tenías una «amiga». Una cantante que actuaba en una discoteca. Una mujer buena que rellenaba tus estallidos ocultos: «Alguien que no espera nada de mí y que a cambio me lo da todo.»

No me importó que me lo confesaras. En el fondo este tipo de confidencias suele unir todavía más a los que no pueden permanecer cerca físicamente. De hecho hablar de forma tan sincera era lo mismo que tenerte al lado, como si no te hubieras ido nunca, como si pasara lo que pasara tú estuvieras siempre conmigo. La cantante no existía. Era sólo una circunstancia, algo que no tenía entidad.

Fue una tarde feliz, Juan Luis: el rumor de tus palabras se iba introduciendo en lo más profundo de mi alma sin despertar mis celos. Tu verdad no me dolía, al contrario: me llenaba.

—Te agradezco que seas sincero conmigo —te dije—. La vida no se detiene y hay que buscar apoyos para no caernos en nuestro constante peregrinar.

—En efecto —respondiste—, todos somos peregrinos. —De pronto agarraste mi mano con las tuyas—: Sin embargo si la razón de la vida está en el amor, ¿por qué hemos de vivir tan desenamorados? —me preguntaste—. ¿Qué clase de infierno nos obliga a vivir tan lejos de la realidad?

Todo en aquella tarde fueron preguntas. Tanto tú como yo necesitábamos saber lo que nadie nos podía contestar. Ni siquiera nosotros estábamos capacitados para hacerlo.

No sé aún cómo describir la felicidad de aquella tarde, Juan Luis: tal vez fue un balbuceo glorioso, un despertar feliz, una aurora que se empeñaba en ser puesta de sol. No lo sé, Juan Luis. Soñábamos, vivíamos. Sin embargo no por ello dejábamos de estar despiertos, alerta a los mil peligros que nos acechaban.

Nada era definitivamente perfecto ni dolorosamente triste. Era una tarde extraña que ni siquiera auguraba futuros distintos, ni escollos superados, ni ideales convertidos en realidad. Lo único cierto era que tú seguías acordándote de mí:

—Si supieras cuánto te he necesitado.

Tampoco para mí había cambiado lo que me hacías sentir.

—No sé bien en qué consiste, Juan Luis, pero no puedo olvidarte. Vienes a mí a ráfagas. Te veo y te escucho en mil cosas inesperadas: aquella caricia en el ascensor, aquel entregarme una aspirina para aliviar mi dolor de cabeza, aquel trajinar maletas cuando me despedías en Orly. Cualquier insignificancia me trae tu recuerdo. También escucho tu risa cuando los demás ríen. Y veo tus reacciones en las reacciones de los otros. Y conservo mis deseos de contarte infinidad de cosas que no cuento a nadie. No sé en qué consiste todo eso, Juan Luis. ¿Puede ser eso amor? ¿Puede ser obsesión enfermiza?

Apretaste mi mano y acercaste tu rostro para darme un beso.

—Tenemos tanto que hablar, tanto que proyectar y perdemos el tiempo divagando.

Te dije entonces que la vida era casi siempre eso: andar divagando, encarnar fantasmas sabiendo que nunca podrían reencarnarse, buscar soluciones que jamás podrían solucionarse.

—Están tus hijos, está el recuerdo de Marina presidiendo sus vidas, está Jaime, está mi hija. ¿Cómo es posible proyectar algo juntos si todo lo que nos rodea es una masa de imposibles? No, Juan Luis. No es sensato proyectar. Hay que dejarnos vivir tal como vivimos. Viéndonos como si no nos viéramos, hablándonos como si no tuviéramos voz.

Así pasamos la tarde tratando de vencer la tentación y la desesperanza. Sin embargo éramos felices. Nos bastaba mirarnos, tener las manos entrelazadas y saber que continuábamos vivos el uno para el otro.

Me pediste que no volviéramos a distanciarnos tanto, que al menos pudiéramos hablar por teléfono o recibir cartas. Yo te aconsejé que no lo hiciéramos.

—No te olvides de tus hijos, Juan Luis; sería horrible que supieran que lo nuestro no ha acabado.

Me preguntaste entonces si era lógico que viviéramos los dos asfixiados por las circunstancias.

—En fin de cuentas, tanto tu marido como mis hijos se han emancipado de nosotros, no dependen de nuestra desgracia o de nuestra felicidad. Yo no les pido cuentas de sus errores o aciertos, tampoco tú le echas en cara a Jaime el hecho de que te engañe. ¿Por qué entonces debemos condenarnos a ser desgraciados? —No te resignabas a la ausencia total ni a que la casualidad nos reuniera de nuevo—. Nunca podré olvidarte, Sagra.

Qué bien recuerdo esa frase, Juan Luis: «Nunca podré olvidarte.»

Lo extraño fue que yo te creyera. Yo no era de esas personas que ignoraba hasta qué punto los olvidos y los recuerdos no dependen de nosotros: son los duendes de la versatilidad los que nos mandan. Nada en el ser humano puede ser inamovible. Ni siquiera la lucha para conseguir esa inmovilidad. Pero, insisto, te creí. Te creí sobre todo cuando al cabo de unos meses nos encontramos en París y tú, desconectado otra vez de mi vida, te acercaste corriendo para saludarme.

Aquella vez el viaje se debía a unos compromisos empresariales de Jaime. Se trataba de una cena parecida a la que fuimos los dos cuando yo era aún su secretaria. Dios mío cuántos años habían pasado desde entonces.

Nada en mí era lo mismo. Ya no era la muchachita asustada que se escondía tras la personalidad de un hombre prepotente, seguro de sí mismo y enamorado o (encaprichado) de una aprendiz de mujer. En aquellos momentos era ya la señora Salavedra, madre de una adolescente que no era hija de mi sangre pero a la que quería como si lo fuera, alguien que se había empapado de las artificiales maneras de estabilizarse en la sociedad sin caer en equívocos y cubriendo expedientes con inteligencia.

Fue una cena algo envarada pero grata. Mi francés a fuerza de haberlo practicado cuando mi hermana vivía no desafinaba y mi acento español incluso parecía gustarle a los comensales.

Al día siguiente, mientras mi marido continuaba con su tarea de intercambiar pareceres con los empresarios de la noche anterior, yo anduve un buen rato por los Campos Elíseos como hacía cualquier turista cuando llegaba a París. Me detenía ante los escaparates, comparaba precios con los de España, imaginaba la forma de embellecer nuestra casa con los objetos que descubría. Y de pronto te vi a ti. Venías corriendo hacia mí como si alguien te persiguiera. Me abrazaste en plena calle, me besabas, me mirabas como si no pudieras creer que yo estuviera allí.

—¿Por qué no me has avisado que venías? ¿Por qué no me has escrito?

Te recordé nuestro acuerdo. Te dije que tanto tú como yo habíamos dejado nuestro destino al libre albedrío de las casualidades. Me dijiste que la casualidad no existe. Que si estábamos otra vez juntos era porque algo superior a nosotros así lo había decretado. Yo no podía darte la razón. Encontrarnos casualmente era el único motivo que nos estaba uniendo una vez más, te dije. Pero te mentí, Juan Luis. Estoy segura de que aquel viaje a París era el resultado de un intenso deseo de volver a verte, de pasar otra tarde contigo en algún lugar alejado de la gente. Con frecuencia lo que se desea intensamente acaba por conseguirse.

El caso era que yo misma me estaba convenciendo de que lo que te argumentaba era cierto. No quería reconocer que desde que Jaime me había sugerido que lo acompañara había vuelto a ser la mujer cansada de esperar lo que no podía conseguir; la amante lejana que había elegido la cercanía de la tristeza para no descorazonar a nadie, ni ponerte a ti en trance de perder a tus hijos definitivamente.

Sí, Juan Luis, cuando Jaime me habló de aquel futuro viaje todas mis reservas se esfumaron. Quería verte, quería respirar el aire que tú respirabas, caminar por las calles que tú pisabas. Y procurar como fuera encontrarte de nuevo.

No fue necesario. Allí estábamos los dos sujetos a lo que denominábamos casualidad, creyendo en lo inverosímil, convencidos en realidad de que nuestro encuentro era fruto de nuestro fuerte deseo.

Recuerdo que cuando nos despedimos, quedamos en vernos aquella noche. Jaime tenía un compromiso y yo le dije que aprovecharía para visitar a mis sobrinos: «Hace tanto tiempo que nos los veo.» Sabía que Jaime jamás intentaría averiguar si lo que yo le decía era cierto. La libertad que yo le daba era la misma que él me ofrecía. Nunca (que yo sepa) hizo nada para saber qué clase de sentimientos dirigían mi vida o qué desilusiones la herían. Se había acostumbrado a mis y ni por un instante había dado muestras de querer conocer mis verdades ocultas.

Por supuesto nunca tuve intención de visitar a mis sobrinos. Era imposible volver a encontrarme con ellos después de lo que Pierre había presenciado. Cabía la posibilidad de que Jaime me preguntara al día siguiente sobre mi encuentro con ellos, pero tenía la seguridad de que no iba a hacerlo. Jaime rara vez se interesaba por mis asuntos. Y aunque en ese caso lo hubiera hecho, no le hubiera extrañado que yo le dijera cualquier mentira para encubrir mi cita contigo.

Aquella noche me llevaste a un café de Montmartre. Era un lugar tranquilo donde un músico desconocido tocaba el acordeón. Ésa al menos es la imagen que conservo de aquel encuentro. Lo demás se esfuma en esa infinidad de detalles que a fuerza de querer retenerlos se dispersan, se escapan atropellándose unos a otros.

Hablábamos. Apenas dejábamos que el rumbo de nuestras palabras se detuviera o se extraviara por caminos divergentes. Había tanto que comentar. Tanto que exponer. Tanto por decidir.

No obstante, el resultado siempre era el mismo: «No podemos hacer planes, Juan Luis. No tenemos derecho después de lo ocurrido aquella noche.»

Había circunstancias que nunca podían solucionarse. Y nuestra relación era una de ellas.

A veces me metía en el pellejo de Pierre y comprendía hasta qué punto lo que había presenciado mientras su madre moría había convertido su cariño por mí en un odio profundo. Para él debió de ser algo así como contemplar un bello jarrón de incalculable valor hecho trizas repentinamente. Nada podía restaurarlo. Había cosas en la vida que jamás eran susceptibles de repararse. Y aquella escena era una de ellas.

La cena se alargó a fuerza de repetirnos conceptos que todavía vibraban, que no se avenían a morir. Recuerdo que en un momento dado tanto tú como yo nos quedamos silenciosos, las miradas entrecruzadas, las manos unidas, y de no haber sido por la interrupción del camarero que vino a preguntarnos alguna bobada, algo sobre si la comida nos gustaba o si queríamos más vino, probablemente todos los razonamientos que estábamos exponiendo se hubieran ido al traste y nuestros propósitos de ausencias se hubieran convertido en los lazos más indisolubles para nuestras presencias. Sí, Juan Luis: fue un momento mágico que de nuevo pretendía echar por tierra el extemporáneo afán de actuar adecuadamente.

Al salir de allí me acompañaste al hotel. Pero fuiste dando un rodeo por toda la ciudad para alargar aquella despedida. De nuevo me rogaste que al menos alguna vez te permitiera llamarme por teléfono.

—No es lógico que vivamos siempre de recuerdos, Sagra.

Tenías razón. No era lógico. Tampoco era factible. Tarde o temprano acabarías por olvidarme.

—Tal vez en la otra vida podamos encontrarnos de nuevo y los recuerdos dejen de tener sentido.

Tanto tú como yo creíamos aquello.

—En definitiva el amor que experimentamos en la tierra es un fragmento del amor que Dios desdeña, algo así como el desamor de Dios si fuera posible que Dios pudiera desamar —te dije.

Pero tú insistías:

—A pesar de todo yo nunca te olvidaré mientras viva.

Era una frase constante. Nunca dejabas de repetirla.

—Tampoco yo voy a olvidarte, Juan Luis. Lo he intentado mil veces y no lo he conseguido.

Al llegar al hotel amanecía. La calle estaba prácticamente desierta y la puerta giratoria se veía solitaria, quieta, como si entrar por ella fuera imposible.

Me abrazaste con fuerza. Me besaste. Después rápidamente salí del coche antes de que tú lo hicieras y corrí hacia la puerta del hotel para hacerla girar.

SOLILOQUIO PARA JAIME

Cuando ahora repaso nuestra vida en común me doy cuenta de que, quitando los primeros años de nuestro matrimonio, tanto tú como yo vivíamos esquinados, ausentes, sin palabras dispuestas a aclarar nuestras vidas. De hecho éramos dos figuras envueltas en resortes que no encontraban su engranaje, dos latidos lejanos que pretendían vivir en una armonía de cartón.

Así pasamos décadas: tú con tus misterios y yo con los míos. Los rumores nos resbalaban, y las guerras en las que nos veíamos envueltos apenas nos afectaban porque jamás las exteriorizábamos.

Recuerdo que al principio, cuando yo todavía ignoraba tus infidelidades con Teresa, intenté reajustar nuestro distanciamiento proponiéndote algo que te pareció insólito:

—Deberíamos hablar, Jaime. Nuestro matrimonio parece estancarse en silencios y eso no es bueno.

Tú me dirigiste una de esas miradas airadas que a veces ensombrecían tus ojos cuando te sentías en falso.

—¿Hablar? ¿De qué? ¿Crees que cuando las cosas se estancan se arreglan hablando?

Te respondí que nada descargaba tanto el alma como el hecho de sincerarse, de poner las cosas en su punto, de analizar la razón por la cual vivíamos tan distantes el uno del otro.

Aquella vez no supiste responderme. Fue mucho más tarde, tras tu abandono de Teresa y tu atracción por Rosa, cuando aquella pregunta mía fue contestada.

—Creo, Sagra, que tanto tú como yo nos precipitamos —me dijiste. Te pregunté entonces a qué te referías. Pero negaste con la cabeza y te encogiste de hombros—: No me hagas caso, Sagra. Hoy tengo un mal día.

Sin embargo aquella frase tuya se me clavó muy adentro, Jaime, y tuve miedo. Un miedo imprevisto y demasiado evidente.

A veces los miedos son algo más que sensaciones provocadas por suspicacias y dudas sin una razón concreta. El miedo de aquella tarde anunciaba certezas que lo eclipsaban todo y lo dejaban todo a oscuras como si de repente la luz se hubiera esfumado y no fuera posible salir de las tinieblas.

Por eso, cuando después de haber roto tu relación con Teresa para liarte con Rosa volviste a tu forma de actuar casi amable y apareciste dispuesto a congraciarte conmigo por causas más o menos insignificantes, el miedo se me fue diluyendo y yo dejé de sentirme agobiada.

Lo que de nuevo me puso en guardia fue tu actitud al regresar de un largo viaje varios años después, cuando tu romance con Rosa era ya un hecho consumado.

Te estoy viendo ahora entrando en la biblioteca con un fajo de papeles para sentarte en tu sillón favorito junto a la chimenea. Dijiste que precisabas echar una ojeada a ciertos documentos que no habías tenido tiempo de repasar en el avión. Te pregunté entonces si querías que te ayudara.

—Como cuando era tu secretaria —te dije con cierto aire festivo, para intentar borrar aquel talante tuyo desabrido y ausente. Pero tú negaste con la cabeza. Dios sabe en qué estabas pensando. Parecías hallarte a mil leguas de allí. Ni siquiera me contestaste: levantaste la mano y la moviste de un lado a otro negando lo que te proponía. Era lo mismo que si me suplicaras que te dejara en paz.

Me volví de espalda para salir de la estancia cuando me llamaste.

—Se me olvidaba decirte algo, Sagra. El otro día en Londres me encontré con Juan Luis. Coincidimos en una subasta. Preguntó por ti y me encargó que te diera recuerdos.

Lo dijiste fríamente, como si se tratara de una noticia cualquiera. Estuve a pique de volver a tu lado e indagar mil cosas. La boca se me llenaba de preguntas que nunca te hice. Tuve que violentarme. Quería saber cómo había sido el encuentro, ¿en qué lugar, qué hora era, de qué habíais hablado...?

Pero lo único que te dije fue:

—Gracias. —Y salí de la biblioteca.

Tuve que hacer un gran esfuerzo, Jaime, te lo confieso. Callar como lo hice fue mi forma de darte a entender que Juan Luis ya no me importaba, que no pasaba las veinticuatro horas del día pensando en él. Es decir, te mentí. Te mentí sin emitir más que un desabrido y soso. En el fondo era una mentira callada, pero tan estallante como las que se lanzan hablando.

Aquel día hasta Fernanda se dio cuenta de que te ocurría algo:

—A papá no le ha sentado bien su viaje. ¿Sabes lo que le pasa?

En efecto se te veía decaído, angustiado; el rostro pálido y el gesto adusto. Tus explicaciones no me convencían:

—Ha sido un viaje agotador. —Dijiste que ninguno de tus desplazamientos había servido para solucionar problemas de envergadura.

Por aquel tiempo tu romance con Rosa llevaba ya varios baches que fácilmente podían detectarse en aquel columbrar tuyo como el de un hombre sumido en derrotas.

Conmigo apenas te comunicabas y casi nunca atendías las llamadas telefónicas.

Tú ya no eras tan joven y Rosa podía ser casi tu hija. Por ello enseguida asocié aquella actitud tuya a ciertos problemas con ella.

No obstante nunca pude imaginar lo que de verdad estaba ocurriendo.

Cuando llegabas a casa apenas se te oía. Tu rincón preferido te absorbía completamente y no reaccionabas hasta que nos anunciaban la cena. En la biblioteca pasabas horas y horas fingiendo estudiar papeles que casi siempre dejabas caer al suelo mientras fijabas la vista en las incansables llamas de la chimenea. Se te notaba triste. Fue aquella tristeza tuya la que de nuevo me puso en guardia. Ya no eras el hombre que siempre dominaba la situación y que zanjaba los asuntos con rotundidad casi dictatorial. Por eso volví a sentir miedo. No era el miedo de siempre, simple especulación volátil producto de ese extraño sexto sentido que de vez en cuando nos alborota las sensaciones. Aquella vez mi miedo tenía una razón de ser. Podía detectarlo en cualquier detalle. Lo comprendí cuando tú, haciendo un esfuerzo impropio de tu característica frialdad, me rogaste que entrara en la biblioteca porque teníamos que hablar.

Tras pedirme que me sentara empezaste a decirme lo fácil que resulta cometer errores sin darnos cuenta de lo que hacemos.

—Es preciso repasar la realidad de nuestras vidas, Sagra.

Intenté decirte que más de una vez yo te había propuesto lo mismo y que tú jamás habías querido atenderme.

—Tienes razón, Jaime, hay que hablar. De vez en cuando hay que echar fuera lo que nos atosiga y tratar de poner las cosas en su sitio.

Fueron varios los aforismos que tanto tú como yo utilizamos antes de abordar el verdadero problema. Hablamos largo rato de nuestros continuos desencuentros, de la poca comunicación que había entre nosotros. Hasta que por fin lo dijiste:

—Desengáñate, Sagra, cuando el amor muere hay que enterrarlo. No es posible vivir siempre con el cadáver a cuestas.

Fue lo mismo que recibir una descarga eléctrica, Jaime. Jamás imaginé que llegaría un día en que lo que silenciábamos tan ambiciosamente pudiera salir a la luz de un modo tan descarnado.

Te pregunté si de verdad ya no me querías. Lo hice como si masticara las palabras, como si a pesar de que ellas se empeñaban en salir de mis labios yo me negara a que salieran. Al principio no me contestaste. Entonces yo insistí:

—¿Desde cuándo, Jaime? ¿Desde cuándo no me quieres?

No supiste replicarme. O tal vez no quisiste. Volviste al comienzo de nuestro diálogo: me dijiste que las situaciones cambian sin saber exactamente cuál es la razón. Que una cosa es el amor y otra la necesidad ineludible que provoca ese amor.

—No es que no te quiera, Sagra. Tú sabes que sería incapaz de dañarte. Pero estoy enamorado de otra mujer.

No me inmuté. También yo estaba enamorada de otro hombre. Sin embargo oír aquello me hizo mucho daño. A pesar de todas las ocultaciones, de todas las mentiras, de todas las simulaciones que habían caracterizado nuestra vida en común, oír aquello en tus labios era como recibir una puñalada.

Asentí tranquilamente y te dije que lo comprendía.

—Nos equivocamos, Jaime. Nunca debimos casarnos.

De pronto me miraste con los ojos bien abiertos.

—Así que no te extraña lo que te he dicho —preguntaste.

—No, Jaime. Lo veía venir. Sabía que tarde o temprano acabarías por reconocer que entre tú y yo sólo podía haber una buena amistad. —Te dije luego que la vida estaba hecha de etapas—: Todo se reduce a la espera, a la expectativa y a las sorpresas de los trámites, pero en cuanto el trámite se realiza todo queda en nada.

Quería mostrarme ecuánime, serena. Me negaba a provocar uno de tus habituales arrebatos de ira, e hice todo lo posible para que te sintieras cómodo, para que tuvieras fuerzas suficientes para aceptar la verdad.

—¿Qué quieres, Jaime? ¿Separarte de mí? —te pregunté.

Tardaste en contestar.

—Separados ya lo estamos, Sagra.

Fue entonces cuando el miedo dio en alborotarlo todo. No era la separación lo que pretendías ofrecerme. Era algo peor.

—Estoy proponiéndote el divorcio —dijiste crudamente.

De pronto todo en torno a mí pareció interrumpirse, algo que de ningún modo hubiera podido imaginar y que de repente se estaba instalando entre nosotros para separarnos definitivamente.

Durante unos segundos pensé que no había entendido bien, que la palabra divorcio era un señuelo, algo que tenía más de coartada que de realidad. Una especie de proscripción sin sentido. Pero tú volviste a la carga:

—No pretendo hacerte daño, Sagra. Te aseguro que no voy a

dejarte en la calle. Pero necesito el divorcio: me lo reclaman, me lo exigen. De lo contrario voy a perderla.

De pronto nos miramos fijamente como si fuéramos dos extraños, como si jamás nos hubiéramos amado, ni hubiéramos deseado tan insistentemente tener un hijo en común.

Asentí con la cabeza. Creo que nunca te vi tan humillado, Jaime. Me dabas pena. Una de esas penas que provocan los niños pequeños cuando se sienten desamparados y no encuentran quién los acoja, los abrace y los quiera. Así te vi, Jaime. Bastaba mirarte a los ojos para comprender el lenguaje de tu tristeza. Nada más locuaz que las miradas tristes, Jaime.

Por unos instantes a punto estuve de levantarme y rodearte con mis brazos para que no sufrieras, para tranquilizarte, para que no te sintieras atenazado. Pero me limité a mostrarme fría y a seguir dándote treguas. Había tanto por aclarar.

—Tú eres católico, Jaime: sabes perfectamente que nuestra religión prohíbe el divorcio.

Moviste la cabeza de un lado a otro.

—Yo ya no sé lo que soy, Sagra. ¿Para qué voy a engañarte? Esa mujer se me ha metido muy adentro, y si no me caso con ella, es capaz de abandonarme.

Me hablabas con una sinceridad nueva. Rebajándote. Tu inalterable altivez completamente derrumbada.

Comprendí repentinamente que Rosa te presionaba, que tú para ella no eras más que un pobre muñeco enamorado: alguien presto a perder el equilibrio para hacer su voluntad.

—¿Te ha amenazado? —te pregunté.

Asentiste con la cabeza. Querías explicarme mil cosas, pero no te atrevías. Tenías reparo en dañarme.

—Yo no quiero el divorcio, Sagra. Pero ella insiste.

Podía imaginar la escena: Rosa utilizando todas las armas de mujer joven e irresistible; herida de codicia, ansiando lo que tú no podías darle si continuabas casado conmigo: un nombre, una situación legal, la posibilidad de tener un hijo, todo lo que en nuestra situación era inviolable. Y sobre todo quería probarte: saber que tú la querías más que a nadie en este mundo. Las mujeres suelen medir el amor de los hombres por el rasero de lo que ellos sacrifican. Y tú estabas dispuesto a sacrificar no sólo nuestro matrimonio sino la estabilidad de nuestra hija, las costumbres adquiridas durante los años que habíamos compartido juntos, la casa, las ideologías, nuestros principios.

—¿Estás seguro de que ella te quiere como tú la quieres a ella? —te pregunté.

No tardaste en contestarme.

—En absoluto. No lo creo, Sagra. No es posible que me quiera como yo a ella. Tú la conoces: es joven, es endiabladamente bonita, es inteligente, es una mujer rica. Lo único que le falta es saberse digna de respeto. Es decir, tener un marido que la respalde, que la proteja. —Bajaste la cabeza y volviste a negar lo que acababas de decirme—: No, no necesita que nadie la proteja. Ella sola se protege a sí misma. Pero no le gusta sentirse una segundona, Sagra. Quiere ser la primera.

Creo que nunca en nuestra vida de casados habías sido tan sincero como lo fuiste entonces, Jaime. Jamás me habías planteado una situación tan cruda como si se tratara de algo normal. Fue aquella sinceridad lo que me desarmó y me predispuso a decantarme hacia ti.

—Te comprendo, Jaime —te contesté—. Cuesta mucho renunciar al dolor que producen ciertas espinas.

No sé si me entendías. Es muy posible que al oírme hablar de aquel modo tú comprendieras que también yo sufría por un hombre que no eras tú. Pero no hiciste preguntas. Tal vez tenías miedo de mi respuesta. Con frecuencia lo que constituye una duda es menos doloroso que la realidad. Y yo te agradecí aquella actitud tuya. Me hubiera resultado muy difícil explicarte la verdad.

—Celebro que seas tan comprensiva, Sagra. Nunca imaginé que mi propuesta fuera aceptada por ti tan civilizadamente y con tanta serenidad —dijiste.

De pronto fue como si con aquella forma de hablarme tan sincera y tan generosa, tú volvieras a ser la persona de la cual hacía ya un montón de años me había enamorado. No sé la razón, Jaime, pero el amor que yo había sentido por ti tuvo un rebrote instantáneo, revivió, y volví a considerarte el hombre de mi vida.

—También a mí me alegra que te hayas sincerado conmigo —te dije. Y luego, como si nuestras mutuas explicaciones bastaran para unirnos más de lo que estábamos, me levanté del asiento, me acerqué a ti y te besé la frente—: Gracias por ser tan franco conmigo, Jaime. Haré cuanto pueda por ayudarte.

* * *

Aquella noche, cuando en la soledad de mi cuarto repasé la conversación que habíamos mantenido por la tarde, me entraron unos deseos grandes de llorar. Lo hice a escondidas, procurando que mis sollozos no trascendieran, que nadie los escuchara. No sabía que el hecho de separarme de ti definitivamente podía llegar a dolerme tanto.

Tampoco a ti te resultaba fácil dejarme. Tu forma de plantear el divorcio reflejaba tu incomodidad y tu dolor. Y es que los años son inclementes cuando se trata de destruir ciertos ciclos. También las circunstancias compartidas suelen resultar ataduras recias e implacables.

Nada importa que las pasiones nos atosiguen y que los seres que nos atraen nos parezcan insustituibles. También son insustituibles los momentos vividos en común: enfermedades superadas, experiencias comunes, enfados olvidados, risas de complicidad: todo se acumulaba en nuestras fibras cuando se ha vivido con sinceridad.

Había cosas que nunca desaparecerían, que siempre estarían ahí, en nuestras costumbres, en nuestras rutinas, en nuestro día a día. Por eso lloraba, Jaime: porque a pesar de sentirme liberada, las ataduras del pasado me estaban doliendo más aún que mi lejanía de ti.

Recuerdo que aquella misma noche escribí una carta a Juan Luis. No recuerdo exactamente lo que le decía. Solamente le explicaba que tú querías divorciarte y que yo, una vez Fernanda se independizara, podría trasladarme a París para estar cerca de él. Sin embargo aquel estar juntos no dejaba de ser una terrible derrota. Un ir a buscarlo porque tú me desdeñabas, porque para ti ya no era nadie.

Cuando me levanté lo primero que hice fue echar la carta al correo. Quería que Juan Luis la recibiera cuanto antes. Llevábamos mucho tiempo sin comunicarnos y pensé que lo mejor era darle aquella alegría con urgencia.

Cuando nos encontramos por la mañana al salir de casa, te acercaste a mí sonriendo. Dios sabe cuánto agradecí aquella sonrisa tuya. Me preguntaste si había dormido bien y si necesitaba algo.

De nuevo los vínculos que nos unían parecían recobrar fuerza. De hecho seguíamos ligados, acaso más ligados que nunca porque ni tú me ocultabas lo que yo ya sabía, ni yo te reprochaba que te hubieras desenamorado de mí. En fin de cuentas nadie es dueño de sus sentimientos. Incluso fuiste generoso en la manera de tratarme.

—Sabes, Sagra, hacía tiempo que no te había visto tan guapa.

Te di las gracias. Y procuré con toda mi alma disimular mi tristeza. No quería de ningún modo que por mi culpa tú pudieras sentirte incómodo.

Cuando ahora pienso en aquel momento, me pregunto si lo que había entre nosotros en aquellos instantes no era todavía algún resto del amor que al principio nos había unido. Existen tantas clases de amor, Jaime. También la amistad puede ser amorosa, y la piedad, y cualquier complicidad sentimental.

En cierta ocasión leí que la torre de Babel debió de ser edificada con las piedras que acarreaba Sísifo. Es decir que todo en la vida podía ser discordancia, incapacidad de hacer que nuestras mayores ilusiones lleguen a cumplirse; pero que si había recaídas o desilusiones, también podían existir renacimientos y nuevas tentativas.

Sin embargo tú probablemente ibas a visitar a Rosa y yo en el bolso llevaba la carta para Juan Luis, convencidos de que por fin nuestros deseos iban a cumplirse. Tú pensabas que tu amor verdadero era aquella mujer que te dominaba y te exigía y yo veía que el mío era aquel hombre que durante años y años me había repetido que jamás podría olvidarme.

Aquel día no volvimos a vernos hasta la anochecida. Probablemente para ti fue un día alegre, feliz. Seguramente te sentiste liberado. También yo me sentí libre. Era una libertad nueva, desligada de cualquier prejuicio. Sin embargo no voy a negarte que a pesar de todo me sentía acongojada. No me preguntes por qué, Jaime. No sabría decírtelo.

✳ ✳ ✳

Durante los días siguientes fue preciso prevenir a Fernanda. Ya no era una niña, estaba a punto de cumplir la mayoría de edad y llevaba ya algún tiempo comunicándonos que deseaba tener un apartamento propio. Al principio aquella proposición me pareció desproporcionada.

—¿Por qué? ¿No estás a gusto en casa?

Fue una pregunta estúpida. Desde mi madurez no concebía aún que los hijos pudieran separarse de los padres sin casarse. Mis esquemas eran todavía los de mi juventud, aquellos en que el hecho de marcharse del hogar sin más excusa que la de sentirse libres suponía un disparate, una rebeldía casi indecente. Tardé en comprender que el mundo había cambiado. Que las mujeres podían vivir por su cuenta sin convertirse en puntos de mira y en personajes extraviados.

Al contrario, depender de los padres constituía ya una especie de esclavitud mal vista por los demás.

No obstante, cuando le comunicamos a Fernanda que su padre y yo íbamos a divorciarnos frunció el entrecejo y se mostró molesta.

—¿Qué os pasa? ¿Es que ya no sois católicos?

No entendía cómo habiéndola educado en colegios religiosos y demostrándole que lo esencial en nuestra religión es practicarla tal como nuestras creencias nos exigen, de repente decidiéramos separarnos legalmente como si el hecho de divorciarnos no constituyera un delito religioso.

Era difícil explicarle las causas de nuestro extravío. Fernanda era demasiado joven para comprender aquella repentina hojarasca de insensateces que le estábamos proponiendo. Era imposible que lo entendiera.

—Supongo que no será porque os lleváis mal. Jamás os he visto pelear. Ni poneros morros el uno al otro.

Sintiéndose una hija querida y habiendo sido educada teniendo en cuenta unos férreos principios éticos, la palabra divorcio no cabía en su mente. Recuerdo que tú y yo nos quedamos mirando sin saber qué replicarle.

—Yo creí que vuestro matrimonio era sólido —insistió.

A pique estuve de decirle que en este mundo nada era verdaderamente estable, que siempre quedaba una grieta que podía convertirse en un gran agujero negro, que el desasosiego era lo que caracterizaba a los humanos, y que lo que un día podía parecernos oscuro, al día siguiente podía estallar por un exceso de luz.

—Hay tantas cosas que parecen consistentes y que están a punto de quebrarse —le dije—. Yo quiero a tu padre y él me quiere a mí, pero ciertas fuerzas mayores se están imponiendo. La vida es así hija mía. Con el tiempo lo irás descubriendo.

También yo durante años había abogado por lo que ella abogaba. Había tantas cosas que ignoraba entonces. Por ejemplo que las amistades podían ser rivalidades, que la placidez podía ser guerra, que los amores podían ser odios, y las sonrisas, llantos; y las prepotencias, simples indigencias. Qué sé yo. De pronto Fernanda se puso seria.

—Supongo que no vais a volver a casaros. Ya no sois dos niños.

Lo dijo avergonzada como si para ella fuéramos dos viejos.

—No se trata de eso —me adelanté a decirle—. Se trata de que entre tu padre y yo hay un mundo de diferencias que nos imposibilitan convivir.

Lo dije rotundamente para que Fernanda no sospechara la verdad. Y tú me lo agradeciste con la mirada. Pero nuestra hija no era tonta:

—Si ésa es la razón, no es necesario el divorcio. Con la separación basta —nos lanzó.

Era inútil convencerla. Era imposible que comprendiera. No podía.

Seguramente en su fuero interno andaba dándole vueltas a toda su vida y seguramente pensaría: «¿Para eso me adoptaron? ¿Para eso se desvivieron y recurrieron a mil papeleos con el fin de redondear su matrimonio? ¿Por qué ahora que soy mayor van a dejarme sola?» Sí, Jaime, seguramente pensaba eso y mucho más. «¿Y ahora qué va a ser de mí?»

Lo preguntó con los ojos empañados, como si estuviera batallando consigo misma para no echarse a llorar.

—Sí, ya lo sé, voy a independizarme, voy a tener piso propio. Pero ¿qué va a ser de todos esos años que he vivido con vosotros? ¿No comprendéis que al divorciaros vais a echar un montón de tierra sobre toda mi vida? ¿Qué diantres va a ser de mí sabiendo que ya nada va a uniros? Yo os quiero juntos. No quiero ser una hija de padres separados.

Me acerqué a ella y la abracé con todas mis fuerzas.

—Nunca estarás sola, Fernanda. Siempre nos tendrás a tu lado. Tu padre y yo jamás te abandonaremos.

Pero ella no quería mi abrazo, no admitía fusiones externas. Precisaba algo más: saber que tenía una familia unida, un cuerpo hecho de dos personas para sentirse segura.

También tú te mostraste cariñoso con ella. Incluso le dijiste que si nuestra separación iba a ser demasiado traumática para ella procuraríamos seguir unidos. Esta proposición tuya me pareció heroica. De hecho suponía perder a Rosa, que para ti, en aquellos momentos, era tu gran necesidad, la persona de más trascendencia, la verdadera razón de tu vida.

Fernanda se secó las lágrimas con el dorso de la mano y nos miró a los dos como si jamás nos hubiera visto.

—No entiendo lo que está ocurriendo. Siempre pensé que entre vosotros reinaba una gran armonía.

Ella no sabía que generalmente las armonías nacen de la indiferencia, que se puede fingir una paz con raíces minadas por combates, luchas y hostilidades, que lo fácil es simular una estabilidad aunque se nutra de debilidades.

Cuando se marchó de casa, tú y yo nos quedamos solos en la sala que daba al jardín. Nunca había visto los abetos tan quietos, tan estáticos. Parecían estatuas verdes.

—No te preocupes —te dije—, puedes empezar los trámites del divorcio cuando quieras. El proceso suele ser largo. Mientras tanto nuestra hija irá acostumbrándose a la idea.

Te estoy viendo recostado en el sillón, tu rostro era un sudario. Parecías un náufrago dejándose morir de inanición en plena marea.

—Te agradezco mucho que no le hayas hablado a Fernanda de Rosa.

Te dije que no debías agradecérmelo, que lo que yo deseaba era tu felicidad.

Pero también yo en aquellos momentos era un cúmulo de mentiras, Jaime. En el fondo recobrar mi libertad era lo que más precisaba, y tú me la estabas sirviendo en bandeja.

Aquella tarde nos quedamos los dos solos. Hablamos mucho. Hicimos proyectos. Me anticipaste que la mitad de tus ganancias iban a ser mías. En cuanto a la casa, si yo la quería, podía quedarme con ella.

—No, Jaime. Seguramente me instalaré fuera de España.

Ni siquiera me preguntaste por qué motivo quería marcharme. Probablemente ya lo sabías, pero fingiste ignorarlo. Era mejor así. A los hombres no os gusta saber que sois víctimas de infidelidades. Preferías que yo asumiera mi papel de mujer engañada e ignorar que tú también estabas en la misma situación, engañado.

—En cualquier caso siempre que necesites algo puedes contar conmigo —insististe.

Sabía que no mentías. Era agradable comprender que a pesar de todo todavía me apreciabas un poco, que no me deseabas ningún mal y que en un caso grave siempre estarías a mi lado.

Creo que desde hacía muchos años no me había sentido tan cerca de ti como en aquellos momentos. Era una sensación agradable, Jaime. Una sensación placentera como de algo que sin ser estridente envuelve el alma y le transmite paz.

SOLILOQUIO PARA JUAN LUIS

Cuando eché la carta al buzón pensé que antes de contestarla me llamarías por teléfono. Sabías que las mañanas eran propicias para comunicarnos: Jaime solía estar fuera de casa y al personal no podía extrañarle que mi cuñado quisiera hablar conmigo.

Pero el tiempo pasaba y tú ni me escribías ni me llamabas.

Cierta tarde intenté ponerme en contacto contigo antes de que salieras de tu casa. La voz que me contestó era desconocida. Pregunté por ti. Me dijeron que te habías ausentado de París y que no regresarías hasta el día siguiente. Colgué antes de que indagaran quién era la persona que estaba al otro lado del teléfono.

Al cabo de una semana me aventuré a llamarte otra vez pero lo hice marcando el número de la galería. Me contestaron que andabas muy ocupado pero que aguardara un instante:

—A lo mejor... —Di mi nombre. Pensé que al oírlo todas tus ocupaciones dejarían de ser imprescindibles—. Tendrá que esperar, señora, monsieur Jean Louis está muy ocupado —me dijeron.

De todos modos insistí:

—¿Le ha dicho usted quién era yo?

En efecto se lo había dicho.

—No creo que tarde mucho.

Por hacer hincapié en la urgencia de dar contigo, le comuniqué que hablaba desde España.

—Por favor, no es una llamada corriente —dije.

Pero la voz insistió:

—Monsieur Jean Louis lo sabe. No obstante, no puede acudir al teléfono en estos momentos. Tendrá que esperar.

Desalentada colgué el auricular y me fui a mi cuarto. No entendía lo que estaba pasando. Se me ocurrieron infinidad de conjeturas. Quería analizar cada una de ellas, pero resultaba imposible. Eran demasiado alborotadas, demasiado ambiguas y difíciles de ensamblar.

Recordé entonces que llevábamos mucho tiempo sin estar en contacto. Y que nuestra verdadera separación tuvo lugar aquella noche en París cuando yo, huyendo del peligro, empujé la puerta giratoria del hotel, sin permitir que tú bajaras del coche. Sin embargo tu voz todavía sonaba en mis tímpanos como si acabara de escucharla: «Por mucho tiempo que pase, yo jamás podré olvidarte, Sagra.»

¿Cómo podías olvidarme si tanto tu vida como la mía venían

siendo desde hacía muchos años la única verdad que no podía falsificarse?

Nada sin memoria era capaz de ser algo. Mil veces nos lo habíamos dicho: «Olvidar es matar el futuro. Nada tiene razón de ser sin el recuerdo.»

La memoria era lo que durante años nos había unido, Juan Luis, así que era imposible que de repente todas nuestras ilusiones se hubieran esfumado por culpa del olvido.

Pero también era una utopía vivir siempre esperando. El tiempo cambia las cosas. Las vuelve ingratas, las desintegra. De pronto aquello que amamos puede convertirse en algo distinto, algo completamente desconocido. Entonces el olvido tiene razón de ser.

Las ambigüedades de mis ideas iban forjando infinidad de conjeturas que desequilibraban cualquier verdad. Era como si de repente todo fuera ya mentira... Hasta que sonó el teléfono. Eras tú, Juan Luis. La misma voz, la misma cadencia, la misma voluntad de oírme.

—Hace tanto tiempo que no nos hemos visto, Sagra.

Te noté decaído.

—¿Te ocurre algo, Juan Luis?

Me dijiste que estabas muy cansado, que llevabas una vida muy agitada. Te pregunté si habías recibido mi carta. Me contestaste que, en efecto, la habías recibido.

—¿Quieres que vaya a París? —te pregunté.

—Si no te importa pasar muchos ratos sola, puedes venir. Pero ten presente que estoy metido en una serie de problemas que me tienen constantemente ocupado.

Te contesté que no importaba. Que la cuestión era vernos, que en adelante todo iba a cambiar y que por fin iba a ser libre. Tras el auricular se oían voces, la gente te reclamaba, te exigían que dejaras de hablar.

—Avísame cuando vengas para que pueda ir a recogerte a Orly.

No hubo posibilidad de despedirnos. La comunicación se cortó. Y yo no me atreví a volver a llamarte.

Fue una conversación extraña. Aunque tu voz continuaba siendo la misma me pareció que tu forma de dirigirte a mí era diferente. Tú no eras exactamente tú, sino una versión de ti mismo, alguien despegado de tu antiguo yo. Fue una sensación amarga: algo parecido a lanzarme al vacío sin acabar de estrellarme.

Quise culpar a tu trabajo de aquel extraño distanciamiento, al momento inoportuno de mi llamada, al desarraigo del ambiente que te rodeaba. Estaba segura de que cuando nos viéramos tú serías el primero en desechar las múltiples versiones de mi imaginación. «No podía hablarte de otro modo, Sagra, estaba rodeado de gente poco fiable.»

Recordé entonces que, en efecto, aunque yo fuera libre, el peligro de que tus hijos supieran que nuestra relación iba a continuar existía. Y que tanto tú como yo debíamos andar con pies de plomo para no caer en equivocaciones.

Aquella noche proyecté el viaje. Mi intención era pasar una temporada larga en París. Pedí habitación en el Plaza Athénée. Al día siguiente llamé a la agencia de viajes para que me reservaran un billete en Air France. Todo estaba previsto, todo iba adquiriendo de nuevo aquella firmeza que había caracterizado nuestros antiguos encuentros.

Me animaba mucho tu frase: «Avísame para que pueda recogerte en Orly.» Lo hice mandándote un telegrama con el número de vuelo y la hora de salida.

Fue un viaje largo. La niebla retrasó la hora del despegue y las caras de los viajeros eran máscaras aburridas que cansaba contemplar. Me preguntaba qué iban a hacer todas aquellas personas a su llegada a París. Se trataba de gente corriente, que no emitían emociones, que parecían hacer aquel viaje sólo para pasar unas horas en el aire y meterse luego en un autobús. Resultaba desolador contemplar aquel mundo de criaturas tan ajenas a la felicidad que yo estaba imaginando para mí. Me pareció evidente que para el resto de los pasajeros aquel viaje no tenía el mismo significado que tenía para mí. Nadie dio a entender que compartiera conmigo una ilusión semejante a la que yo iba fraguando a medida que el avión se acercaba al aeropuerto. Ni siquiera las azafatas adivinaban hasta qué punto aquella mujer que estaba sentada junto a la ventanilla vibraba de esperanzas mientras los demás dormitaban o leían o sencillamente miraban el asiento de enfrente.

Una y otra vez iba repasando mi conversación contigo cuando la comunicación se cortó repentinamente. ¿Se había cortado de verdad o era que tú habías colgado el auricular?

De pronto me entró miedo. Un miedo tonto, no justificado. Temía que algo que yo no podía adivinar se hubiera interpuesto en nuestra conversación telefónica y tú, para no preocuparme, habías decidido cortar por lo sano.

De cualquier forma tu voz había sido cálida y tu forma de abordarme no reflejaba cambios adversos. Al contrario me habías dicho muy claramente: «Avísame para que pueda recogerte en Orly.» Y yo te había avisado. Aunque el avión se hubiera retrasado, estaba convencida de que tú no ibas a faltar. Imaginaba la llegada: el abrazo, tu mirada penetrante, tu voz sedante y armoniosa.

Luego me llevarías al hotel. Subirías a mi cuarto. Te explicaría lo que había pasado. Te expondría mi propósito de instalarme en París. Nada podría ya evitar que nuestras vidas se unieran.

Mi miedo era absurdo: un lapsus idiota que no tenía razón de ser.

De nuevo la placidez, el miedo había sido espantado y había desechado toda suspicacia. Y el avión estaba a punto de llegar a París con su carga de pasajeros de miradas anodinas y expresiones herméticas abrochándose los cinturones para aterrizar.

Después el paso de la aduana y la espera de las maletas. Todo se producía con lentitud, como si alguna fuerza mayor se obstinara en retrasar nuestro encuentro.

Al fin pude salir de aquella especie de cueva de inconvenientes, con altavoces indicando salidas o llegadas, asientos incómodos para esperar que la pasarela devolviera mi equipaje.

Después.

Tardé en dar contigo. Un mundo de hombres y mujeres bloqueaban la salida de los pasajeros. Era difícil reencontrarte.

Al fin vi una mano que se agitaba tras la marabunta humana que nos rodeaba. Y supe que eras tú.

No sé aún cómo pudimos salvar el mar de seres que se empeñaban en separarnos, que se estrechaban las manos, que reían y se besaban. De pronto te tuve delante. Nos abrazamos. Y los resquicios de aquel miedo tonto que acababa de experimentar se esfumaron inmediatamente.

*   *   *

El trayecto al hotel metidos en tu coche se me antojaba un sueño. Todo se nos iba en hablar de cosas sin importancia, como si lo esencial no tuviera cabida en nuestros comentarios.

—Cenaremos juntos —me dijiste—. Iré a buscarte al hotel a las ocho. Luego hablaremos.

Me pareció acertado. Lo que debíamos programar era demasiado importante para dejarlo al albur de un coche rodando por la carretera. Recuerdo que en un momento dado cogiste mi mano y me preguntaste qué tal me encontraba, que si había superado mis neuras y si Jaime se había vuelto más comprensivo.

No entendí aquellas preguntas. En mi carta te explicaba claramente que íbamos a divorciarnos y que yo iba a ser libre. Pero preferí no darle vueltas al asunto. De cualquier manera era lógico que te interesaras por mi estado de ánimo tras las explicaciones que te había dado yo al escribirte.

De pronto me miraste, te fijaste en mi atuendo.

—Sigues tan elegante como siempre.

No me hablaste de mi físico. Después de tanto tiempo sin vernos yo debía de haber cambiado. También tú eras distinto. Aunque tu atractivo era el mismo, habías ganado peso. Se notaba en tu cintura y en esa forma de mover los brazos que tenéis los hombres cuando engordáis.

Me pregunté también si continuabas teniendo problemas con el juego y la bebida, pero no te dije nada. En cierto modo te veía feliz. Era una felicidad evidente, una de esas felicidades que no pueden ocultarse.

Enseguida me hablaste de tus hijos. Me dijiste que Pierre se había metido en el mundo de la física nuclear, y que tus otros dos hijos también destacaban en sus estudios.

—Gracias a Dios son tres muchachos muy inteligentes.

No me atreví a preguntarte si Pierre había olvidado ya la escena que presencié en el salón de tu casa cuando su madre se estaba muriendo. Pero por tu modo de hablarme de él comprendí que aquel asunto era agua pasada. Además, en un momento dado me dijiste:

—Pierre ignora que hemos estado en contacto durante todos estos años. —Era una forma de darme a entender que yo para tu hijo era alguien indeseable. Pero me abstuve de hacer ningún comentario.

Cuando llegamos al hotel me dijiste que debías marcharte, que tenías un asunto pendiente de gran importancia.

Te creí. Pero en cuanto entré en mi cuarto tuve la rara sensación de que mi viaje a París se estaba convirtiendo en algo estéril. No acababa de entender qué era lo que me estaba desanimando. Quizá era el cansancio del viaje, las horas perdidas en el aeropuerto, o simplemente se trataba de mi tendencia al pesimismo. Siempre me decían que yo era pesimista. No me atrevía a pensar que aquella sensación de vacío podía deberse a ti.

En fin de cuentas, tu recibimiento había sido caluroso. Además, a pesar del retraso de mi avión, estuviste allí, en el aeropuerto, para recibirme. Y me habías invitado a cenar, «Hemos de hablar, Sagra». En efecto. Había mil cosas que plantear, era necesario poner en orden nuestra vida futura.

¿Por qué, entonces, me sentía tan triste?

Recuerdo que deshice las maletas con desgana. Era lo mismo que si algo me estuviera diciendo que no merecía la pena colgar mis trajes y guardar mi ropa en aquel armario.

De pronto me vi reflejada en el espejo. Ya no era una niña, Juan Luis. La mujer que me miraba desde el espejo era una cincuentona que, aunque conservaba su silueta, había perdido por completo el brío de la juventud. Yo no había contado con la amenaza del tiempo. Ni por un momento se me había ocurrido pensar que la tiranía de los años podía afectarnos, ni que las vehemencias que la juventud despierta en los seres queridos pueden morir repentinamente cuando el físico decae.

Aquella noche procuré arreglarme más que nunca. No quería causarte una mala impresión. La belleza es una baza importante cuando tras una larga ausencia el recuerdo de lo que fuimos ensombrece lo que ahora somos. Era necesario gustarte: despertar en ti la llama que acaso la lejanía había ido apagando.

Cuando dieron las ocho no esperé a que el conserje me avisara. Bajé al vestíbulo para aguardarte allí. No tardaste en llegar. Te estoy viendo acercarte a la conserjería con aquel modo de andar tan propio de ti, al ritmo de unas zancadas que nunca parecían tener prisa. Qué bien conocía tus ademanes, tus gestos y todo lo que caracterizaba tu cuerpo. Me acerqué a ti y te rocé el brazo.

—No te había visto, Sagra.

De nuevo tu voz, aquella voz que me hablaba en sueños y que ni siquiera el paso del tiempo ha podido arrancar de mi memoria.

Nos metimos en el coche y lo pusiste en marcha sin decirme dónde me llevabas.

—Es un restaurante muy bueno que siempre está lleno de turistas —fue tu única explicación. Pensé entonces que no querías que nos vieran juntos. «Probablemente teme por su hijo.»

Los dos íbamos callados. Pensativos. Los míos eran pensamientos que parecían ir a la deriva: como esas intuiciones que no llegan nunca a definirse, que surgen inconexas y que al final nos dejan aturdidos sin poder alcanzar una solución concreta.

Cuando entramos en el restaurante nos indicaron la mesa que habías reservado: se hallaba en una esquina del local, poco iluminada.

Nos sentamos frente a frente. Y después de encargar la comida, empezaste a hablar.

❋   ❋   ❋

No recuerdo cómo me lo contaste, sólo recuerdo que fuiste sincero: es decir cruel. Pero no se trataba de una crueldad estudiada ni siquiera pensada, era ese tipo de crueldad que suele caracterizar las verdades que no precisan ser escondidas.

Me hablaste de una mujer.

—Más joven que tú, Sagra. —Y a continuación me confiaste que ibas a casarte con ella.

Yo te escuchaba con la sensación de estar presenciando el derrumbamiento de una montaña que se empeñaba en aplastarme. Me pareció que me quedaba sin aliento y sin posibilidad de respirar. Pensé que lo mejor era fingir que lo que me decías no me afectaba, pero ¿cómo podía hacer algo así después de la carta que te había escrito?

Si al menos la carta no hubiera llegado. Si algún cartero curioso se hubiera apropiado de ella y la hubiera abierto para luego echarla a la basura. Pero tú me habías dicho que la carta había llegado a tus manos.

—Olvida mi carta —te dije—. Ahora comprendo que no debí confiar tanto en lo que había entre nosotros.

Fue entonces cuando me dijiste lo peor.

—No, Sagra, no leí tu carta. La rompí sin leerla.

Jamás podré olvidar el dolor que me produjo aquella confesión, Juan Luis: «La rompí sin leerla.» Como se hace con un papel que no interesa, como si lo escrito en ella, con toda su carga emocional y los sentimientos que durante años habían llenado mi vida, no importara. La rompiste sin leerla como hubieras hecho con un simple folleto de propaganda.

Al principio pensé que mentías, que me estabas diciendo aquello para aliviarme de todo lo que en ella te explicaba. «Es su forma de ofrecerme una salida airosa.» Pero enseguida me di cuenta de que decías la verdad. No quisiste leerla porque yo para ti era ya un lastre: alguien que ya no contaba en tu vida, alguien que debía desaparecer.

—Ahora comprendo por qué no me contestaste —te dije.

Era mejor así. Leerme hubiera supuesto recoger los desperdicios de un amor muerto, reconocer una luz que para ti ya estaba apagada, recorrer el pasillo de unos recuerdos que sólo podían traerte desazón.

—Perdóname, Juan Luis. Yo no sabía que ya no me querías. He sido tan insensata que he imaginado que nuestro amor iba a ser eterno. —Y tras un largo silencio—: ¿Crees de verdad que alguna vez me quisiste? —te pregunté.

Asentiste con la cabeza.

—Al principio, sí. Al principio te quise, Sagra.

Procuré aparentar serenidad. No me quedaba otra salida.

—¿Cuándo empezó el final? —te pregunté. Me fijé en tu rostro: había un deje de fastidio en el rictus de tus labios. Te costaba contestarme.

—No lo sé, Sagra. Han pasado tantos años. No tengo la menor idea. Lo único que sé es que estoy enamorado de otra mujer y que voy a casarme con ella.

Lo decías sin más rodeos, sin agobiarte.

No te importaba que yo me sintiera morir de pena, que para mí aquel comedor se hubiera convertido en antesala del infierno, y mi viaje a París en una comedia dramática escrita de un modo jocoso.

Sí, Juan Luis, todo en aquellos momentos era una burla cruel, una agresión a lo más profundo de mis sentimientos, una especie de atentado contra lo único que me permitía vivir confiando.

Ya nada, después de lo que acababas de exponerme, iba a tener sentido para mí. Comprendí claramente que lo único que me permitía soportar todo lo que había soportado se debía a la confianza que tú me habías ofrecido cuando aún me querías, a la seguridad de tus apoyos, a todo lo que me propiciaba la posibilidad de sincerarme, de abrir mis secretos, de compartir contigo mis confidencias. Nada en adelante podría convertirse para mí en un punto de apoyo. El muro que respaldaba mi sinceridad se había desmoronado. Y tú ni siquiera te dabas cuenta del daño que me estabas haciendo.

Te estoy viendo ahora contemplando el plato que te habían puesto delante. Tu apetito no se alteraba. Todo para ti era exactamente lo mismo que si yo no estuviera allí, mirando con horror, al hombre que más había querido en este mundo, y también a todo lo que me rodeaba.

—¿Por qué no comes, Sagra? —me preguntaste. No te dabas cuenta de que para mí comer en aquellos momentos era lo mismo que nutrirme para morir.

Para fingir que tus declaraciones no me habían afectado dije:

—No tengo apetito.

La verdad era que por primera vez me di cuenta de que tras tu confesión mi vida carecía ya de sentido. Todo es un final: aquello era el final que nunca había imaginado para nosotros.

—Naturalmente no te enteraste de lo que decía mi carta —te dije. Negaste con la cabeza. Y seguiste comiendo. Pero yo insistí—: Te decía que Jaime y yo vamos a divorciarnos, que voy a ser libre, que podría verte todo el tiempo que tú quisieras.

Me miraste y dejaste los cubiertos en el plato.

—¿Así que por fin os vais a separar? —Y como yo no te contestaba—. Y por eso has venido a París. Lo siento, Sagra. Lo siento mucho.

Lo decías como podías haber dicho que la comida se estaba enfriando o que el vino que te habían servido no era bueno.

—También yo lo siento, Juan Luis. Pero, por favor, no te preocupes. No voy a meterme en tu vida —te lo dije con voz ahogada. Tenía miedo de echarme a llorar—. Mañana mismo volveré a España —te comuniqué. En ese momento aún tenía esperanzas. Todavía confiaba en que me ibas a pedir que me quedara, que me dirías que en París había muchas cosas nuevas que yo no había visto, que existían exposiciones magníficas que no debía perderme. Como antes. Siempre buscabas excusas para que yo no me fuera, para que de algún modo algo me obligase a quedarme un día más, unas horas más. Pero de nuevo asentiste con la cabeza, agarraste los cubiertos y me dijiste que lo comprendías, que para mí era mejor estar cerca de Fernanda, que ella al menos podría echarme una mano en momentos tan difíciles.

—¿Ha habido algún roce entre Jaime y tú? —preguntaste.

Te contesté que al contrario, que nuestras conversaciones a raíz del divorcio habían sido como un lago sin olas ni naufragios. Que la única que se había sentido molesta y casi injuriada había sido nuestra hija.

—Entonces todo se ha resuelto sin problemas.

En efecto no había problemas. Ninguno. Los problemas alteran los criterios y entre Jaime y yo nada se había alterado.

Lo malo era la versión de tu desamor. Aquel desamor que jamás hubiera podido sospechar que algún día iba a separarnos para siempre. Un desamor que bloqueaba toda mi vida, que la inutilizaba y la convertía en una cueva ensombrecida. Y de nuevo pensé que no era posible que conociéndome como me conocías pudieras imaginar que tu confesión me iba a dejar imperturbada. Sólo había un dato que me daba a entender que aquella pasividad tuya era falsa: el ceño de tu frente, la forma que tenías de comer con premura, como si quisieras terminar pronto nuestra conversación. Quizá estaba equivocada, pero algo había en ti que de algún modo te estaba doliendo. Tal vez fuera mi propio dolor. Quizá era ese dolor lo que te obligaba a mostrarte frío, desvinculado de mí, de todo lo que nos había unido durante tantos años.

Sabías que estaba sufriendo, Juan Luis. Sabías que en cuanto me dejaras en el hotel iba a romper a llorar hasta que el sueño me venciera. No era posible que todo aquello te dejara indiferente. Tú no eras un monstruo. Jamás, cuando vivía mi hermana, habías dado muestras de un sadismo tan sustancial como el que intentabas darme a entender aquella noche en aquel maldito restaurante.

¿Por qué te comportaste de aquel modo tan despiadado, tan implacable? ¿Por qué quisiste mostrarme tanta indiferencia?

Me despedías. Sí, Juan Luis, me estabas echando de tu vida sin darme ni un gramo de esperanza. Me repudiabas, como si yo jamás te hubiera querido. ¿Por qué Juan Luis? Nunca llegué a comprenderlo.

* * *

Al día siguiente llegué a España. No me despedí de ti. Cuando llegamos a la puerta del hotel me limité a darte la mano y, procurando sonreír, te deseé buena suerte.

—Que seas muy feliz —te dije.

No recuerdo lo que me contestaste. Sólo recuerdo tu premura en marcharte, para acabar de una vez con nuestras rutinas, con aquellas trivialidades antiguamente urgentes y ya completamente caducas.

Me metí en la puerta giratoria, llegué al mostrador y pedí mi llave.

* * *

Los aviones de entonces no eran como los de ahora. Carecían del confort y la tecnología de los de hoy.

Miré al vacío. Y por primera vez en mi vida el avión dejó de ser para mí un motivo de angustia. Se me fue el miedo, Juan Luis. Y es que morir ya no me importaba.

SOLILOQUIO PARA JAIME

Lo primero que hice al llegar a España fue llamar a Teresa.

En aquellos momentos sólo ella podía darme algún tipo de apoyo en la incomprensible situación en la que me encontraba. Sí, Jaime, aunque sobrecargada de defectos Teresa era la única persona que podía comprender mi vergüenza por haber pasado tantos años fingiendo ser lo que no era, viviendo con normalidad mientras permitía que los demás también ocultaran sus debilidades, observando sólo la superficie de las cosas y olvidando que bajo la piel de las personas existen infinidad de miedos, motivos, bajezas, heroicidades, sentimientos prohibidos y frustraciones que van acomodándose en lo más oscuro de nuestros escondrijos mentales. Es decir, cosas que jamás se explican y acaban convirtiéndose en dolencias que tampoco llegan a curarse.

Luego estaba la angustia de mentir. Y la de permitir sin sobresaltarnos que los demás también mintieran, fingiendo sentimientos inexistentes y tratando de ocultar los que realmente nos hacen sentir vivos.

Teresa era ducha en ese tipo de manejos y falsedades. Ella sabía muy bien lo que suponía «darlo todo por un hombre». Un hombre que tras agradecer escasamente su regalo dejó de reparar en ella para asumir él sólo las ganancias de aquel sacrificio.

Por eso no podía censurarla, Jaime. Teresa, aunque aparentemente frívola e inconsciente, había escrito con letras de sangre una heroicidad oculta que la enaltecía, que la convertía en la mujer más generosa de este mundo. Lo peor para ella era que no podía hablar. Es decir, no podía vengarse de ti confesando la verdad de Fernanda: tenía la lengua atada por el amor a sus otros hijos, a la propia Fernanda y a su dignidad de mujer.

No voy a negarte que al principio, cuando descubrí vuestros tejemanejes, me sentí herida. La mentira para conseguir una meta acababa siempre por devaluar la propia meta: la inutiliza como tú estabas inutilizando la razón de ser de tu hija.

Teresa, manipulada por inquietudes tontas, propias de los seres desorientados que basan sus impotencias en cosas sin demasiada importancia, había sido capaz de conseguir para ti y para mí el mayor valor de nuestro matrimonio: el nacimiento de una hija. Por eso la llamé. Necesitaba hablar con ella. En cierto modo Teresa y yo estábamos ya en el mismo plano. Las dos éramos «las desechadas», las segundonas, las que los años habían convertido en dos seres sin categoría de mujer. Por eso no cabíamos ya en las vidas de los hombres que, al parecer, tanto nos habían querido. Los hombres, cuando les llega la edad de su declive, necesitan encontrar mujeres jóvenes, precisan el atractivo de una piel tersa, unos ojos luminosos y una sonrisa que no desestabilice la lisura de las mejillas.

Teresa me encontró en mi cuarto medio adormilada. El viaje me había agotado. Llevaba dos noches sin dormir, y al echarme en la cama, el sueño no tardó en devorarme. Fue un sueño profundo, sin imágenes, sin sobresaltos, sin ninguna clase de flancos angustiosos. A veces, cuando el desasosiego nos aniquila, el soñar se convierte en un lienzo blanco incapacitado para reflejar metáforas oníricas.

Me desperté en cuanto ella rozó mi cara para darme un beso.

—Siento haberte despertado —me dijo—. Pero me ha parecido que necesitabas que viniera a verte cuanto antes.

Me puse en pie y le di las gracias.

—No te equivocas: te necesito, Teresa.

Aquella tarde la pasamos juntas, pero mi elocuencia no pudo liberar la de Teresa. Ella jamás me había explicado lo que había ocurrido entre tú y ella. No podía. Nuestra amistad se hubiera roto si el secreto que os unía de por vida hubiera sido reconocido por ella oficialmente.

En eso llevaba yo ventaja. Tal vez fuera aquella ventaja mi pequeña represalia por los años que me había estado engañando sin que yo tuviera noción de su engaño.

Le hablé de mi viaje a París, de mi encuentro con Juan Luis, de lo que me había confiado.

—Se ha enamorado de otra mujer y va a casarse con ella —le dije.

Por unos instantes estuvo a pique de caer en la trampa. No sabría decirte qué fue lo que noté en ella. Pero se volvió de espalda y su silencio estuvo a punto de traicionarla. Seguramente ya sabía que tú también ibas a casarte con Rosa. Que mi situación era parecida a la suya y que, por mucho que pretendiéramos hacernos las desentendidas, entre ella y yo había un nexo que nos unía en nuestros torpes destinos.

No perdió la dignidad. Se volvió de nuevo para mirarme e, imperturbable, continuó escuchando mi relato como si no le concerniera ni le resultase familiar.

—Lo siento, Sagra. Nunca imaginé que pudiera ocurrirte lo que te ha ocurrido. —Lo dijo muy seria, como si de verdad lo pensara—. Nadie es verdaderamente fiel —me dijo—. Todos engañamos a todos, incluso a los seres más queridos.

Y yo me preguntaba ¿por qué? ¿Por qué no podía haber un sentimiento estable en esta vida? ¿Por qué nos cansamos de no cansarnos, de ser cuerpos tranquilos, de vivir sin sinsabores, de un modo pacífico, sin mentir?

¿Te has preguntado alguna vez por qué llamamos amor a lo que sólo es admiración? Seguro que ahora, lejos ya de las incongruencias humanas, puedes explicar cuál es en realidad este sentimiento que confundimos con el amor. Y también comprenderás que en definitiva eso que tanto se cacarea es todo menos «amor».

Teresa tenía una tarde lúcida.

—La vejez suele herir las ilusiones, pero también compensa con las respuestas a nuestras incógnitas. —Y mirándome fijamente añadió—: El ser humano tiende a cambiar pero en cada cambio enriquece sus defensas.

No estoy muy segura de haber comprendido lo que pretendía decirme, pero creo que se refería a que a medida que se pierden las fuerzas físicas, se pierde también parte del sufrimiento que implica la lucha.

—El amor es eso: una lucha —dijo al final.

En efecto, todo lo que implicaba amor implicaba lucha: había que luchar por todo: por alcanzar la atención de la persona elegida, remover papeles, rellenar impresos, pasar por ventanillas, soportar a los funcionarios que siempre están tomando su cafelito o que fingen rellenar impresos, o que buscan mil formas para hacerse los interesantes y fastidiar al que espera.

Tramitar un divorcio no es fácil. Siempre hay algún que debe subsanarse.

Y el tuyo, Jaime, iba resultando cada vez más complicado.

Aquella tarde hablé con Teresa por primera vez de tus proyectos.

—También Jaime quiere casarse con Rosa.

Teresa palideció repentinamente. Me causaba pena verla tan desahuciada de ti, tan lejana de todo lo que durante años había sido la razón de su vida.

—Será un matrimonio endeble. No es posible que Rosa se avenga a las costumbres de un hombre mucho mayor que ella.

Por aquellas fechas, Rosa ya no pretendía ocultar su relación con mi marido. Al contrario. En cuanto lo juzgaba conveniente se presentaba en casa con cualquier excusa. Recuerdo que cuando entraba en el vestíbulo ni siquiera se molestaba en preguntar si yo había salido. Se dirigía a los criados como si ya fuera la señora y tuviera derecho a disponer de cualquier detalle.

En cuanto a ti, Jaime, daba pena comprobar hasta qué punto te habías apasionado por ella. Te tenía dominado, te exigía, y en cuanto podía te echaba broncas por cosas insignificantes. A veces pasabais horas hablando por teléfono: vuestro tema principal era Fernanda.

Rosa no podía soportar que nuestra hija continuara viviendo en casa cuando lo normal era que se trasladara al piso que tú le habías comprado tal como se había quedado en un principio.

En cuanto a mí, probablemente tampoco le gustaba que no me trasladase a otro lugar. «Cuando nos casemos, no tengo intención de seguir soportando a tu antigua mujer.»

—Serán desgraciados —dijo Teresa aquella tarde—. No pueden ser felices basando su felicidad en el dolor ajeno.

* * *

Cierto día Fernanda nos anunció que se trasladaba a su piso y que probablemente su novio iba a convivir con ella.

Tú te quedaste paralizado. Seguramente nunca te pasó por la cabeza que tu hija, educada en un colegio religioso, fuera capaz de saltarse las normas y vivir con un hombre que no era su marido.

—¿Por qué no esperáis a estar casados? —le preguntaste tímidamente.

Entonces Fernanda rompió a reír, te señaló con el índice y con cara de guasa te espetó:

—Pero, papá, en fin de cuentas es lo que tú vas a hacer. Sólo que con algunas firmas avalando tu apareamiento.

Tenía razón. Para la ética de nuestra familia era igual de reprobable vivir juntos con documentos que sin ellos, pero tú aún no habías asimilado aquella circunstancia, puesto que, aunque desde tus principios no eran legítimas, admitías ya que las uniones no precisaban ser bendecidas por la Iglesia para que fueran tan firmes como si un sacerdote las hubiera ratificado.

Aquella tarde empecé a buscar un alojamiento para marcharme de nuestra casa cuanto antes.

Recuerdo que tú intentabas disculparte y me tendías soluciones demasiado generosas para no comprender que también tú estabas deseando que me fuera.

—He visto una casa en lo alto de la ciudad que quizá pudiera convenirte.

Te di las gracias pero te confesé que yo no pretendía vivir a todo lujo.

—Me instalaré en una casa del Ensanche.

Sin embargo no fue necesario.

Rosa rompió contigo antes de que los papeles del divorcio fueran firmados; su excusa fue tajante:

—Eres demasiado carca para una mujer como yo. No tienes remedio, Jaime. Estás lleno de prejuicios.

SOLILOQUIO PARA JUAN LUIS

A pesar de todo entre Jaime y yo hubo un acuerdo tácito que nos mantuvo más o menos en las mismas circunstancias que habían presidido la mayor parte de nuestra vida en común.

Yo no me fui de nuestra casa, pero las costumbres cambiaron radicalmente: ninguno de los dos dependía ya del otro.

Recuerdo perfectamente el día que Jaime me suplicó que continuara viviendo con él.

—Puedes hacer lo que quieras, Sagra; pero si te vas de esta casa, voy a echarte mucho de menos. —Lo dijo de un modo casi suplicante, la mirada triste, el gesto crispado.

Durante unos instantes me imaginé alejada de él, viviendo en un lugar extraño, sofocada por esas preguntas que suelen surgir cuando alguien modifica su forma de vida. Me vi también aceptando aquella soledad nueva que experimentan todos los que deciden separarse: esa soledad cruel que lejos de armonizar las costumbres viene a menoscabarlas, a convertirlas en verdaderos revoltijos de incertidumbres.

Recordé también mi último encuentro contigo: tu frialdad al confesarme que habías roto mi carta sin leerla. ¿Podía existir un desprecio mayor que desgarrar indiferente aquel mundo de proyectos que durante tantos años habían sido un cúmulo de esperanzas?

Ojalá pudieras hablarme, Juan Luis. Ojalá pudieras explicarme, no sólo por qué rompiste mi carta sin leerla, sino cuál fue el motivo que te indujo a decírmelo de una forma tan despiadada. Tú jamás te habías mostrado despectivo conmigo. Dios mío, cuántas veces he intentado averiguar la causa de aquel flagrante desprecio. Pero ni tú me explicaste el motivo, ni yo te lo pregunté. Al contrario, procuré disimular y fingir que destruir mi carta sin abrir el sobre era lo más normal del mundo.

En efecto, la soledad que me esperaba si me cambiaba de domicilio podía ser funesta. Tanto como la soledad que de un modo manifiesto estaba ya agarrando a mi marido.

Parece que lo estoy viendo cuando me ofreció continuar viviendo en nuestra casa. Estoy convencida de que su propuesta no se debía tanto a paliar mi aislamiento como al terror que le producía el suyo propio.

Jaime jamás había vivido solo. Siempre estuvo acompañado,

a veces incluso en contra de sus deseos. Pero ya era un hombre maduro que rozaba esa terrible edad de los achaques, y acaso por eso, al verse rechazado por Rosa, se atrevió a contar conmigo para tenerme cerca cuando le llegara la vejez.

El hecho fue que yo acepté, no tanto para no sentirme sola sino para no destrozar unas costumbres y unas creencias que en el fondo constituían una especie de columna vertebral que nos mantenía en pie.

Jaime me lo agradeció. Procuró que su agradecimiento se reflejara en la forma de tratarme. De pronto empezó a pasar más horas conmigo. Incluso dejó de ausentarse los sábados y domingos como tenía por costumbre. Y por supuesto no fue ya tan esquivo cuando yo intentaba hablar con él.

A Rosa ya nunca la mencionaba. Se le notaba que el golpe que había supuesto el abandono de aquella mujer lo había dejado herido.

Con frecuencia me pedía que le hiciera compañía. «Supongo que no estarás comprometida con alguien.» Decía que no quería fastidiar mis planes, pero en el fondo lo que hacía era rogarme que sustituyera a los que ya no podían ser suyos: aquellos que ni la edad ni la pasión podían ya acreditar.

A menudo, cuando nos quedábamos solos junto a la chimenea, permanecíamos callados, mirando el fuego, acaso viendo en el chisporroteo de la leña el crepitar de nuestras vidas convertidas ya en fuegos fatuos. Probablemente allí en aquellos rescoldos se nos amontonaban todos los errores y todas las bajezas que años atrás no supimos vencer.

Pero estábamos juntos y gozábamos de una serenidad que en la juventud nunca conseguimos alcanzar.

En suma seguíamos allí, unidos por mil desuniones y mil pequeñas traiciones ya transformadas en polvo. Combatiendo, quizá por primera vez, el dolor de no haber sabido ser felices. Y buscando una paz que día a día y de una forma natural se iba adueñando de nosotros.

Era gracioso oírle decir cuando entraba en casa: «¿Ha llegado ya la señora?» Resultaba agradable saber que por fin mi propio marido se interesara por mis salidas y mis entradas. También me llenaba de gozo que me consultara, como había hecho en los principios de nuestro matrimonio, situaciones relacionadas con su negocio.

De pronto me entraban ganas de decirle: «¿Te das cuenta, Jaime? Me estás hablando como me hablabas cuando nos casamos.» Pero no me atrevía. Tenía miedo de que hiciera marcha atrás y el embrujo se disolviera.

Pese a todo, yo disponía de mi vida. Ya nunca le consultaba lo que debía hacer o no hacer. Era lo que habíamos convenido cuando tras el abandono de Rosa él me pidió que no me fuera de casa.

En cuanto a Teresa, de nuevo volvía a ser la amiga imprescindible. Una de esas amigas comodines que de puro frívolas conseguían hacernos olvidar las tensiones dramáticas que su ciega generosidad había provocado.

Recuerdo que cuando Fernanda iba a trasladarse a su piso, Teresa se ofreció a acompañarla a París para elegir parte de los muebles. A Fernanda le gustaba el estilo francés y Jaime se empeñó en ayudarla: «El gasto corre de mi cuenta.»

Al regresar se las veía pletóricas de entusiasmos. De hecho, Teresa en aquella época ya no era más que eso: una compañía, alguien sin importancia. En honor a la verdad, debo reconocer que siempre fue discreta. Jamás le hizo chantaje a mi marido y por descontado se guardó muy bien de poner en evidencia que ella era la madre de Fernanda. Incluso a veces prefirió desaparecer de nuestro entorno antes que provocar un escándalo.

Por eso cuando Fernanda al estar a solas conmigo se permitía enjuiciarla y criticar su forma de ser, me sentía herida, como si la enjuiciada fuera yo.

—¿Sabes, mamá? A veces Teresa me produce vergüenza ajena, sobre todo cuando le da por presumir de jovencita. Alguien debería avisarla. Ya no tiene edad para caer en ridiculeces.

Y me explicaba escenas de Teresa probándose algún vestido en París.

—No se da cuenta de que ya no es una muñequita pizpireta —se quejaba riendo.

Era inútil que yo intentara defenderla (la verdad es que era una difícil misión).

—No debes criticarla, Fernanda. Teresa es como una madre para ti. Además es una buena amiga.

Pero Fernanda nunca se tomó en serio aquellas advertencias mías.

El día que regresaron almorzamos en nuestra casa. Fue un almuerzo ameno, divertido y alegre. Tanto Jaime como yo nos sentíamos a gusto escuchando el parloteo de Fernanda que nos daba cuenta de lo que habían hecho, de lo que habían comprado, de las obras de teatro que habían visto. Hasta que de pronto Teresa cambió de tercio.

—Por cierto, Sagra, se me ha olvidado decirte que hemos estado con tu cuñado Juan Luis.

Y fue como si la tierra se hundiera y yo estuviera a pique de caer en una trampa. Era inútil negarlo: tu nombre continuaba aferrado a lo más sensible de mi vida. Por eso cuando alguien lo pronunciaba yo tenía que dominarme para que los latidos del pecho no me delataran.

Teresa siguió hablando.

—Lo encontramos en el entreacto de una obra de Anouilh. ¿Lo recuerdas, Fernanda? Iba con su nueva mujer. Al parecer se ha casado hace ya varios años.

La miré sonriendo. Era imprescindible sonreír. Se trataba de una sonrisa ulcerada, algo que lejos de ser una demostración de alegría era un grito de dolor. Pero hubo que mentir una vez más.

—Lo celebro —le dije—. ¿Qué tal es ella?

Me explicó que se trataba de una mujer más joven que yo y que en cierto modo se parecía a mí.

—Tiene tu aire, Sagra. Incluso lo notó Fernanda.

Pero Fernanda escasamente recordaba el encuentro contigo.

—Me dijeron que era una especie de tío mío. Pero, la verdad, no le presté demasiada atención.

Teresa continuó hablando de ti. No parecía recordar lo que yo le había confesado hacía ya muchos años. O tal vez lo hiciera para desanimarme.

—A decir verdad está algo envejecido: de pronto se ha puesto orondo, como uno de esos maridos fondones que ya no piensan en ser infieles a su mujer. Ya sabes que le gusta beber, y el alcohol engorda. Cualquier día esa manía suya va a acabar con él.

Yo, por decir algo, le pregunté si eras feliz. Teresa no se anduvo por las ramas: nada le complacía tanto como referirse a ti cuando yo le hablaba.

—Me pareció muy enamorado de su mujer. Hay hombres con suerte. También con tu hermana la tuvo.

Quizá lo dijera para darme a entender que de aquel episodio de mi vida ya no se acordaba. O por el contrario le salió el ramalazo iracundo para hacerme daño. Con Teresa nunca se podía estar segura de nada.

Yo me hice la desentendida. Ni siquiera me importaba que hubieses engordado.

—Algunos hombres cuando llegan a cierta edad pierden todo su encanto. Y la verdad es que Juan Luis lo ha perdido —siguió diciendo Teresa.

Y yo para restarle importancia:

—Nadie es siempre igual. Todos cambiamos por mucho que nos afanemos en ser lo que el tiempo nos impide ser.

Sólo el recuerdo era inamovible. Y tu recuerdo continuaba siendo el mismo desde que nos separamos por última vez.

Yo no sé lo que me ocurrirá en el futuro, Juan Luis. Quizá cuando mi vida sea únicamente ese paraje yermo, sin árboles ni vegetaciones, acabe por olvidarte. Pero el solo hecho de oír tu nombre todavía me hace vibrar. No puedo remediarlo. Tal vez algún día, cuando sea muy vieja, ese cansancio que nos obliga a no querer sufrir, a no esperar, a comprender que lo que llamamos felicidad en este mundo no es más que un dolor envuelto en entusiasmos que pronto se convierten en tedio y en incertidumbre, llegue el cansancio.

Es muy posible que entonces te olvide, Juan Luis. Pero en aquellos momentos todavía no podía. Eso sí: te dije adiós para siempre. Nunca volví a verte.

SOLILOQUIO PARA JAIME

Creo que ya está todo dicho, Jaime. También sé que me comprendes, y que mi verdad no puede dolerte ahora como acaso te dolió en vida, si es que Teresa llegó a contarte mi secreto alguna vez. A mí sí me hizo mucho daño conocer la verdad que durante tanto tiempo me ocultaste, Jaime. Y a pesar de todo, ya lo ves, pude superarlo, disimular mi humillación y hasta convertir mi dolor en un motivo de gozo cuando pusieron a tu hija Fernanda en mis brazos.

Las clases sociales dividen al conjunto de las personas, pero también existe otro modo de diferenciarnos: están los que lo aguantan todo, los que fingen «no saber», y los que sonríen cuando el llanto los acogota. Por eso creo que tú y yo no éramos tan distintos. Estoy casi convencida de que también tú conocías mis debilidades y jamás lo demostraste. Acaso ése fuera el motivo por el que te aferrabas sin demasiado remordimiento a las tuyas.

En suma, es muy probable que nos traicionáramos, pero lo hicimos con elegancia, fue un acuerdo callado. Ni siquiera cuando asomó la advertencia de un peligro hiriente (tu enfermedad) nuestro acuerdo silencioso dejó de mantenerse intacto.

Al principio fue la sorpresa. Nada de lo que te diagnosticaban parecía cierto. Eras tan vital, se te veía tan aferrado a la vida. ¿Cómo podía ser posible que tu mal no tuviera remedio? No obstante fue precisamente aquella advertencia lo que nos unió de verdad. Se acabaron mis salidas solitarias, los proyectos individuales, la versatilidad de nuestros planes. Tanto tú como yo procuramos que nuestras costumbres siguieran siendo las mismas. No queríamos separarnos. Nos necesitábamos. Creo que nunca nos habíamos necesitado tanto.

Incluso dejamos de preocuparnos por el distanciamiento de Fernanda; poco a poco se había alejado de nosotros, pero nuestro cariño por ella no había disminuido.

A veces Teresa intentaba meter baza: le extrañaba aquella forma de vivir de nuestra hija.

—Ha cambiado de novio y lo ha metido en su casa para vivir con él como hizo con el otro.

No quise discutir con ella.

—Es mayor de edad —le dije—, y vivimos en un país libre. —Y luego—: Eso no supone que yo esté de acuerdo. Pero la vida cambia, Teresa. Ahora ya nadie esconde nada.

Cierto que Fernanda apenas venía a vernos. Sus múltiples ocupaciones y su vida sentimental llenaban sus horas, y aunque seguía queriéndonos, no se decidía a perder el tiempo con visitas insustanciales. En realidad resultaba curioso que aquella criatura tan deseada hubiera acabado por prescindir de nosotros de una forma tan flagrante. De hecho los hijos sólo son verdaderos hijos cuando dependen de nosotros. Luego, sin que podamos evitarlo, surge el desapego, el desinterés, el amor filial descafeinado. No era que Fernanda no nos quisiera, al contrario. Pero se empeñaba en vivir su vida sin que nadie interfiriese en sus costumbres o en sus decisiones.

No obstante, cuando supo que su padre estaba enfermo, cambió radicalmente de actitud. No había día que no se comunicara con nosotros. De nuevo nos necesitaba, nos quería para ella, no se resignaba a que la dejáramos sin nuestro apoyo.

Sus estudios de medicina eran brillantes y pronto iba a doctorarse. Por eso no dejaba pasar las ocasiones de hablar con los médicos, luchar con ellos y buscar la forma de que su padre sufriera lo menos posible y se pudiera prolongar su vida tal como nos habían prometido.

Se llegó a la conclusión de que debías operarte.

—Es imprescindible para evitar que el mal se extienda.

Y te operaron. Fue una operación exitosa en la que según el cirujano se había conseguido extirpar por completo el tumor. De metástasis nadie hablaba.

Lo esencial era agarrarse a las futuras victorias de aquella guerra contra la adversidad que había estallado cuando empezábamos a ser felices.

—Volverás a ser el mismo, Jaime. Los médicos están seguros de que hay muchas probabilidades de que la enfermedad no se reproduzca.

En las luchas contra el cáncer la sombra de las metástasis son siempre lejanías que no preocupan demasiado.

Qué bien recuerdo aquella época, Jaime. De nuevo la vida te abría los brazos y tú no dudabas en caer en ellos para aferrarte al vigor de los que continuaban sanos.

Jugabas al golf, salíamos por las noches, formábamos parte de los grupos de amigos que organizaban festejos y, sobre todo, nunca te desentendías de tus negocios.

Se acabaron los temores, las angustias, la amenaza fulminante que tanto te había afectado. Volvías a ser libre. Y yo era ya tu libertad. Nada de separarnos en plenas reuniones. Nada de fingir desinterés como al principio. Al contrario, siempre te acercabas a mí, me hablabas, me pedías consejo, comentabas conmigo pequeñas virguerías. Se acabaron los miedos, los apaños provisionales, las adversidades pasadas. De nuevo me tratabas como me habías tratado al principio de nuestro matrimonio procurando que la acritud y la adustez jamás asomara en nuestras vidas.

También yo me sentí inclinada hacia ti. No sabía exactamente por qué, pero todo lo tuyo volvía a ser para mí lo más importante del mundo.

Como habías puesto tus negocios en manos de tu apoderado, tenías tiempo suficiente para dedicarlo a salir. Te gustaba hacer excursiones, visitar los cambios que la ciudad experimentaba con los Juegos Olímpicos y hasta me acompañabas cuando íbamos de compras.

Fue una época feliz, Jaime: una época como extraída de un mundo nuevo; sin memoria, sin preocupaciones y, sobre todo, sin el adusto imperio de la soledad.

Me necesitabas, Jaime. No me lo decías. Pero yo sé que me necesitabas. Querías que fuera yo la que te lo hiciera todo. No precisabas a nadie más que a mí. Y yo me sentía como transportada a una esfera con la que jamás había soñado. Una especie de tierra distinta, sin ecos y sin voces muertas. Al contrario, todo era ya para mí tremendamente vivo. Con la viveza de una primavera avanzada. Algo así como si el invierno se hubiera escondido para siempre.

Ya nada existía salvo aquel constante tú a tú que nos mantenía felices, con esa clase de felicidad transigente, serena: aquella que no permite divagaciones excluyentes, fatuas o jactanciosas. Y comprendí que el amor era eso: olvidarse de los propios egoísmos para atender las necesidades de los demás. En suma: no importaba «sentir». Lo que importaba era dar, ayudar, servir.

* * *

Cierta mañana entraste en mi cuarto con el rostro compungido. Te acercaste a mi lecho y me dijiste sencillamente que Juan Luis había muerto.

De momento no supe reaccionar. Me quedé inmóvil. El rostro impasible. Era necesario asimilar la noticia. Juan Luis ya no existía y yo ya no tenía por qué sobresaltarme.

Además, en el fondo, Juan Luis para mí murió cuando me dijeron que se había casado.

—Han mandado un telegrama desde París para comunicártelo.

Te pregunté quién firmaba el telegrama.

—Su viuda —y añadiste que lo correcto era que nosotros también mandáramos un telegrama de pésame.

Lentamente empecé a reaccionar.

—No veo por qué. Yo no conozco a esa señora. Además, Juan Luis dejó de ser mi cuñado hace ya muchos años.

Todavía insististe.

—Pero están tus sobrinos.

¿Cómo explicarte que mis sobrinos no querían saber nada de mí?

—Hace infinidad de años que no los trato —te contesté—. En realidad para mí son tres desconocidos.

Lo extraño era hablar con tanta serenidad. Ni por un momento perdí la calma. ¿Lo recuerdas? Me pregunto ahora qué pensarías tú al verme tan fría ante una noticia que tiempo atrás me hubiera desquiciado. Quizá pensaste que estaba fingiendo como había fingido infinidad de veces. Pero te hubieras equivocado, Jaime. Lo cierto era que mi posibilidad de imaginar a Juan Luis muerto era tan trivial como imaginarlo vivo.

Te pregunté cuál fue la causa de su muerte. No lo sabías. Me lo dijo Teresa aquella misma tarde. Ella tenía la obsesión de enterarse de todos los detalles de las personas que trataba. Y Juan Luis hacía ya mucho tiempo que había sido para ella algo más que un posible amigo.

Al parecer la muerte le sobrevino tras un infarto muy doloroso.

—No me extraña —le dije—. El corazón no admite según qué clase de excesos.

De pronto me di cuenta de que estaba hablando de la persona que más me había impactado en la vida como si lo hiciera de un desconocido. ¿Por qué tanta indiferencia?

Y es que en el fondo, el Juan Luis que conocía había sido enterrado en las cavidades del olvido desde hacía tantos años.

Inesperadamente hablaste de él cuando estábamos sentados a la mesa.

—Es una lástima —dijiste—. Juan Luis era un hombre que valía mucho.

Pero ya no estaba, ya no existía: lo habían incinerado y lo habían dejado volatilizar en una fracción de aire que seguramente fue esparciendo su «no ser» en aquellas lejanías imposibles de ser recuperadas.

Quizá por eso tú lo alababas: a veces alabando a los que ya no existen es una forma de matarlos de verdad.

* * *

Cuando saliste de mi cuarto aquella mañana, me dirigí al espejo. En realidad también yo era un cadáver viviente. Por muchos esfuerzos que hiciera por recuperar algo de aquella belleza que tanto le había impactado, ya nada tenía que ver con aquella mujer que una tarde de cielos fangosos se había mecido en una hamaca que ya no existía. Así había empezado todo: balanceándome en una hamaca que parecía inofensiva. Y me di cuenta de lo absurdos que podemos ser los humanos cuando nos dejamos llevar por ciertas fuerzas ocultas que no sabemos catalogar.

* * *

Los días eran cortos. Pronto anochecía. A veces una lluvia fina y monótona producía la impresión de que el invierno se estaba dilatando demasiado.

Desgraciadamente tú llevabas ya dos años de achaques continuos. Te cansabas. Renunciabas a salir. Daba la impresión de que tus pasos se volvían dificultosos, que caminar era para ti un gran esfuerzo. Sin embargo no querías reconocer que tu cuerpo había adelgazado y que tus huesos parecían coladores y hacías esfuerzos sobrehumanos para llevar una vida normal porque estabas convencido de que aquel cansancio tuyo podía desaparecer si te fortalecías haciendo gimnasia o con masajes.

En suma: te negabas a morir. Pero morías.

A veces yo te proponía coger el coche, sobre todo los domingos cuando íbamos a la iglesia. No querías. Decías que necesitabas andar. Y te esforzabas en dar zancadas como si tus huesos fueran jóvenes y no estuvieran minados por la enfermedad.

En cierta ocasión te caíste. Aquella vez me puse seria.

Se acabó el caminar. De ahora en adelante iremos en el coche cuando queramos salir.

Sentí haber sido tan brusca pero no tenía otra opción. Ni yo quería herirte hablándote de la fragilidad de tus huesos, ni tú hubieras querido que yo te hablase de ello.

A partir de aquel día nuestra unión fue todavía más estrecha. A veces te dormías. Tu enfermedad te hacía sentir muy cansado y te resultaba difícil mantenerte despierto. Pero tú no querías reconocerlo y decías que ello se debía a que no habías podido dormir la noche anterior.

Todo antes que confesar tu fracaso como hombre fuerte. En ti la fortaleza era ya sólo metafísica. Necesitabas ayuda, pero fingías vigor. Un vigor deslavazado que sólo yo tenía el derecho a reconocer.

—Apóyate en mí, Jaime —y te apoyabas. Dabas pasos pequeños, tu estatura encogida por culpa de la enfermedad.

Y las sombras crecían. Y tu voz menguaba. Hasta que un día me pediste que rezara contigo.

—Creo que voy a morir —me dijiste.

Entonces yo enderecé tu busto para que se apoyara en el mío y comenzamos a rezar. No tardaste mucho en marcharte. Fue cuando yo poniendo mis labios en tu oído, te dije muy bajito:

—Siempre te he querido, te quiero y te querré.

Después. ¿Para qué voy a decírtelo, Jaime? Enseguida comenzó el llanto, ese llanto sincero y doloroso que cada vez que te recuerdo se empeña en humedecer mis ojos.

Febrero de 1999
Febrero de 2000